许许多多令人心动的旋律，
在这一刻像逐渐舒展的花蕾，香气漫溢，
如梦境般让人等待下一次无法预期的苏醒。

一切的声音都显得多余，

一切的言语似乎都已消隐；

车内清冷的空气里不经意间流淌着的优柔却滋润彼此的心田。

生活终究会有份完美的希翼作为幸福的记忆永久地保存。
因着自己长久的缺失而迷茫，
徘徊在现实与梦想之间，

此起彼伏。
陷入久久未能释怀的浪漫情愫，
渐行渐远；
伴随房间里不知头绪的怅然，
清澈昂扬的时光，

局外人

【韩】可爱淘 著

黄羹/译

静静的羊肠路上满是你留下的回忆
在这条路上，一只小青蛙曾经安慰悲伤的我
我垂下头，轻声哭泣中，你又重新回到我身边
那窒息的箱子，终于被彻底打碎
我们呼唤着爱情，曾经在一起那样呼唤着爱情的我们
请永远不要忘记，请把这一切都记住
请你记住这孤孤单单的爱情，哦，寂寞的眼泪……

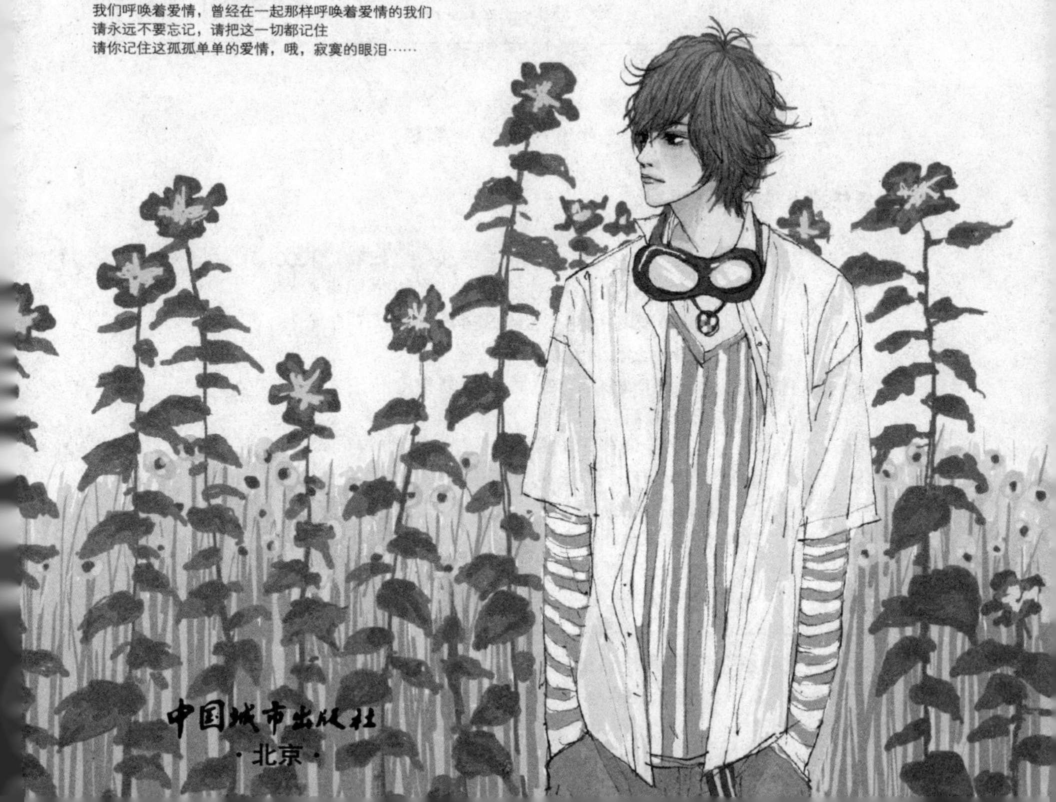

中国城市出版社

·北京·

北京市版权局著作权合同登记
图字:01-2005-4482号

图书在版编目(CIP)数据

局外人/(韩)可爱淘著;黄黉译.outsider.-北京:中国城市出版社,2005.9
ISBN 7-5074-1717-4

Ⅰ.①局… ②o… Ⅱ.①可… ②黄… Ⅲ.长篇小说-韩国-现代 Ⅳ.I312.645

中国版本图书馆CIP数据核字(2005)第109229号

策　　　划　王　立
责 任 编 辑　王月芳　唐　浒　阮中强　郑　燕
封 面 设 计　大象设计工作室·龙传人+熊琼
　　　　　　吕逸潇
责任技术编辑　张建军
出 版 发 行　中国城市出版社
地　　　址　北京市丰台区太平桥西里38号(邮编　100073)
电　　　话　(010)63289949　63275398(营销策划中心)
传　　　真　(010)63421488　63428244(营销策划中心)
淘 酷 网 网 址　www.taocu.com
投 稿 信 箱　world66@263.net(营销策划中心)
经　　　销　新华书店
印　　　刷　北京普瑞德印刷厂
字　　　数　180千字　印张9.25　插页4
开　　　本　880×1300(毫米)　1/32
版　　　次　2005年11月第1版
印　　　次　2005年11月第1次印刷
定　　　价　20.00元

本书内文用纸由阳谷蔡伦造纸厂提供

为了和大家的约定，
今天是一月一日，
打点精神，伸伸胳膊，踢踢腿，重新做好心理建设，
各位，我们就要上路了。
祝大家每天都福气多多，好运堆成一箩筐。
真的非常高兴能再次见到大家。

可爱淘

※四年前的一天※

那天下午，全身说不出的异常，情绪郁闷，左眼跳得尤其厉害。

只记得外面雨下得瓢泼似的。

具体日子，我想想，嗯……不是九月一号就是二号。

一切都没有太多印象了，只觉得身体轻如白云浮絮，在空中飘啊飘的。

没错，就是那种飘飘荡荡的感觉，我无处安身，浑身哆嗦得如同无家可归的流浪小花猫。这时无论任何一个男人上来，只要能递给我一碗饭，我都会乖乖地跟着他走的，脏兮兮的小脸露出谄媚的笑容，只要有吃的，我什么都会答应你……不对，不是什么都行的，睡觉是绝对不可以的，这是我心中树立的铁的原则。不行就是不行，虽然那时我才十四岁，很小对吧，没错，无论被谁抓住，我都会死死地咬住这个年纪不放。通常对方都是这样回答道。

"是啊！你真够小的。"

小吧，小吧，不过小虽然小，这个年纪 kiss 和 sex 的区别还是充分了解的。好了，这些乱七八糟的话就到此为止了。

嗯……！那已经是四年前的事情了吗？光阴似箭，岁月如梭，这可不是开玩笑的，时间过得真快啊……恶毒，真是太恶毒了，不过当时我固执地相信自己会永远停留在十四岁，就如同我现在也固执地相信自己会永远替停留在十八岁一样。

嗯……云净中学，很漂亮的名字。那天也毫无例外的，我怏怏地揉着自己痛得要死的左手，靠在那个有着漂亮名字的学校正门旁。不一会儿，休息的铃声响起，一个个家伙从学校里欢呼着跳了出来，我惴惴不安地等着她，等着我的小天使。果然，在我掰着手指即将数到十之前，小天使的声音在我耳边欢欣雀跃地响起，——

"雪理!!! 雪理!!!"小天使嘴角的纯真笑容在太阳底下闪闪放光，璀璨得我一辈子都不会忘记。

旁边众人射来嫌恶的光芒，那又怎样，岂能伤得了我分毫。真的，只要有云影在我身边，那感觉就好比，就好比……大夏天的，你冲进了公共洗手间，掬起一捧凉水泼到脸上，还有比这更凉爽的么？

"云影!!! 这儿，这儿，我在这儿!!!"我扬起手招呼着。

“嗯嗯!! 看到了。不好意思，我出来晚了。哎呦！那个历史老师白痴似的，总是啰啰嗦嗦讲不完，一到他的课就拖堂。”云影冲到我身边，挥舞着她的小拳头愤恨地讲道。

“没关系的，我也刚到一会儿。^__^”

“是吗？那就好。走吧，上路！今天我的午餐是烤鱿鱼和蛋炒饭!!”

“欧唔，太棒了，我的最爱。”

“还有特别供应的橙汁。”她变戏法似的又从口袋里掏出两罐橙汁，乐得我拍着巴掌眉开眼笑。

就这样，我们两人提着塑料袋，哐当哐当的就向运动场走去，开始我们已为期三个月又十二天的同餐生活。目的地是球场一隅的小长椅。我们的午餐时间一般是这样安排的，一边吃着美味的午餐，一边欣赏球场上的男孩子们踢球，这种趣味应该和古代的老爷们喜欢一边吃着酒席，一边欣赏歌舞表演有异曲同工之妙，看着、听着，心情越来越好。云影妈妈的厨艺真是不赖，如果拿我妈妈的手艺和她妈妈的比较，那简直就是飘在湖里的小破夹板船和能横渡太平洋的豪华大油轮的区别。

“喵呜喵呜~！好吃，好吃。”

“我今天特别特别地带了好多好多，怎么样!!”

“嗯，一流，世界一流！”我狼吞虎咽的同时，不忘伸出一根手指来使劲夸奖。

“今天是周六嘛，周末当然应该大吃大喝一顿了，你说对不对？”

“对……！当然，谁说不对我踢死他。”

“我在家可是拼了命地练习……”

“什么~？”我疑惑地从饭堆里抬起头来，抹掉鼻子上还沾着的一粒小不丁点儿米。

“你教我唱的歌呀！我现在可是长进了不少。”

“真的！好吧，你唱唱看！”

“嗯~嗯！”云影伸长脖子，毫不犹豫地清了清嗓子，显然她等待这个机会已经好久了。嘀嘀！我就是欣赏她这种单纯和率直，如同从最纯净的雪山里流下的小溪，澄澈中闪着晶莹的光，没有一丝杂质。

“静静的羊肠路上满是你留下的回忆，在这条路上，一只小青蛙曾经安慰悲伤的我……♬”

“不对，错了！”我断然地指出错误，没办法，谁让我就是这种见不得瑕疵的完美主义者的性格呢。从来没有改变过。

“怎么，怎么错了？”云影被我吓了一跳，抖着声问道。

“音准都不对，唱到‘回忆’时嗓子不能抖得那么厉害，‘一只小青蛙’唱完之后才应该是那种悲伤的腔调。”

“是吗？我一点都没有注意到。你再唱一遍给我听好不好？”

“嗯。”我看着手里的美味便当咽了咽唾沫，虽然我现在是连把便当盒吃下去的心都有，可既然是云影的请求，我只好让它们先乖乖靠边了。

“静静的羊肠路上满是你留下的回忆，在这条路上，一只小青蛙曾经安慰悲伤的我。我垂下头，轻声哭泣中，你又重新回到我身边，那窒息的箱子，终于被彻底打碎……♩”

云影闭上眼睛，陶醉在我如梦似幻的歌声中，旁边几个本来在跳皮筋的女孩，也被我的歌声吸引，扔下皮筋，悄悄地走到了我们身边。就在我倾情奉献最后一段，一个小高潮再次拔高自己的嗓音时，——

“啪啪啪啪！！”掌声响起，除了对我的歌声一向大力捧场的云影还有谁，她正兴奋地大力鼓着掌，仿佛刚看了什么巨星演唱会，汗～啊！—_—

歌唱完了，观众的热烈掌声也做了完美的终结，我一手夹起一片鸡蛋，漫不经心地塞进嘴里，作为对自己的犒赏，忽然——

“这个……有个坏消息要告诉你。”刚才还好好地叼着一片红彤彤的辣黄瓜的云影，突然一脸惋惜地低下了头。

我的心咯噔一下，拼死拼活地咽下了嘴里那块大鸡蛋，支支吾吾地问道：“什么？”

“嗯……”云影吞吞吐吐的。

“我问你是什么，别嗯嗯的。”

“嗯……”

气死人了，还是那个音让人听得心慌慌。

“今天……我，可能不能和你一起玩了。”

该死的，这么大块鸡蛋也不知道能不能消化，我使劲地拍着胸脯。怎么这么倒霉，星期六可是我和云影惟一可以在一起玩的日子啊，我刚才还阳春三月的心情顿时一片惨淡，好好的一个周末就泡汤了。

“为什么？”一定要让她给出个合理的解释，这可是前所未有的事。

云影那小妮子露出我生平仅见的羞涩表情，低下头在地上蹭着脚，一只手不知所措地放到了脑袋上。我才不会就这么放过她呢，我用更大的声音又问了一遍。

“为什么？”

接下来是云影蚊子哼哼似的声音，活像饿了三天三夜没吃饭。

“男朋友……”

“什么～？男朋友？!”我一时有点反应不过来。

“嗯，是男朋友。”

“男朋友～?!”我呆若木鸡地又重复了一遍。

几乎就在我重复的同时，云影刚刚提到的那个该死的男朋友，那个不知所谓的家伙突然就闪亮登场了。简直就像是做梦一样，一下子从空中掉到了我们面前。他腿是怎么长的呀！

“白痴，找你找半天了。”

白痴!!! 居然敢这样侮辱我们家云影，我大受刺激猛地转过头，愣住了……看到那家伙比我几乎高半臂的个子，我乖乖地泄了一口气。我一脸攻击性地打量起这个很有可能是云影的男朋友的路人甲，他没有穿校服，只穿着一件松松垮垮的外套，头发是纯然的黑，没有任何杂色，皮肤不黑不白，脑袋与身高的比例恰好是标准的九头身，如果他不是抢了我好朋友的人，我想我在大街上看到他是会吹一记口哨的。不过那家伙现在显然有和我一样的敌视想法，他那双原本漆黑漂亮的眼睛凶狠狠地瞪着我们，由于用力过猛成气球状。不过我却突然好笑地发现别在他胸前的铭牌滑稽地倒挂着，上面黑一块，灰一块，活像一只大熊猫，败了……真是败给他了！

不过他的凶狠也没维持多久，因为突然，他愣住了，疑惑地在我和云影脸上来来回回地扫了一小会儿。我知道原因，因为我和云影长得出奇的像，这也是我刚开始会和云影走到一块的原因。

一会儿，另外一个瘦瘦的男孩也拍着篮球，弹跳着向我们这边走来。他走到我们身边停下，气喘吁吁的，全身都湿透了，就好像刚从水里掏出的纸片一样，我暂时就叫他纸片疙瘩好了。我瞧了纸片疙瘩一会儿，又把观察的视线放回了旁边那个人身上。

“看什么看？”那家伙竖着眼睛说道。

“……”

“不要对我朋友这样啦！”云影着急地说道，紧急调停这两个人仇恨得不能再仇恨的视线。

一边的纸片疙瘩不时朝我这边一瞟一瞟的，好像有什么话要说。

“无论如何，你们俩能遇见真是太好了，我本来就想介绍你们两个认识呢。雪理，他是我的男朋友……”

“够了！！”

“什么？”

“我说够了。”

这话是那家伙说的，不是我说的，大家千万要弄清楚。—__—

“你不要这样嘛，真是！”

“我肚子饿了！！”

“嗯？”

"我说我肚子饿了。"

瞧瞧那家伙说话的德性，纯粹像和妈妈讨糖果吃的小屁孩，7～!还这么大一个男生呢……!

"……这个，刚才……"这时纸片疙瘩突然插话道，"看见你提着便当盒从教学楼里出来，这小子还以为你是准备和他一起吃的，所以就兴冲冲地跟过来了……啊……"说时迟那时快，只听一声惨叫，原来是云影的男朋友一把从背后牢牢捂住了纸片疙瘩的嘴。

云影当场露出不知所措的难堪表情。

"原来是这样啊！对不起，对不起，我真的没想到，对不起。"

"你说是你朋友?"

"嗯，是我的朋友……"那家伙又瞅了我一会儿，但始终不拿正眼端详我。不过想想自己拿着一双筷子，刚吞下一个鸡蛋的姿色也好不到哪儿去，他不看也好。—_—

这时，他突然收回放在我脸上的视线，用手背使劲拭了拭自己的嘴角，我无意识地也跟着他使劲擦了擦自己的嘴角，低头一看，妈呀!! 手背上全是刚才吃鸡蛋留下的番茄酱。

我晕！我不要活了，简直丢人丢到太平洋去了…… 就在我羞愧难当之中，——

"真脏!"那该死的家伙居然还火上浇油，啧啧有声地感叹道。┬_┬ ┬_┬ ┬_┬

"……"

之前我从没有和同龄的男生说过话，一时真是无言以对，只知道闷声不响地低着脑袋，脸红得和猴子屁股似的。那个混蛋可能觉得我低着脑袋傻愣愣的样子很滑稽，噗的一声就咧开嘴爆笑当场。该死的，现在想起来我还后悔得要死，当时怎么就不知道当场回敬他一句，或是痛骂他一顿呢，耻辱啊……耻辱!

"吃好了回来，我先走一步。"那个混蛋悠然自得地转过身，拉着纸片疙瘩要离开。

"嗯，你先回教室，我一会儿就回去。"

那混蛋没有回答，和纸片疙瘩走远了，站在他身边的的纸片疙瘩扯着他，在他耳朵使劲小声嘀咕些什么。他们肯定是在取笑我，我顿时觉得脸上更加火辣辣的，可以被光荣地评选为红萝卜中最红的红萝卜小姐了。满腔火气没处发泄，我的目标自然转向了我的好朋友云影。好朋友是用来干什么的，发泄的垃圾桶呗！

“就这种货色是你的男朋友呀！真没水平，你看男生太没眼光了。”我恨恨地，很没风度地说道。

“不是的，他以前不是这样子的。”云影慌忙替那混蛋辩护道，“对不起，对不起，雪理。”

“他就是个没水准的家伙。”顾及好朋友的感受，“混蛋”这个词我偷偷收在肚子里没放出来。

“他其实是个不错的人，心地善良，你和他处久了就知道了，真的很不错的。”天使般善良的云影开合着小嘴，开始在我耳边絮絮叨叨，努力要改善她男朋友在我心中的坏印象。可就在我的心意稍微有些松动，嘟着的小红嘴慢慢开始往下放时……远处，突然飘来惊天动地的一声炸雷，——

“滚远点！”

我的头皮顿时都要炸了，不，整个人都要炸了。“滚运点”？他说“滚远点”？听到这话我甚至都没有勇气站起身来看向他，只是习惯性地畏缩一下身子，而云影则惊惶失措地看向他。

“离朴云影远一点。”这次是低沉的，却更加撼动人心的声音。

“你干吗这样，真是的!!!”云影嗖的一下站了起来。

就因为那小子这一句话，四年，整整四年过去了，我再也没去见过云影一次。我绝不会忘记的，让我失去生平第一个好朋友的那句话，即使是四年过去的现在，我依然会不时记起当时的那一幕，这中间当然也会不时出现那个纸片疙瘩的身影。我会报仇的，当时我咬着牙说，如果再让我碰见他，我一定毫不犹豫地上前痛扁他一顿。在我最好的朋友面前污辱我，这种耻辱，我一定会百倍、千倍、万倍地偿还给你的。总之一句话，这是我绝对不会忘记的记忆。

“抹布。”

“什么!!! 你说什么!!!”云影惊慌不定地看着我。

“我，说，那，个，混，蛋，是，抹，布。”一瞬间，我变得森冷无比，云影怯怯地看着我，无言。

我？你问我打算怎么做？不同了，一切都不同了，我死命地擦掉在眼眶里打转的泪珠，面部僵硬地大步朝前走去，任凭云影在身后如何呼唤我，即使我的心里在淌血，我也决不会停下一步。

我以后再也没有颜面在云影面前出现了，比起羞耻和愤怒，这个认知更让我觉得四肢乏力……奔走着，奔走着，不知不觉间，已泪流满面。

1

咚咚咚！咚咚咚咚！咚咚咚咚咚咚!!!

“雪理!!”

喵…呜…喵…呜…

“韩雪理!!”

=_=……

“电话!! 电话来了!!”十三姐在隔间外弹着舌头高声大喊。

－0－我吃了一惊，慌慌张张抬起头来，发现十三姐那张血盆大口不知道什么时候已经凑到了我面前。猩红猩红的，真恐怖！

妈呀！我抓起桌上的鱼形闹钟，看见时针已经稳稳当当地指向了五点。

“我不想接啊!”我像条死鱼似的，打算又垂下脑袋继续发呆。

“呀！快接！快接呀!!”十三姐才没这么容易放过我，扯住我使劲地摇晃。

“哎呀，不想接就是不想接嘛!”我闷闷地说，就差没把头缩到木板里。

“那又怎么样!! 真的不接？臭丫头!! 你可想好了，别后悔呀!!! －O－”

听听这威胁的口气，我还能怎么办，我只好抬起头，愁眉苦脸地看着那电话。十三姐见状，慢腾腾地走到我桌旁，摆出一副就要接电话的架势。这还了得，我慌慌张张地一手制止住十三姐，另一只手一把夺过电话机，这种场景都演了不下一百一十二次了。

“您好！下面为您服务的是十二号洽谈员。”

“……他妈的……”还是他保持已久的优良传统，开头第一句话就是一句没头没尾的脏话，我好脾气的没问他是在骂谁，谁让我已经习惯了呢。

“是的，请您说！”

呼~！靠挨人骂赚钱……真不是人做的职业。

“我……该怎么办……”没错，这就是这家伙的第二句话。“我该怎么办”，顺序是早就决定好了的，一次都没换过。我模仿着那家伙要说的下一句话的嘴形，对着话筒练习无声哑剧。十三姐伸出双手，做出掐我脖子的恐吓动作，制止我胡闹。

那又如何，反正这家伙是神经病。

“死了……真的死了。”

“是的，是这样的。—_—”我例行公事地说着，一只手撑住脑袋，对着镜子欣赏起自己的唇形来。真是百分之百的完美啊！不要怪我，一开始我明明不是这样的，大概是从……嗯……大概是从第十五次开始的吧……

“要死了!!!!!! 谁呀!!!! 谁死了!!!!!!! -O-!!!!!”我咋咋呼呼地叫着，差点吵死一打小鸟。然后呢，接下来，他就劈里啪啦对我狂说一顿，心理咨询热线就此展开服务。这是我第一次的反应。

十三姐那恐怖的猩红嘴唇一张一合的让我至今记忆犹新。

“是这样的，如此如此，这般这般，呀……啊……！ -O-”那时那家伙在电话那头描述得异常起劲，我几乎能想象出他现在手舞足蹈的样子。—_—

“别那么大喊大叫的好不好!! 白痴!!”

没错，经过那家伙十五次的摧残之后，我早已练就了金刚不坏之身，任凭他风吹浪打，我就是毫无反应。而且我也认识到了这样做的重要性，现在正是关键的时刻啊！

总之一句话，现在我对那家伙的台词烂熟于心，所以无论他说什么我都毫无反应，像块巨石般巍然沉着。

“忠州……很远吗？”

“不远，至少没那么远。”这家伙废话一堆一堆的。

“忠州……不是她奶奶家吗？”

“啊，是的。—_—”

“她为什么会死在那儿？”

说话模模糊糊，花花绿绿，这家伙总是这么死性不改，如果你就让他这么说下去，我保证他可以在原地打转一天，头发都会一根一根绑起来让你数个清楚。

“为什么会死掉啊？鲤鱼饼把她炸死了？”我开玩笑地说着。

“死了……”电话里传出迷茫的声音，晕死！真是个对幽默和玩笑没半点领悟力的家伙。—_—

“……为什么……会在我哥身边……死掉……？”

从这一部分开始……变得悲伤了起来，所以从现在开始我也不再和他开玩笑，接他话茬了，牢牢锁紧自己的嘴，对着坐在对面补妆的十三姐耸耸肩。

“……为什么……会在我哥身边……死掉……？”电话那头又喃喃自语了一遍。

“直到死俺都会觉得愧疚。”知道自己现在有点坏心眼，人家在电话那头说得那么悲伤，我却在这边为了引起十三姐的主意，挤眉弄眼的，最后还隔着听筒老远来了一句方言。十三姐被我这出其不意的玩笑弄火了，一忍再忍，终于再也忍不住，一把甩掉正在抹的唇膏，叉着腰站起来就要咆哮。

如果按照以前的情况，说完这句话，这家伙的电话应该就这么结束了。

“为什么她要一个人离去，一个人死掉!! 为什么!! 为什么她不带上我!! 为什么她只有左脚断掉!!!”

……呆……我呆住了……

听着他这么大声地宣泄，分明还有几滴眼泪夹杂在里面，不过这都不是我呆住的原因，重要的是，刚才他那声呐喊触动了我在心中深埋已久的，那黑暗而潮湿的记忆……他的声音与我那时在心中不断呼喊的声音惊人的相似，已经忘却了的那个灰色韩雪理似乎又重新找到了我，她狞笑着，要侵入我的身体，好痛，那曾经遍体於痕的身体，好痛。我整个人如同雷击，一下愣在当地。

“……我……”

……

……

“我……对她来说，到底……”

电话就这样断了。

五点十二分，平常在五点十分就会结束的通话，因为我的一句话，比平常延长了两分钟。

“雪理!! 发生什么事了?! 嗯?!”十三姐担心地看着仿佛刚被一场阴雨淋过的我，全身透着阴冷。

“……”

“韩雪，到底发生什么事了，他在电话那头说了什么?! 什么腿折断了? 是不是他诅咒你将来会摔断腿?!”十三姐想像力超丰富地说。

“吵死了!!!!”

“…………雪………… –O–……”这些家伙都有乱省略我名字的习惯，怎么叫的都有。

……该死的，怎么这么容易就破功了呢！要知道一直以来我都刻意装出开朗活泼的性格，几年下来可以说是天衣无缝，可谁知道今天，就因为那家伙不经意的一声大喊……一切都变了，就如一场大风突然袭击了装满沙子的小船，什么都没了，所有的所有都沉到了湖底。……不行，这样下去可不行，如果这样的话所有的人都会再次离我而去，我不要又只剩下我孤孤单单一个人，我不要。不要慌，镇定镇定！趁事情更糟之前赶快把纷乱的心收拾好。

“嘿嘿，我逗你玩！ –O–”

“哎哟，呼……搞什么呀，一惊一乍的吓死人了，你这家伙又……”

“嘿嘿，我看这家伙是在撒谎。”

“喂，你小心点，真的，说不定什么时候你惹火上身了都不知道。”

“别乌鸦嘴瞎说了，想想都是不可能的事嘛。”

“不是我乌鸦嘴，是真的危险，是真的危险我才这么说的。”

—_—危险？是我太宽心了吗？不过我还真没从这家伙身上感到过一次危险呢，觉得他单纯的只是想找一个人诉说，希望藉此获得安慰。没错，一定只是这样的。

从那儿下了班，接着到下面的打工地点，3. 4 啤酒吧。不知怎么的，今天觉得这条路尤其长，浑身都抖得像筛糠似的，是因为天气太冷的缘故吗。

走到3. 4 啤酒吧时，我已经跟冻掉的冰棍没什么两样了，又黑又粗糙的小脸被风刮得像颗红透了的苹果。

“哇哈哈哈哈，－O－哇哈哈哈哈，－O－你的脸怎么好像刚被炸过似的，哈哈哈哈！－O－”

“你说像炸过似的……—_—”

“喂，你的皮肤怎么这么容易变红啊！这可是那些皮肤薄如白纸、细腻如白瓷的家伙才有的特权啊！”

“您信不信我可以当场把拳头放到你嘴里去，让你变成一大奇观。还不快给我闭嘴!!”

“那可不行。—_—”

3. 4 啤酒吧的厨房。

我已经系着围裙忙了好一阵了，现在正在切美味的菠萝。詹英那家伙不去外面 Service，反倒闲着没事跑到我这儿来讽刺我，真TMD……别忘了我正在舞刀弄枪，右手拿的刀给了我很大的启示，只要我切，切，切……

“哎～！死丫头，你的刀功真不行，你得承认吧?!”

我剁剁剁……把砧板上的每一块菠萝都想成詹英的脸。

“你得把刀功练好点，否则怎么嫁得出去啊！你看哪个女人不都是有一手好厨艺，这样才叫女人，还有……”

“你不用去外面 service 的吗？”我横了他一眼说。

“嗯。现在没客人，谁让今天是星期一呢，嗨嗨嗨嗨。”

“那你就出去打扫一下卫生。”

“做清洁怎么该我做呢？不是有贤英大哥在嘛!!”詹英乐滋滋地说道。这个无耻的小人。

“那……你就不能把嘴巴给我封上!!!!!!”我一时性起，猛地如河东狮吼般大声吼道。

“－O－哎哟哟……好可怕……”

“你为什么总是在我切东西的时候出现！分散我的注意力!! 你看你看，都怪你，我的菠萝全部切成方块的了!!!! 本来应该切成菱形的!! 你知不知道我被外面的客人嘲笑过多少次了!!!! －O－”

“我知道，知道，我走还不行嘛！－O－你嘴巴快裂开了……你嘴巴快裂开了！”詹英慌了神，眼疾手快地抓住了我的手。一边好言相劝，一边赶紧从我身边抽身。真正发挥作用的不仅是我的语言，更是我提在手上距他不到十厘米的刀。他拿出堆在水槽里的盘子，双手颤啊颤，终于迈出了厨房。

这下我总算是耳根清静了，于是放下举起的刀，一心一意地开始切我的菱形。

可是……

“雪理，雪理！”丧门神的声音催命似的又响起。

“……你……真是……”我怒了，拿起刀要砍人。

“不是的，不是的!! 有人来找你!!”詹英吓得慌忙两手连摇，赶快说出原因，就怕迟了他的小命难保。

“找我……？”我拖长了声疑惑地问道。

“是的!!!”詹英答得尤其响亮，很高兴自己的小命保住了。

“是谁啊?!”

“一个男的。”

“男的?”

“嗯。”

怎么会有男的来找我?不,更确切的说法是怎么会有人来找我,这才是最让人难以相信的。我现在过的是彻彻底底的独居生活,没有一个朋友,也没有剩下一个家人,都死了。

会是谁呢?

“那人让你出去。”

真是奇怪……比起高兴,我心里更多的是疑虑。得到了店长的同意后,我解下围裙朝外面走去,其实心里是暗暗希望詹英也能跟着我一起的,可谁知那家伙,平时粘我就像是我的尾巴一样,今天却好像绝对没有这个想法似的,一个人跑到收银台那儿稳稳坐好,冲我咧着嘴嘻嘻直笑。这个烂人金詹英,—__—关键时刻一点忙都不会帮,要想他帮我,等我头发像葱须那么白之后好了。

我抿着嘴,把冷如铁的左手揣进兜里,怀着一颗忐忑不安的心,推开了店里的门。

面前的,是一张熟悉的面孔,几分钟前刚刚才融化的冰霜面孔,这下,顿时又被怒火卷得席天盖地。

2

已经五年没有见过面,本以为早已经忘记的面孔,为什么会又出现在我面前……

“雪……”

惟恐那混蛋嘴里又说出什么话,我飞快地转过身就要向门里溜去,可是妈呀!只见玻璃门上牢牢地贴着一张大饼脸,已被压得不成人形,不是詹英那臭小子是谁,我吓得连退三步。就在这当口,那个混蛋牢牢地抓住了我的手。

“放手!”

“舅舅对不起你……”

“放手!!!”不想让贴在门上的詹英那家伙听到,我压低嗓音沉沉地说道,咕噜咕噜的喉音下是掩不住的怒火澎湃。

那混蛋不知道从哪里获得了希望，不但没放开，反而更用力地抓住了我不断挣扎的手。

“过得好吗？”

“你问我过得好不好？!”

“……是的……”

“你这只是出于礼节性的问候呢……还是真心的想问？”

“……你不要这样好不好……”

“我当然要问清楚，礼节性的问候我当然要按照礼节性的回答，如果你是真心想问，我当然也要真心地回答!!”

“我绝对是出于真心的……绝对没有半点客套寒暄的意思。”

听到这话，我猛地抖掉他抓住我不放的手，站直身子，堂堂正正地面对着这个混蛋。从哪儿开始呢？没错，就从这儿先开始。我啪啪两下抖掉自己穿在脚上的那双破旧得几乎不堪入目的鞋子，一声冷笑，直直看着他。

“那我们就从脚上开始好了。没错，这就是我惟一的一双鞋子，已经跟了我三年了，也许是明天，也许是马上，我不知道它什么时候会散架，每天都提心吊胆的只希望它不要在我工作的时候烂掉。怎么样，还有兴趣接着听我介绍一下我的衣服吗？”我用湿淋淋的手指着身上随处可见大窟窿小眼，在风中弱不禁风地飘零着的松垮夹克，还有末端早已都磨破脱线的牛仔裤，带着几丝冷嘲说道。

“看见了吗？旧衣物回收箱里估计也轻易发现不了如此‘价值连城’、天下少有的衣服。这么少有稀罕的衣服居然穿在我身上，我应该觉得很荣幸不是吗？你不觉得我很伟大吗？”

“舅舅一直想帮助你……”

“哈，对了，我怎么把最重要的脸给忘了，我的脸，女孩子最重要的脸啊!! ^__^”我才不会让这混蛋把话说完，看着他结结巴巴、语不成句的狼狈样，我不由从心里产生一股扭曲的快感，几年以来一直罩在我脸上的假面具给了我足够的勇气和冷酷。

“为了帮助你……”

“正如你所见，我好吃好睡，笑容灿烂，过得再好不过。”说话时，我猛然间卸掉了刚才的面具，0. 1秒，仅仅就是0. 1秒的时间里，我内心深处的真实面容瞬间闪现。那混蛋顿时恐惧得脸色苍白，连连后退几步，上下起伏的胸口显出他有些惊魂未定。如果不是他心里有鬼，他怎么会被我原本的面貌吓成这样。

“看见我的脸成什么样子了吗？有时候半夜起来，从镜子里看见我自己这张脸，我都会被吓倒呢。怎么样，拜您所赐，这张脸才能成为世界上最可怕的脸。”

“这个……我也知道，我也非常懊恼和后悔。”

“没有这个必要。”

“……我就是为了帮你才过来的呀……”

“你以为，你以为你能怎么帮助我??把从我手上抢走的我妈妈的保险金再还回来吗？或者……我离家以来的三年岁月，这三年的苦难和艰辛，你打算用死来偿还吗？”

“有一个地方……有一个地方说可以收养你。”

哈……真是肺都要气炸了！我回过头，先看看詹英那个跟屁虫还在不在后面，那家伙还算有些眼力见儿，早已闪得不见人影。好了，这样我才能对这个混蛋赤裸裸地展现自己的全部怨气。

“你以为我会相信你的鬼话？谁会收养一个已经满了十八岁的女孩。或者，你是不是又打算把我卖给哪个老男人？因为收了他的钱。”

“雪理!!!”

“没错，我的名字是叫雪理!!!”

“我真的是为了帮你才来的!!是一位六十二岁的老爷爷……有妻子，有儿子……他知道你的身世之后，非常希望能收养你，绝不是一时的冲动和玩笑。他看到你的照片之后，立马给我打电话，拜托了我好几次，我也是经过良久思考之后才来找你的。”

“一听就知道是变态老头儿。”

“绝不是你想得那样的。我是在一次高尔夫聚会的时候认识这位老先生的，他是个非常了不起的人，不仅经营一家很有名的公司，而且很有声望。绝对不会有什么你担心的事……”

"啊哈……高尔夫聚会……"

"……"

"不错啊，高尔夫也打上了，你生活过得很滋润嘛！"

"……对不起，我不知道该在你面前说些什么……"那混蛋又装出一副可怜兮兮的样子，流露着浓浓的哀愁，那个当初拿着皮带抽我，拿脚踹我的恶棍，如同深海里的怪兽，潜得无踪无迹。

哈，我太清楚他了，看他这番样子，我又是恶心，又是痛快，更有些伤感。

"如果你真的不愿意的话……"

"把联系方式告诉我。"

"好，好，没问题，那么我……"那混蛋的脸一瞬间就变得明亮起来，避开我利刃般挖掘的视线，颠颠地从钱夹里掏出一张名片递给我。看来他从中可以捞到不少好处。

我接过名片，头也不回地向店里走去。

"雪儿……!!"

"不准再来找我。如果我再看见你一次，我一定把你的脸一块一块切成菱形！"我抓着门把，放出狠话。

…… ……

深深地，深深地，我靠着门深深地吸了一口气，全然不见刚才的气势汹汹。像做梦一样，我也希望是梦，可手里拿着的那张名片明明白白证明了一切都不是梦。

有人就是会选时候，詹英那小子左扭右拐，跳着奇形怪状的舞蹦跶到了我身边。—_—

"谁啊？"

"关你屁事。"

"你，刚才好像狂呼乱叫来着。"

"别人的闲事你少管。"

"坏女人……"

"你也是坏女人。"

"哇呀呀!!! 你竟敢侮辱我堂堂七尺男儿汉!!! -O-"

“那你就能对我说坏女人了?!”

“和你就是没共同语言!!! 韩雪，你是个榆木疙瘩你知不知道!!!”

“让开!! 我要去切菠萝了!!!!”

“切吧!! 去切吧!! 最好切死你!!”詹英撅着嘴，气呼呼地走掉了。—_—要上去安慰那小子一下吗？还是算了，我现在郁闷自己的事情还来不及呢，哪还有心情去开导一头牛。想到这儿，我重新系上围裙，踢踢踏踏走进了厨房。

领养……？老爷爷……？有名企业……？怎么想都不像真事儿，而且最重要的是，这个消息是那个混蛋带过来的，难保他不会又有什么坏心眼儿。不过有一张名片也不算什么坏事，说不定真像他所说的……思来想去，我心一烦，手一伸，名片飞进了垃圾桶。

呼……爽啊！刚才和那个混蛋不愉快的会面似乎也就这么离我远去了，我心里顿时痛快了许多。咚咚咚咚～！重新专心地切起自己的菠萝来。

经过我的妙手，五个美丽漂亮的菠萝终于闪亮登场了。

不知不觉间，时钟已经指向了十一点，刚才还冷冷清清的啤酒吧顿时变得人声鼎沸起来。

“雪儿!! 雪儿!! -O-”贤浩大哥呼呼地迈进了厨房，推着我的头说道。

“嗯?”

“外面实在忙不过来了，这些东西等会儿再切，你也去外面帮忙 service 一下！”

“人真有那么多?”

“哎哟哟，简直都要爆了!! 我骗你干什么。也不知道今天搞什么鬼，星期一还人那么多。”

“知道了，我这就去。”有一件事是确定无疑的，那就是去外面 service 要比切菠萝来得有趣得多，于是我立刻手脚麻利地除下围裙，快步走到外面。

老天，这是搞什么飞机?! -O-贤浩哥一点都没夸张，人真的多得像莲花池里的花骨朵儿一样，密密麻麻，到处都是人头。和着喧嚣的蓝调音乐，酒吧里的大部分人都已经呈半癫狂状态，张牙舞爪，醉态毕露。这才是人类的真实面貌吗？

怎么看这帮家伙都和我差不多大。—_— 管他的，他们多大和我有什么关系，最让我头大的应该是酒吧里响成一片的服务铃声才对。觥筹交错间自然少不了美味的下酒菜，于是这里一声叮咚，那里一声叮咚，催魂似的铃声，让你恨不得生出八只手来。可惜造物主没有赐给我这个福分，只能眼巴巴看着每每铃声响起之处一阵阵鸡飞狗跳。

这个世界上为什么不少生产一些人类!!! -O- 我真心实意的这么想到。

时间一分一秒地过去，气氛也进入了白热化，嘈杂的人声几乎要把咱家酒吧屋顶掀开。老远就可以看见詹英气竭地靠在一个柱子上，伸着舌头喘气，他几乎是有些恐怖地看着那一只只伸向服务铃的手。我拍拍他的肩膀，开始给现场救火了。

"大妈!! 这边!!"

大妈……—_—……？

"好的，马上就来。"

长没长眼，大妈？—_—有我这么鲜嫩、水灵灵的大妈吗？我狠狠地捏了捏拳头，不过一张笑脸依旧挂在脸上，向靠窗的十号桌走去。

不同于其他的桌，这桌的氛围分明透着古怪。首先引起我注意的是那个女孩，她应该还比我小点吧，畏畏缩缩地低着头，长长的头发盖住了脸，不时发出阵阵抽泣，就像审判席上等待审判的罪犯一样。她对面坐着三个和我差不多大，或者比我稍大一点的男孩，还有一个眼线涂得无敌、大概有 5 厘米长的女人突兀地夹在他们中间。

怎么回事，这就是最近学校很流行的夹心饼干派对吗？—_—我偏着头，忍不住上下打量他们。

那个手掌看起来像鸭掌的男孩扬起手冲我叫道："大妈，这

儿。”

“来了。不过，我不是什么大妈。”

“那又怎么样？”

“不怎么样。我只是告诉你，我不是大妈。”

“那你说我该怎么叫你？”

“—_—……什么？”

“你是想让我叫你大姐吗？”

我才不想从你这样一个家伙嘴里听到什么大姐呢。—_—我急急忙忙摇摇脑袋，装作是在催他们赶快点东西的样子，取走了酒水单上的圆珠笔。不相干的人，还是少惹为妙，免得影响我们的营业收入。

鸭掌不再理我，他冲着坐在对面那个像犯人一样低着头的女孩猛喊道：“喂!!! 臭丫头，你是不是都快睡着了呀!!!”能达到标准黑道分子水准的威胁声。

长头发女主角在摇头的那一瞬间飞快地扫了我一眼，然后仍旧低下头，抽抽哒哒的。她那个眼神分明在向我传达什么重要的信息，好像是在拜托我什么。

“……我会告诉……尹湛的……”

“什么？”

“尹湛正在来的路上……接下来会发生什么，我也不知道。”

“他妈的，怎么会!!!”无敌眼影嚯的一下把烟灰缸摔到桌子上，扯着嗓门尖叫起来。不过她身边的那几个男孩不惊反笑，一脸的无所谓。

“怎么，想吓唬我们？有种你继续接着说啊！接着说啊！你以为谁会怕那小子不成，嗯？”

“……”那个女孩不再出声，肩膀因为恐惧不住颤抖。

一股热血直直冲上我脑门。

“有胆做没胆认啊！居然敢跑到警察局唧唧歪歪，说什么我们殴打恐吓你朋友，我看你脑筋里准是搭错哪根弦了。熊心豹子胆你是不是都吃全了啊！”

……我总算搞清楚了点事情的眉目……这些坏胚子们，肯定是他们跑去欺负这个女孩的朋友，这个女孩为朋友抱不平，情急之下就去通知了警察，所以才被这帮人渣带到这儿。啊哈~！既然如此……我也要赶快去通知警察才对。

我沉着地转过身，向不远处靠在墙上歇息的詹英递了一个眼神，打算回收银台按报警铃。可接下来发生的一切，证明了我确实是个大愚若智，冲动起来就忘了一切的笨蛋女人。

我转过身没多久，就听见背后传出好大一阵动静。

“我看你是还没吃饱我们的拳头!!!”无敌眼影猛地大吼一声，整个酒吧里都充满了她的咆哮，吓得隔壁桌上的一个女孩哇的一声哭了出来。无敌眼影好像是他们的头头，腮帮子上赫然有个半月形的伤疤印，而且显然不是什么新伤口了，分明是传说已久的大姐大级人物。

刚才已经全身哆嗦的女孩这下更是连哆嗦的力气都没有了，她抬起小兔子般惴惴的眼神，无限乞求地看着我。本已热血上涌的我哪受得了这份刺激，刚才和那个混蛋舅舅见面时我还能稍稍控制自己的面部表情，这下可好，一时英雄救美心起，我想也不想地挥起菜单牌，哐啷一下统统砸到了那个无敌眼影的头上，满脸的正义与愤慨，完全忘了对方是个有半月形伤疤的大姐大。只是有点遗憾，刚才攻击的姿势极其不美丽，也一点不帅气，憾啊！

“哐!!!”万锣齐鸣，我想这是针对无敌眼影说的。

……

……

—_—……

随着这“哐”的一声，这张桌子周边顿时变得死一般的沉静，大家集体失语，呆若木鸡地看着我。詹英看到不对劲，飞身冲过来收拾残局，不过这也是在所有的事情发生以后了。刚才的那一瞬间，已经牢牢定格在历史里。—_—无敌眼影漂亮的半月形伤疤上又被我浓墨重彩地书写上了一个红色图章，她脸部的肌肉剧烈抽搐着，一场毫无预兆的大混乱马上就要爆发了。

3

“臭女人!!! 知不知道你刚才对我的头做了什么!!!”无敌眼影女人比想象的还要生气，她啪的一下站起身，轻轻松松一掌就把瘦瘦巴巴的詹英发配到隔壁八号桌腿那儿，然后面无表情地拽起我的衣领。

其实有件事我一直想问她，我憋在心里很久了。

“请问你的眼影是用眼影笔画的呢……还是用眼影粉涂的？—_—”我真的很想知道。

“你……你这个女疯子!!!”

“嗯……？”在揍我之前，连我这个小小心愿都不能满足吗！

“我看你真是脑袋被烧焦了，疯得想死!!!”

“我才没有焦。”又不是糖醋里脊，怎么会焦呢。

“哎哟哟，看看这是哪块菜地里种出的葱啊！你丫疯了是不是？”哐的一下我脑袋就毫无预警地吃了一记糖炒栗子，痛得我眼泪都要流出来了。顿时间，桌子旁所有的男人都用一副“你死定了”的幸灾乐祸的表情看着我。我火了，面无表情地板起整张脸，瞄准无敌眼影那个半月形的伤疤，狠狠就是一巴掌下去。

“嘿……呀～!”看我大力水手波派，我一边狠狠击下去，一边闷吼一声。

这下子，连那个一直在抽泣的长头发女孩也不哭了，她绝望地看着我，接着仿佛不忍目睹似的闭上眼睛，一副世界末日来临的样子。老天，我居然遇到了这种电影上才见过的阵仗，只见无敌眼影把自己的貂皮外套狠狠往椅子上一摔，然后一声令下，那三个男的嘿咻一下就把我抬到了他们的背上。

“哇呀呀呀!!!”你当然不会认为他们是想背我吧。果然，在这气势惊人，又酷又帅的一阵喳喳呜呜过后，那三个混蛋一鼓作气把我举到了空中。

命不久矣！我绝望地闭上眼睛，等着下一个高台跳水。

“住手!!!”贤浩哥带着一帮兄弟——酒吧里的服务生，在最恰当的时候大喊出声，我喜极而泣，真是人民的及时雨啊！

无敌眼影才不会那么轻易放过我，她没有命令那几个男的立刻扔下我，而是疯了一样的撕着扯着我的头发、衣服、肚子、腿……真是变了态，我当然也不会就那么老老实实待着，我在半空中拼命挣扎反抗，扭过拳头企图狠狠地揍他们，刚才点酒水的那个家伙眼疾手快地扯住我的手，让我没有半分还手的余地。

该死的，这都是些什么事啊！居然比当初我舅舅用皮带抽我还要痛上一百倍。

"给我往死里打，往死里打!!!"

"快去叫警察，詹英!!! 喂!! 叫你们住手你们听见了没有。你这个女人怎么倔得像头犀牛一样啊，到底听不听得懂人话！该死的，还力气这么大!! 喂，伙计们，别光傻看着呀，赶快上来帮忙啊!!!"贤浩哥气喘如牛地喊着，声音就如同在我耳边，我的视线渐渐模糊，脑袋渐渐垂下，整个身体也渐渐痛得失去了知觉。可以想象得出，整个酒吧现在一定变成了斗兽场。

等我们老板接到通知火急火燎地赶来，这里的战争基本上已经平息了，老板只能一个人站在那儿，心痛地看着满地残骸。女孩依旧在嘤嘤哭泣，我靠在厨房门上，一个人默默地擦着脸上的血。这时候，外面才传来警车呜呜呜的尖叫声。

"哈哈……哈哈……"看着这自己一手造出的祸端，我除了冷笑，想不出别的形容词。而长头发的女孩靠在我身边，惊魂未定，不时大口大口倒吸着冷气。—_—

"老天！居然有这种事！"詹英噙着泪花，一边擦着脸上的血，一边哭丧着脸喃喃念到。

大伙齐心合力把该死的战场差不多打扫完毕之后，我们的老板双手叉腰，开始向我发难了。我早知道难逃这一劫。—_—

"你……疯了……是不是，韩雪理?"老板看着我肿得像只叉烧包的嘴唇说道。

"没有，我没有疯。—_—"真是，今天怎么这么多人说我疯了。

“那你说说你到底在干什么!!! 流血打架很好玩吗?! 看你浑身的伤口!!”

“没关系的，不碍事!!”

“就是你不碍事我才有问题呢!!!”

“对不起……”

“所有的客人都跑光了!! 而且还被警察发现我允许未成年人进入，被他们逮个正着，你说，这笔账都该算在谁的头上。我……好心地收留你这个无家可归的小野种，让你有工作做，你居然就是这样回报我的?! 你……”

砰……砰! 好像突然有什么东西猛地在我心头扎下了两颗大钉子，“无家可归的小野种”……这和今天的事有什么关系……

“出去!!! 你马上给我出去!!”

“老板，你不要这样啦!! 雪儿她伤得好重哦!!!”一直缩着头的詹英突然悄悄地挡在了我前面。

“不准废话! 我就觉得哪里有点奇怪呢，从上个月开始收银台的钱就不断减少，我只是一直在心里纳闷没有讲出来而已，我……”

“老板!”詹英猛地哀怨着叫了出来，他是想阻止老板说出更多残忍的话。

但这和我又有什么关系呢，我已经转过身，头也不回地向外走去，再也没有继续留在这儿的理由了。

“祝您好吃，好睡，好好生活! -0-”忽然又想起什么，我抖抖完全麻掉的肩膀，回过身，对着那个曾经是我老板的人说道。

“-0-……看看你，看看你那副德性，我就知道你这丫头，会这样……”

“啊，不喜欢啊! 那就祝您漂漂亮亮地吃，漂漂亮亮地生活。-0-”

“-0-你……你给我闭……”老板鼻子都快气歪了。这时，我又走上前，噗噗拍了他肩膀两下，然后毫不犹豫地，彻底离开了这个地方。

那个长头发女孩和詹英见状，立刻也颠颠地要跟出来，可惜詹英被老板一把逮住，抓着他的手又把他重新拖了进去。啧啧！这家伙总是这样，就像柔软得不能再柔软的水豆腐一样，他将来怎么在这险恶的社会上生活呀。

“姐姐……对不起……”

#3．4 啤酒吧前面。

“对不起，姐姐……”那个女孩见我无语，慌忙又重复了一遍。我仔细地端详着玻璃门上倒映出的那张脸，这就是我现在的样子吗？难怪这个女孩会认为我正在、而且非常生气了。

“不关你的事。我刚才也拿着块桌角东刺刺，西刺刺，打得很痛快来着。我之所以走得这么快是怕那个抠门老板醒悟过来要我赔偿损失，呵呵……”

“我……我一定会帮姐姐再找一份新的工作……”

就在这时，忽然从远处呼啦啦涌来了大约六名男生，清一色地穿着上短下长的短装校服，我愣住了，直勾勾地看着他们，确切地说，是看着他们穿着的校服。好羡慕啊！羡慕死了，羡慕疯了！顾不得全身都还在叫嚣的酸痛，我把自己整个儿都卖给了那身校服。

“尹湛!!”在我的校服狂想曲结束之前，那个女孩已经兴高采烈地向那群校服人奔去。

……尹湛……？我站在距他们五米远的地方，直愣愣地看着这番光景。

其中一个男孩对着女孩的脸仔细地端详了一番，忽然出声吼道：“那些兔崽子在哪儿?”

今天听到的大吼大叫还真是不少，怎么，敢情大家都是约好了的。—_—

#警察局。

“你！哪儿受伤了没有?!”声音大得像打雷一样，不知道的人还以为他在恐吓这女孩呢。真是个笨拙的家伙。—_—

那女孩用手指指指我，然后低低地在那男孩耳边说起什么来，那男孩微微抬起头，面无表情地牢牢锁住我的面孔。最后，当女孩叙述完一切之后，他一晃一摆地走到了我面前。深灰色的校服上印别着醒目的银色铭牌。

“江尹湛。”就如一股清新的泉水从头至尾将我冲洗个透彻，我只能呆呆地看着那个名字。—_—

没提防，一根冰冷的手指忽然轻轻点上了我的额头。

“干什么？—_—”

“是你，你打了那个女人？”他话里每强调一个重音，就在手指上加重力道按着我的额头，混蛋！

我突然笑了出来，那家伙不明事理，不过也跟着舒展了一下嘴角，我发现他笑起时还是挺帅的。

“好笑吗？”

“能不能先把你的手指放下来，好凉！—_—”

“是……吗？”这下好了，这家伙冰冷的手指干脆又在我额头上蹭了蹭，然后画起了圆圈，依然是点着不放。你有种，江尹湛！—_—由于他的个子大约高我二十多厘米左右，所以在他面前我被衬托得愈发矮小，我只能仰视才能看见他的下巴，这下我更讨厌他了。

“把手拿开！”我使劲拍着他的手，他却依旧不动声色地看着我。

“喂，乞丐。”

“什么？”我几乎不敢相信自己的耳朵，为了确定“乞丐”这个词是我听错了，我于是又一次问道。

“喂，乞丐。”

那头，长头发的女孩正在努力地向其余的几个穿校服的男生解释着些什么，这时，突然像想起什么似的，缓缓向我们这边走来。

“你……你，凭什么说我是乞丐？”我简直气极了，连说话都不利索起来。

“看你的样子就像嘛。”

“尹湛！！这位姐姐不是的，她是刚才救了我的那位姐姐啊！！！”就在我狠狠握住那根冰冰的手指，准备把它从我额头上拿下来翻脸的时候，那个长头发女孩适时焦急地叫了起来。

那位叫江尹湛的先生，毫不掩饰他的吃惊，盯着我小看了一会儿，又重新把箭头指向那个女孩，他大大咧咧喊道："喂!!!"

"嗯～?"

"别开玩笑了好不好!"

"是真的……"

"你要是再这么胡说八道的，小心我揍你啊!"

"是真的，尹湛，你没看见这么姐姐浑身都是伤吗？她都是为了救我，才会弄成这样的。"

他就这么希望女孩是在胡说八道吗？听着江尹湛这混球一口一声胡说八道，我不由怒从心起，紧紧握住口袋里那张名片（忘记说了，刚才把那张名片扔了之后我又从垃圾桶里拣了出来），开口对那家伙冷冷地说道："是啊，是胡说八道。"

"……"

"这下你满意了没？刚才所有的事情说，只有我是乞丐是真的，这下你满意了没?"

"什么??"

"你就把'乞丐'看成是我的名字好了。"

"嗯，不错，没有比这个名字更适合你的了。"那家伙一手搂住那个女孩的肩膀，用轻蔑的视线在我脸上来回转悠。我一忍再忍，终于克制住自己，僵直着脖子，朝没有他们的地方走去。现在，我就是那个没有目标的马拉松选手，不停奔跑，不停奔跑，可惜永远不知道终点在哪儿。

就如同四年前我失去云影一样，伤心过后也是一样的奔跑，世界上再也没有比奔跑更能排泄心中满腔湿湿的水分的方法了，泪水一滴一滴挥洒在地上，分不清是汗水还是泪水，只知道这每一颗都是从心底涌出的结晶。十字街头，灯火阑珊，我穿梭在人潮汹涌的人群里，接踵摩肩处也不知到底撞到了多少人，只有一阵阵骂声才能提醒我尚存在于这个世界的事实。

跑至灯火辉煌处，我不由觉得一阵阵眩晕，天下之大，难道竟没有我一尺容身之处？……没有，再宽再大的世界，终究还是不会施舍一小坪的土地给你，你醒悟吧？不知道是哪里来的声音，在我耳边凌厉无情地粉碎我一切希望，不会的，不会的，不会这样的，我继续疯狂地向前跑着，我要逃离那个声音。

徒劳地奔跑，徒劳地逃避，我最终还是回到了这个最现实的世界。我最后倒下的地方是街头大排档旁一个老旧的公用电话亭，现在没有什么人使用公用电话亭了吧，所以，我藏身的这个电话亭，同时也是即将陪我一宿的伙伴，里面闻不到半丝人的气味，只有冰冰凉凉的机械味道，公式化地回旋在这个小小的空间里。我下意识地把手缩进口袋，又摸到了那张名片。

1541……我小心翼翼地一下一下按着键盘上的号码，搜遍全身上下，居然找不出一个百元硬币，我只好拨打了对方付费电话。

4

嘟……嘟……嘟……

六声长音过后，电话里出现了录音电话柔美可亲的声音，我心中猛然一震，畏惧心顿起，老天，韩雪，你这是在做什么啊！于是慌慌张张就要把电话挂上……

“喂~！请问……”话筒里突然传出了非常平和和善的声音，我一怔，一时舍不得挂上，只想用双手紧紧抱住这个无比慈祥的声音，汲取一丝温暖，也让断了线的风筝不再在风雨中飘摇。过了好久，也不知抱着一种怎样的心情，我终于缓缓开口。

“……喂！”

“请问是谁啊？”

“您好！老爷爷，我，我是乞丐。”糟了，一紧张，把刚才那个混蛋给我取的名字说出来了。

“……什么……？”对方也诧异了。

“我，我是个乞丐，老爷爷……”外面凛冽的寒风，透过电话亭门的缝隙冷冷地吹在我的脊梁上，让我满心满身只想逃离这个冰冷不带一丝人味的地方。实在不知道该怎么介绍自己，我索性将错就错了。为了早日奔向那个有着温暖如太阳、和煦如春风的慈祥声音的地方，我顾不得对方是从没见过的老爷爷，有些急促，又有些失礼地继续说了起来……

“我……现在，穿着掉了两个扣子的外套，鞋底几乎也快散架了的球鞋，我的脸也不是很漂亮，做事也不是很能干，而且今天才刚刚闯了祸，但是但是……”

“……呵……”

“能不能请您收留我……”

“你是……雪理吧？”

“还有，还有……我虽然不能干，但是洗衣服，熨衣服什么的我都很棒的……所以，能不能请您收留我……”

“……你现在在哪儿？”低低沉沉的一句话，打消了我接下来的自推自销和所有疑虑。我告诉对方我现在在江南地铁站的六号出口的位置，如同做梦般结束了这通用尽我所有气力的电话。

一切都好得不真实，是不是。放下电话，我重新回到这个寒风肆虐的世界里，任凭寒冷侵占我每一个细胞，我再也不怕了，因为希望的烈火在我心头燃烧，我双手插进口袋，动也不动地站在电话亭里，轻轻唱起了歌，——

静静的羊肠路上满是你留下的回忆，
在这条路上，一只小青蛙曾经安慰悲伤的我。
我垂下头，轻声哭泣中，你又重新回到我身边，
那窒息的箱子，终于被彻底打碎。

如果在这首歌结束之前老爷爷就能来，那真是太好了……我一边小声哼着这首云影最喜欢的歌，一边这么想着。就在这首歌即将结束，具体说就是这段歌词被我反复吟唱了五遍，最后一个升音的小高潮时……一辆深灰色的BMW745缓缓地停在了电话亭前面的道路上。应该就是这个了，应该就是这个了……我强烈的直觉告诉我，忐忑加上激动，我忍不住颤抖起来。

从驾驶席上走下一个西装笔挺的大叔，他嚯嚯……探头探脑地向四周打量了一下，看见从电话亭里走出的我，他只是愣了一下，接着伸了一个懒腰，继续向四周张望起来。—__—这个迟钝的大叔，他张望的最后结果是拦住了一位不相干的女孩，活该他遭到白眼，被当作调戏良家妇女的无耻大叔挨了一记耳光。

“啊哼，咳咳咳!!!”听到我大声的干咳，这位大叔才又转过头，犹犹豫豫，犹犹豫豫地向我这边走来，一边走，一边嘴里还念念有词：“千万不要是……千万不要是。”

他那恳求虔诚的眼神简直都渗透到骨髓里去了。唉~！可惜老天爷喝茶去了，没听到他的乞求。拜托，打扮成这样又不是我的错，我也不想啊！—__—

“请问您……是不是韩雪理小姐……”大叔小心翼翼地询问，充满了忧患意识。

“是的，我是韩雪理没错。-,.-”我冷静而不容置疑地答道。

大叔呆呆地盯着我看了一阵……

“哈哈哈哈啊哈!!”

真是好尴尬，好勉强的笑声。—__—笑声过后，大叔把我引向了那台巨大且肥得流油的车旁边。半透明的窗户在夜色里闪耀着神秘的光泽，我忍不住偷偷冲里打量，可惜除了能确定里面坐着一个男人之外，别的什么也看不清。司机大叔也在偷偷打量我，静静观察着我的反应，最后，他为我拉开了后车门。真的和我想象的一样，里面坐着的是一位须发皆白的老爷爷，他银色的发丝在车顶灯的照耀下闪着洗炼的光泽，不多不少的皱纹十分恰当地分布在脸上各个部位，沧桑中透着一股韵味，再加上身着一件藏青色的背心和一条芥末色的裤子，给人感觉威严不失温和。老爷爷慈祥地冲我笑着，脸上是掩不住的欣慰。

老爷爷年轻的时候肯定很帅……我不怎么礼貌地瞎想着，眼睛里里外外从头到脚把老爷爷搜索了一遍，老爷爷对我无礼的巡视倒也不以为意，依旧和蔼可亲地笑着。

最后，司机大叔作了一个催我赶快上车的手势，我这才收拾起

目光，小心又小心地拉开那扇沉重的车门，忐忑不安地侧坐在老爷爷身边的位置上。

一会儿之后，车缓缓发动了，真的好流畅啊！就仿佛是穿着溜冰鞋在冰场上滑冰一样。这时，老爷爷才缓缓开口：

“韩，雪，理。”

“……是……”我惴惴地答道，不知道老爷爷接下来会说些什么。

“是哪个‘雪’字？白雪的雪吗？”

“白雪的雪。”

“嗯……不过……长得却有点黑……”

—_—是的，我是比较黑。不过我复杂的心结，对自己外表的在意，却被老爷爷一句简简单单的话给轻松解决了。卸下了心头的大包袱，想到今晚我终于不用露宿街头了，我不禁大乐，从心底不停地泛上喜悦泡泡，调皮的泡泡们撺掇着我不住抿嘴默默微笑。老爷爷一直注视着我，关切呵护的表情就好像我是个一摔就碎的玻璃娃娃。

“……很痛吧？”

糟了，怎么感觉眼泪好像要流出来了…… 我急急忙忙把头扭向漂亮的半透明玻璃，非常轻……非常轻地点了一下头。

“好了，一切都会好起来的，从现在开始，不会再有什么事了，一切都好了。”一双有力的大手瞬时间握住了我的，暖流从我冰冷的双手一直传到了我的心里。

“……”

“本人比照片要漂亮得多，而且温暖得多啊！”

我不明白老爷爷口中的温暖究竟是什么意思，只不过对着这久违的称赞与和蔼可亲的微笑，我完全不知道该如何反应，如何回答，只能盼着那个没眼力见儿的司机大叔赶快放点音乐缓解我的尴尬。可那位大叔，从头到尾就忙着从镜子里观察自己的头发造型，还有他那张比地图漂亮不了多少的脸。—_—

我木呆呆地回答着老爷爷一个一个的问题，声音因为紧张而平

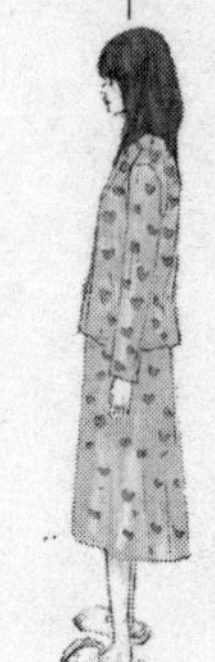

淡得像白开水，四肢更是僵硬得不知该往哪里放才好。上帝，这不是做梦吧，如果这真的是梦，拜托你千万不要让我醒过来。生平第一次，我开始向上帝祈祷。

#平昌洞。

带有警卫室的房子，这应该就是传说中的豪宅了吧。仅围墙的高度而言，就是四年前我偷窥的那所房子的三倍高，更不要说它门口的警卫室就有舅舅家居室那么大了。

我下了车，仰视着这让人不敢逼视的庞然大物，不知是因为胆怯还是自惭形秽，半晌说不出话来。老爷爷依旧像庙里的弥勒佛那样，笑眯眯地看着我半天不说话，接着推开门，径直走了进去，我也只好赶快跟上。

从大门到玄关，走了整整五分钟才到，看着沿途枯黄的草地，五条看着我不断狂吠、仿佛要把我撕碎般的狼狗，还有庭院一角摆放的小型高尔夫球道，不知怎么的，我突然觉得这儿异常的萧索。不过不管怎么说，这栋房子是我见过的所有房子中最大的，也是我见过的房子中最忧伤的啦。

老爷爷在玄关门口停了下了，为我拉开饰满美丽花纹的玄关门，做了一个请我进去的手势。我照实把自己的心情说了出来。

“房子……很忧伤。”

“忧伤……?”

“对于那些不能完成他生命全部历程的人来说，这栋房子到死都会是种忧伤……”

听完我的话……老爷爷怔怔看着我……接着……

“房子，……只是房子。”

说完，他就再也没有话了。

是啊，房子只是房子，但是这房子真是太大了，大得令人窒息发怵。我小心地脱掉脚上的鞋子，把它放在鞋架上，略微感到有丝抱歉地看着这漂亮鞋架。

伴着巨大的心跳声，我在老爷爷的导游下，一个角落接一个角落地参观了这栋房子。除去宽敞气派得不像话的客厅不说，房子一共两层，共十一间房，连每个房门的门把手都夸张地包上了柔软的真皮，吓死人了。我们的“巡视调查”用了两个小时才结束，最后，我产生了一种错觉，仿佛自己是到阿拉伯宫殿里来买家具的商人。—_—

“怎么样，还满意吗？你的房间就是二楼洗手间旁的那个房间，如果不喜欢的话我……”

“不，不，已经很好了，那个房间很好，好得不能再好了，老爷爷。”我慌忙摆着手说道。

“嗯，是嘛。”

“我，不管怎么说，很冒昧的……”

“好了，夜已经深了!! 布谷鸟都已经知道十一点了，你快去睡觉吧!!”老爷爷粗手粗脚地拍了几下我的背，使劲地把我往楼梯上推。

布谷鸟好像连敲钟的声音都听不懂。—_—

没办法，我只好顺从地走上了二楼，嚯的一下推开了洗手间旁那间房间的门，走了进去。门外传来老爷爷洪亮的声音。

“好好睡一觉！明天要做的事情还好多呢！你只管好好休息，什么都不要操心。”

……

“那个……老爷爷!!”可惜老爷爷年纪虽大，手脚倒还挺快，等我冲到门外他早已溜得不知去向。大厅里只剩下老式的座钟还在滴滴答答哼唱着。

想想还是觉得不对劲，不，应该是越想越觉得不对劲，按常理来说，绝不会有人因为看了一张照片就收养一个几乎十八岁的小女孩的（特别还是这位看起来什么都不缺的老爷爷—_—）。而且，自从我进了这栋房子之后，老爷爷简直是坐立不安，心神不宁，除了向我介绍房子外根本不让我有任何机会向他询问别的什么，好像惟恐我要逃出去似的。

还有，这房间!! 这房间!!! 简直就像是预知我要来的一样，铺天盖地的粉红，标准的公主房间。南瓜造型的可爱单人床，书架上摆满了女孩子爱看的言情小说和漫画，还有那铺满整个房间的粉红色地毯，如梦似幻的蕾丝窗帘，用两只手都合抱不下的超大娃娃。

妈呀！我越看越心惊，奇怪，真是太奇怪了，一定有什么地方不对劲，一定有什么……感觉自己坐在那把过于奢侈的椅子上会有心理压力，于是我干脆改坐在椭圆形的书桌上，头都想破了也想不出个所以然来，反而把那张书桌压得咯吱咯吱的。

刚才受伤的后遗症突然一波一波向我袭来，托那个对我全身又撕又咬的女人的福，我现在全身是又痛又酸，连眼睛都睁不开。所有的事情都留到明天再去想吧，反正睡一晚上也不会有什么区别。想到这，我呲溜呲溜，一拱一拱钻进了被窝。嗯～！好舒服，刚才乱想真是浪费了不少好时光，我直挺挺地躺在床上，向天花板行了一会儿注目礼，伸了个懒腰，闭上眼，美美地进入了梦乡。

就在我呼呼大睡，睡得死去活来之时……

“所以你想怎么样？”

“你没有必要见到，下去。”

“闭嘴，你也没有资格。”

“你最好小心你的嘴，知不知道祸从口出这句话，搞不好你连自己怎么死的都不知道。”

“白痴，该死的人是你才对！！”

“你不要再犯病了，快给我下去！！”

“闭嘴！犯病的人是你才对，疯子！！”

……没想到最近我做梦都做得如此生动活泼了，只不过怎么杀气腾腾的呢，看来今天骂人的话真是听得太多了，连在梦里都和人对骂，就是做梦也逃不过别人对我的羞辱……嗯，嗯，我的睡意渐渐消失，神智也一点点恢复过来。就在我觉得自己几乎要完全清醒时，突然，耳边传来梦中的声音……

“疯子？？！！喂！你的生日是几月几号？”

"你连自己弟弟的生日都不知道，我看你就是个白痴!!! 凭什么还在这儿和我饶嘴饶舌的!"

这么清晰、具体、主题明确的对话，我确定……这个……不是我在做梦，我已经完全清醒过来了。上帝，佛祖，天上诸神保佑，这千万千万不要是在我眼前发生的，我从没这么迫切地希望置身事外过。

就在我衷心地希望这一团乱都是在我房外，缓缓睁开自己的双眼时……

感谢上帝!

感谢佛祖!

非常想把你们扔出去。那两个男人就在我眼前，喋喋不休，吵吵嚷嚷个不停。他们敏锐地感受到了什么，同时向我这边回过头来。

而且，其中的一个家伙还是……

"啊啊啊!!!!!!!"

……没错……就是刚才那个混蛋东西。

5

"啊啊啊!! 啊啊啊!!!"似花非花，似梦非梦，我忽地从床上坐了起来，像疯了一样持久不衰的惊声尖叫。各位请原谅我发出如此难听的高分贝噪音，请想象一下我该有多吃惊吧。

和我的反应一个样儿，那家伙还是穿着刚才的校服，直挺挺地站在那里，张大着嘴，和我发出一模一样的声音。

就在那几秒的恐怖尖叫往来交错之时，就在这极富戏剧性的电光火石间，我一眼扫到了自己刚才在他脸上不曾注意的东西，这个家伙也……不是新伤疤了……

江尹湛那臭小子狠狠地瞪着我，好半天眼睛珠子才转一转，让我确定他的眼珠还没有失去功能。该死的，他为什么用这种要把我剁碎了扔到海里喂鱼去的眼神瞪着我，我都还没这么瞪他呢! —_—^

另外一个和江尹湛穿着一模一样校服的家伙，比起个头已经够高的江尹湛来还要高半个巴掌，我都要怀疑他爸爸或者妈妈中是不是有外国人了，因为他全身上下都散发着浓浓的异域风情，搞不好真是混血儿。不过这还不是我关注他的重点，最重要的是，这家伙用着比江尹湛还要恶毒百倍和还要强烈的眼神狠狠地盯着我，好像随时要扑上来把我撕成碎片。—_—

等等……他们能进到屋里，这么说……该不会……？

“你们……该不会凑巧是这家主人的儿子吧？”我大惊失色，本能地问到这个问题，感觉头顶上有几只乌鸦哇哇在飞。

那两个家伙听到我这么问，反而噗嗤一声笑了出来，最后啼笑皆非、无可奈何地看着我。我本以为再也不会听到那个叫江尹湛的家伙的讨厌声音，可它偏偏又一次在我耳边响起。

“你，你就是爸爸说要带回来的狗吗？”

“我不是狗。”

“老实点回答，你以为谁在和你开玩笑吗？”

“那么……你们真的是这家的儿子？”

“喂！！！”

“干什么？”

“这是我们家！！出去！！”

—_—……这么幼稚的话我还真没在现实中听过，一时间忘了反应，只能呆呆地看着他。其实在心中，“即使你恳求我不要出去，我也要出去”的想法不知道转了多少遍。接着，我又扫了旁边那个一脸要把我碎尸万段的表情的大块头一眼，更加坚定了我想出去的决心。

“TMD，我就觉得奇怪呢，老爸怎么突然会想起收养一个孤儿，这里面肯定有什么鬼，不知道那家伙到底有什么厉害本事能让老爸收养她。谁知道一看，怎么带了一个乞丐回家，我看老爸准是老糊涂了，老糊涂了。”

“喂！！！”

“干吗？！”

“你干吗老是乞丐，乞丐，一口一个乞丐的！你是施舍了我一块钱啊还是给了我什么好处?！不知道是谁厚颜无耻地跟着我跑到了这里，盼着我施舍不说，反而反咬一口叫我乞丐！-0-”我气极了，气势汹汹地回攻他，我就是讨厌他那种说话的语气，最好气得他吐血。

“……你……你刚才，说什么?”尹湛那混球果然被气得够呛，他胸脯剧烈地上下起伏着，努力让自己平静一些，为下一波的攻击做准备。

我也趁机休息，积蓄力量，就在我炙热的脸颊逐渐冷却下来的时候，旁边那个一直没开口说话、敌友不明的家伙突然开口了，他开口对我说的第一句话是：“吵死了，笨蛋！”

-0-……仿佛有一个一吨重的锤子，刚在我后脑勺上重重地敲了一下，我受到的冲击可见一斑。情况不妙，我的敌人又增加了一个，为了获得更有利的地形，我一把跳上床，居高临下地看着他们，然后，机关枪开始扫射，突突，突突……

“你这个没教养的兔崽子！怎么能对第一次见面的人就骂笨蛋?！你凭什么这样瞧不起我?！我是生来就该遭你们歧视的吗?！你知不知道你自己有多可笑?！‘笨蛋’这个词你该包好送自己还差不多!!!”

准确地说，是在我唾沫星子四射、强调“可笑”这个词的时候，那个新加入战局的无赖啪嗒啪嗒阔步走出了房间。—_—剩下我一个人落寞地站在床上，英雄最怕无用武之地啊！

我悄悄把视线转向面无表情地站在一边的尹湛兔崽子身上。—_—

“这家伙是谁?”

“你不是打工的吗?”

“……这事不劳尊驾费心，即使是你求我，我还不屑留下来呢！”

“既然这样，你现在马上就给我出去！”

“明天早上我要正正式式地和老爷爷道过谢，道别之后再离开!! 收到?!”

“白痴，你以为这里是旅馆啊!”

“是你带我来这儿的呢……还是老爷爷带我来这儿的!!!”

“那……你不准在被子里睡觉!!!”

“什么?!”

“要是你身上的虱子传到我们家被子上怎么办！地上或者洗手间，随便你睡哪儿都行!”最后他还仿佛施恩似的加上一句。

……真是让人气愤……我又是委屈又是生气，天知道我并不是为了弄成这样才到这儿来的。不过事情能顺利解决一向不是我韩雪理的命，我早知道一切在看似顺利时都会平地生波。我再也不想见到这家伙的刻薄嘴脸了，想到这，我腿一缩，重新躺回被子里，把脸冲向床里面。

“喂，喂!!! 会传染虱子的!!”那家伙紧张得要死。

“呼……呼…… -0 - 呼……呼…… -0 - ”我睡神附体，飞快地发出一阵长似一阵的鼾声。

“喂，你是男人吗……睡觉还……”

“呼……呼…… -0 - 噗呼呼……噗呼呼……”

“……”

我能从背后感到传来多少杀气……—_—可能看久了他也觉得没意思了，再加上那家伙实在拿我没什么办法，所以不久之后我身后传出了哐啷哐啷的脚步声。

呼~！他终于出去了。真是一场噩梦，也许我给老爷爷打电话是个错误的决定，我不曾进这个家反而更好。不过……我左翻翻，右滚滚，想到自己能在这样舒服豪华的床上翻来覆去，哪怕只是睡一晚，也是件不坏的事情啊！嗯，明天一大早就向老爷爷辞行，然后离开这个地方，我反复在嘴里叨念着，不知不觉中，又二度进入了梦乡。

……可是，今天晚上做好的心理准备……

第二天早晨，七点整，光线还在遗失中。

“喔喔！起来！起来！雪儿!! 早晨了!!”

—_—这……这声音……

“要去学校了！要去学校了！”

学校?！他说学校?！我的眼睛啪的一下睁开了。只见老爷爷整齐利落地穿好了西装，在离我不远处微笑着，一边微笑还一边动作轻柔地摇晃着我。我一下从床上支起了身子。

“您说……学校?”我带着不置信。

“我们去学校办转学手续，我听说你从初中二年级就开始休学了。”

“去……学校……老爷爷？我……我能去学校?”

“当然!！学校，学校！我们要向学校进发！”

这时，哐当!！门猛地被撞开了，尹湛那臭小子穿着校服，咬着牙刷又登场了。

我仗着老爷爷在场，—_—喜气洋洋地看着那个混蛋。

“喂!！你怎么还没走啊！”

恶心肮脏的家伙，他每说一个词口里的沫沫就吐一次，就像鱼缸里的金鱼似的。—_—

“江尹湛!!！”

“爸爸！我不是都和你说了吗，嘴皮子都快磨肿了，真是！这家伙是乞丐，乞丐!!！”

一弹指的工夫，简直让人难以置信，老爷爷操起手边的一本书就朝那混蛋扔过去，动作流畅迅速，堪称扔东西的翘楚，—_—小混蛋倒也灵活，不仅闪身往旁一躲，更伸手抓住了那本书。这下，他又吐着他那些泡泡，开始大喊大叫了。

“你疯了!！真不明白你的心里究竟是怎么想的!！为什么偏偏是这个脏兮兮的小屁孩!！”

这次老爷爷唰的一下把一本百科字典抓在了手里。—_—那家伙倒也知趣，嗖的一声，飞快闪人不见。

我呆呆地盯着地上的牙膏沫看了好一会儿，接着抬起头来重新看向老爷爷。

“不用担心，这兔崽子原本就是这副德性。也不是一次两次了。”

“老爷爷!”

“嗯~有什么事?”

“我，我真的能去……学校?”到现在我还不太敢相信这个事实，太突如其来的好消息了，以至于声音都微微有点颤抖。

“当然，没有什么可怀疑的!”老爷爷依旧慈祥和蔼地冲我微笑着。

“可是，可是……有一件事我真的很想知道，我现在能问您吗?”

“当然，你问吧!”老爷爷抚摸了一下我的头，我这才有勇气再一次开口问出心中的疑问。

“您对我……您愿意收养我的真正原因，不要公式化的，我想知道真正的原因……是什么?”

……老爷爷怔住了，手停在半空中，看着我半晌没有说话。

“我们家需要一个女儿，只是因为这样。”老爷爷沉默过后，给了我这个理由。可是刚才，分明，分明在他回答我之前，有一阵奇妙而玄秘的短暂静默，有一丝秘密的空气萦绕在我们周围的空气中……

#平昌洞的车库前。

现在的情况是这样的。驾驶座上当然坐着司机辛大叔，他从窗户里接过老爷爷递过来的材料。驾驶座旁边坐着的是昨天那个后加入战局的无赖。至于江尹湛那个兔崽子，他在家里大嚷大闹，把所有的东西都弄乱了一个遍之后，早就背着书包一个人扬长而去。—__—我好歹也活了十几年了，这样脾气臭得像茅坑的石头一样的难缠家伙还是第一次看见。

“那么就拜托你了，辛司机，把这个转交给校长，不要忘了告诉学校我现在是这个孩子的监护人，请他们在学校好好照顾她，明白了吗?”

“您不用担心，这种事我也不是做一次两次了。您就安心去公司办公吧!”

“好的。雪儿，记住我刚才和你说的了吗？不要害羞，也不要害怕，要一直笑，一直笑！和同学好好相处，嗯！”

“知道了！！^_^”我清脆响亮地回答。

“天空啊！你要好好照顾雪儿一点，随时去她教室看看，知道了吗，嗯？”

“……”

“天空！！”

“……”那家伙还是两眼直视前方，无声无息。

天空～？这名字真够可笑的。

车终于出发了，我拼命地探出车窗外，挥着双手向老爷爷作别，此时车也缓缓驶出了这栋房子。

“为什么，没有走？”那个天空，在我们车第四次停下来等红灯的时候开口了，一开口就是满腔的不友好。此刻，司机辛大叔在一旁自顾自地哼着小曲，兴致颇高。

天空……他也应该姓“江”吧，江天空，现在他正在问我。

透过前面的反射镜，我悄悄观察他的脸，他的脸还是和昨天一样，面无表情的像张扑克，标准的老K扑克脸。

“……我……想去学校……”

“学校对你来说有什么意义。”不是询问，只有轻蔑和不屑。

“值得我用性命去换！”

这个家伙，……没有再开口说一句话了。

没错，学校……对于我来说，真的是值得用性命去换的。无论眼前这个家伙和江尹湛那个混蛋怎么侮辱我，怎么胁迫我，哪怕是把我逼到悬崖边威胁我要把我推下去，我都决不放弃，这就是促使我留在那栋大得像怪物的房子里的原因。

“那个什么，你要去的初中是天空和尹湛高中的附属初中部。”司机辛大叔突然开口说道。

“什么？你是说真的吗，大叔？”

大叔以为我是因为太高兴了所以才这么问的，于是又兴致勃勃地重复了一遍，“嗯，尹湛和天空上的德风高是去年才创建的，你要去的正轩初中也是去年才创建的，所以你们两个学校现在都没三年级，我说的对不对，天空?!”天真烂漫的大叔把头转向一旁的江天空，满心希望能得到一片“掌声”，谁知那家伙，把自己的椅背放倒（完全不考虑到我正坐在他的后方—__—^），眼一闭，睡觉去也！郁闷迷茫的大叔只能把头转向我，接着刚才的话说道：

“我说的没错的。其实这样更好，新创建的学校设施好，所有的东西都是新的，干干净净，你们初中部的教学楼正好在天空和尹湛他们教学楼的旁边。”

“他们是几年级？”我问出了心中一直积蓄的好奇。

“嗯，他们两个今年都是高二的学生。”

“什么？昨天明明见他们两个兄弟相称来着。”

“生日，只有生日不同。尹湛的生日要晚一点。”

“……可是……”

“……^O^嗯。”

“可是，这怎么可能？一年之内生下两个孩子，他们看着也不像双胞胎……”我忘了顾忌，有丝唐突地问道。

“……”面对我穷追不舍地提问，辛大叔猛地一下闭住了嘴，接着，他按下了车里的音乐播放键，打破这不自然的寂静。

我心中暗叫一声糟，从后视镜里偷偷观察江天空的表情。他的眼睛依旧紧闭着，只是……长刷似的眼睫毛，细细地、微微地、抖动了一下。

#德风高中，—__—即正轩初中大门前面。

学校并不像我们经常可以见到的那种学校。只见它的教学楼整体用红砖砌成之外，还附带一个一个半圆形模样的草绿色阳台，就像电视里见过的那些艺术中学一样，非常的漂亮、典雅。我真的可以在这所学校里上学吗？我捏捏自己的脸，不敢相信这是真的。

随着离学校建筑越来越近，我心跳的速度也越来越快，哐当~！哐当~！我真怀疑自己要因为心肌梗塞而死。天空那家伙此刻也缓缓支起了身子。

最后，我们的车在校门不远处停了下来，无论我怎么深呼吸，心脏还是以令人难以置信的速度狂跳着。从车里走下，踏上这里的水泥地，我简直要晕倒了，感觉此刻就是能全身躺在这块地上都是幸福的。

“好了，你们两个先过去，快点，我停完车要先到教务处去一趟!!”辛大叔打断我激动不已的心情，拽着一叠材料急匆匆地先走了。

—_—这可怎么办？只剩下这家伙和我两个人，—_—我该跟着他走吗……我偷偷扫视他的眼神。可江天空这个家伙，他仿佛根本没意识到还有我这号人存在，但见他两眼虚空，大踏步地向前走去。

……啪嗒啪嗒，两个人清脆的脚步回响在干燥的水泥地上。突然，一个声音飘荡在虚空中。

“快点跟上，江尹湛今天在校门口值日。”

“嗯……？”他在和我说话吗？我一时没反应过来。

“你要是一个人走进学校，我担保你会被他撕成碎片，然后一片一片都吞到肚子里。你跟在我后面吧。”

“……嗯，好……”我脸部带着笑容，心中紧张得仿佛揣了一只兔子。一路小跑地跟在那个家伙身后。

这家伙，比看起来……来得亲切，只是他老是没什么话，再加上脸又黑黑沉沉的，表情阴郁，所有才让人觉得害怕。

至少比江尹湛那兔崽子要好。—_—

突然，我意识到一个事实，本应该让它就这样过去的，可它实在是太醒目了，我终于忍不住，——

“……这个……”

“……”

“你……”

……

“你……的左脚有点瘸……”

……这时，江天空，无声地停了下来。

6

该死！瞧我这张冒冒失失的嘴，我恨不得扇自己这个蠢蛋一耳光，我怎么说话都不经过大脑呢。人家都变成这样了，说不定对这就特别在意，有个什么心结，我居然嘴一张，就这么毫不在意地哇哇说了出来。

果然，那家伙立马变身成了昨天的样子。

“果然是笨蛋!!!”说完，送了我一个宇宙超级无敌大白眼。—_—

我缩了缩脑袋，自知理亏，只能在他眼皮下不安地扭了扭身子。

不过，上帝保佑那家伙，我打心里还是感激他的，因为他只是面无表情地瞪了我一会儿，接着就转过身，继续缓缓前行，没有再说什么了。

呼……劫后余生！—_—

“……对不起……”

“什么?”

“我多嘴了。”

“原来……腿不是瘸的。”

“什么……?”

“我说……我的腿原来不是瘸的。”那家伙受不了我的瞪了我一眼，又大声重复了一遍。

“那你以前可以正常走路吧。—_—”

“……”

呃。—_—我好像又说错话了。算了，我还是牢牢看好自己这张惹是生非的嘴好了。于是，我舔舔嘴唇，上下嘴唇紧紧咬合住，在确保自己的牙齿从外面一颗都看不到之后，如影随形地紧紧跟在那家伙屁股后面。

咦～！辛大叔，我老远就看见他一个人抱着文件袋嘿咻嘿咻地往校门那边跑去，可还没来得及等我出声喊他，他就已经哧溜一下

钻到校门里面去了。—_—^

#德风高中，正轩初中校门前。

“喂!! 江天空!! 你，你怎么和这种女的在一起!!”在离校门还有一米远的地方，一个讨厌的声音就抢先钻进了我的耳朵。

我吃了一惊，抬起头，向发出这种浅薄无知声音的地方看去。而江天空大少爷，对这种声音一概视为蚊子吵，他依旧昂着头，目不斜视地直直向前走去。是啊，他怎么会为这种事费心呢，他从来不会因为如我之流的人费心的。

“哎哟，这丫头是从哪儿冒出来的啊?”蚊子是不会甘心就这么被忽视的，它们继续发出不受欢迎的声音。

“乞丐，我猜她准是乞丐，你快看她的衣服。”

“好可怕!! ┳0┳ 她头上长得不是头发，是杂草耶!! ┳0┳”

“江天空怎么会和这种低级家伙一起到学校来?”

……—_—……居然说我低级!! 这帮可恨的值日生，虽然不想，但今天的聚光灯效果确实是被我一个人独独霸占了。我可不想接下来一个人再受到江尹湛的特别“关爱”，看着天空那家伙越走越远，我赶忙加快步伐走，不，是跑在他身后。

可是，脱身远没有我想象得那么容易，在众多好奇与恐怖的视线中，有一道尤其灿烂醒目，它的主人，无赖世家的老祖宗，一抬脚挡到了我的面前。—_—不用抬头看，我也知道这只大脚的主人是“江尹湛”他老人家。

瞧他八面威风，不可一世的模样，我只有一句话送给他：变态希特勒！或者说，小日本的狗腿子！—_—^

啊，还有，昨天我帮助的那个长头发女孩也恰巧站在不远处。

“啊?! 姐姐!!! 啊?! 姐姐!!!”惊喜中夹杂着不置信。

“……好啊，很高兴。—_—”

“铭牌、校服、头发、鞋子。”江尹湛短促的声音一下打断了我生硬的问候。

我满心希望能向天空求助，可那家伙不知是完全忘了我的存在还是对刚才我说的话记恨，总之他已经走出了十万八千里开外，我只能眼睁睁看着前方那个左脚有点瘸的小点，悼念自己失去的救兵。

最后，我怀着一种自暴自弃的心情，抬起头，勇敢地面对着江尹湛那厮。

“什么?”

“铭牌、校服、头发、鞋子。”那个混蛋像念经似的又叨念了一遍。

“……喂～!”

“扣两分，罚清扫垃圾堆，围着运动场跑两圈。”

“喂!!”

“啊，现在还不对前辈用敬语，再扣两分，围着运动场跑五圈。”

—_—这个狗腿子，行情涨得比学校收费还要快……

“姐姐，请问你到我们学校来干什么?!”就在长头发女孩关切询问我的当口，旁边围着的那些值日生轻蔑的表情越来越露骨。

江尹湛那个混蛋面无表情地在自己的手册上记了些什么，接着又说：

“怎么还不去跑？听不懂人话吗？……还是你不知道该怎么围着操场跑啊?”

“呼……”镇定，镇定，我深吸了一口气。

“因为腿太短了跑起来吃力，所以不愿去跑?”

哈……忍耐，忍耐，在这儿打起来可不是个好主意，接下来你的所作所为将决定你在这所学校的去留，你是要让这只到手的鸭子飞了呢还是想让这里成为你的母校……

“那个……”

“什么?”江尹湛从手册里抬起头，满脸傲气地看着我。

“我，我是刚到这里来的转学生。^_^”我努力挤出一丝笑脸，天知道要我冲着这个混蛋笑比让我冲一头猪笑还要困难，不，这么说不对，这么说是侮辱了那头猪。

“所以呢?”

“所以，就像你看到的，我没有校服，没有铭牌，没有鞋子，明白了?”我尽量让自己的语气听起来心平气和一些。

“那你就拿到那些再来。”

“……请问……这个，您是这个学校的校长吗?”

“这和我是不是校长有什么关系，你穿校服还得见校长吗?”

“那!!! 你为什么在这儿对我指手画脚，一会儿要我这样，一会儿要我那样!!!!!”我双手做茶壶状，声嘶力竭地在原地狂吼道。

-0-!!!

我终于渐渐露出我本色了，这是他逼的，不怪我。

旁边的值日生们嚯的一下 -0- 个个都张大了嘴，手指抖啊抖，颤颤巍巍地看着我，对我的好奇心当下全部转成了恐惧心。—_—

“我是……我是值日队长!!! 怎么样!!!”

“你又不是转学生协会会长，也不是转学生协会副会长，更不是班长!! 只不过是一个小小的值日队长，有什么值得骄傲的，有什么可拽的!!!”

“什么!!! 你，你这个兔崽子，居然敢侮辱我这个值日队长!!!”

他骂我“兔崽子”……—_—

“尹湛!! 你不要这样啦!!! ┬0┬”是昨天我救的那个女孩，她猛地挡在了满脸狰狞、气急败坏地向我走来的江尹湛面前。

事情快得容不得我有思考的时间，下一秒，一双有力的手刷的一下抓过我的手，不等我反应，它已经把我扯进了校门里面，我抬起头，诧异地看到那双手的主人居然是……江天空!

“……啊?”我这一惊可非同小可，怎么也想不到会是他。

“你不要多想。”江天空飞快地扔下我的手，好像我是什么细菌似的。

“……谢谢。”我能多想什么，他真是多心了。

“笨蛋。”

“—_—好吧，这次我承认，你尽管说吧……嘿嘿，我是个笨蛋。”

就在我俩磨牙喘气的当口，江尹湛那厮穷追不舍地杀了过来，开始二次攻击。妈呀！我赶紧抓住江天空的手开始二次大逃亡，笔直向前方的中央玄关冲去。江尹湛那混蛋一边跑还一边哇啦哇啦地乱叫着，字字如刀砍向我和江天空的后背，这小子的肺活量真不是盖的。

“江天空!!!!!”气急败坏的叫声。

“……”

天空停下了脚步，可能突然意识到自己没有必要跑。

尹湛啪嗒啪嗒走近了，天空也转过身，手插在兜里，斜眼看着他。所有的人都冷眼旁观，包括那些依旧站在门口的值日生们，就像什么都没发生一样转过头去，看来他们这样不是一次两次了。

“难道昨天，你连觉都和这个家伙一起睡了?”

-0-……这……这个……疯子……你给我等着！我像是发了狂的猛兽一样，凶狠地露出牙齿（我的牙齿不是很整齐—__—)，兽性大发地向那个混蛋走去。

这当口，天空用一句话，就一句话，把所有的情况都给收拾了。

“嗯。”

-0-他说什么!!!!

短促的回答，效果却绝对地惊人，不亚于引爆了一颗炸弹，所有刚才转过去的人一致地转回头来，眼珠子凸得都快掉出来了。

事情的始作俑者江尹湛，这时却露出了意味深长的诡异笑容，他向我这边看了一眼，接着又朝江天空那边看了一眼。

“啊，我说呢，昨天晚上睡觉时二楼怎么那么吵。喂，小乞丐，你手段高明啊！怎么把这兔崽子钓到手的?”

“不是的!!! 事情不是这样的!!! 不是这样的!!!”我拼命挥舞着双手辩白，只恨自己没多长出几双手。

“小心得艾滋啊，江天空。”

真……他……什么什么的……说完这话，江尹湛还兴致勃勃地啪啪拍了天空的肩膀几下。

面对着在人群中掀起的轩然大波，我束手无策，只能用手拼命地掩着自己的脸，匆匆忙忙向人群外挤去，今天真是丢人现眼到家了。突然，江天空那个家伙扯扯我的衣袖，拉起我破旧的衣袖就向中央玄关走去。

“喂！！放手！！！”你也不是什么好人，我现在不打算对他客气了。

“看见你就没什么好事。”

“喂，我叫你放开！！你知不知道你刚才做了什么，你把我当白痴耍啊！”

“你，知道真的白痴是什么样子吗……？”

“……什么？”

“你，想试试当白痴，当残废的滋味吗？”

“……干什么你，突然……”

“真的白痴，残废……他们不会像你这样大喊大叫。”

“……”

“真的白痴，残废……他们甚至连喘气的力气都没有，像你现在这种嗓门，他们甚至做梦都不可能拥有。”

我愣住了，呆呆地看着眼前这个家伙，忘记了刚才的大喊大叫，忘记了刚才受的侮辱，我那该死的直觉，让我轻易就能读出他的忧伤。他又恢复了昨天的冷酷面孔。

我们俩走到中央玄关，他扔下我，啪嗒啪嗒……头也不回地走上楼梯消失不见了。

该死的，这都是些什么事啊！江尹湛，江天空，他们这两兄弟都快把我弄疯了。

2-5 班教室。

刚才和辛大叔应付完了一大堆转学手续，现在小命只剩下半条了（刚才他在教务处的时候，所有老师都像被剪掉了舌头似的，一句话都没有—_—）。

现在，我被一位老师带到了这个教室。

脸不可抑制地泛红，实在不好意思初来乍到就让新同学们见识我这张猴屁股脸，自我介绍时我的头都快埋到胸里去了，两脚还不争气地哆嗦着。

教室里顿时嗡嗡一片，大家交头接耳地评价着这位异邦人。其中，最让我感到担心的一句评价是：“哇~！又有新鲜食物送上门了……”

发自人类最原始、最本能的欲望，我听得惊出了一身冷汗，好凶险的一句话。—_—

“好了，大家，从今以后这位大你们四岁的姐姐就是你们集体中的一员了，你们要和这位姐姐好好相处，学习有困难的时候多多帮助她，带她熟悉学校，熟悉这里的生活，一起分享你们的午餐，知道了吗？”

“知道了！!!！ ^O^！!” 孩子们天真无邪地齐声回答道。

听到这声音，我渐渐获得了一点勇气，悄悄地抬起了自己的头。第一排、第二排……第五排，只见坐在最后一排位置上的三个长得像动物似的女孩子正睁着大眼虎视眈眈地盯着我，她们舔了舔嘴唇，又吧嗒吧嗒了嘴，我几乎能感到她们正在心里品尝着我的味道，一边品尝还一边在心里说：

“喵呜~！喵呜~！今天食物的味道真不错。-,.-”

我打了个冷战，和我想象得不太一样，这个教室，看来不是我该来的地方。看看这被砸得粉碎的门把，还有那窗户上正凉快地扇着小风的玻璃，我突然有股想冲出去的冲动。

班主任在班上介绍了我一阵之后，又说了几件事，这才施施然地走了出去。刚才被打断上课的老师指派我坐到第二组第五排的位置，恰巧就在那几只动物的附近。扑通扑通~！扑通扑通~！我现在就像是动物园的猴子，集万千视线于一身。

再多的眼光视线我也不会放在心上的，坐定之后，我只觉得热血沸腾，眼眶发红，思绪万千如泉涌。终于，我又重新回到了熟悉的教室；终于，我又坐到了课桌前，和所有穿着校服的孩子肩并肩地坐在一起，这是几天前我做梦也不敢想象的事情。

我就这么情绪激动，思潮澎湃地坐在自己的位置上，跟着汉文老师一笔一画，认认真真地记着他在黑板上写的汉字。突然，不知从哪儿传来一声洪亮的喊声，——

"南!!!"

—_—嗯……？南……？

正在黑板上奋笔疾书的老师猛地转回头来，脸上的小眼睛和皱纹褶子带着节奏不住不住地颤抖。

"你……你们……谁干的?!!"

教室里顿时一片寂静，所有的学生都像是约好了似的，扑在桌子上刻苦记笔记。

就在老师无奈地转过头，又开始在黑板上板书时。

"瓜……!!!"

噪音第二次来袭。—_—……这都是些什么乱七八糟的声音啊？南……瓜？

"算我拜托你们了行不行……不要，不要再这么无聊了。你们这些家伙，究竟……究竟，什……么，时，时侯，才能，懂，懂事啊!!"老师站在黑板前，气得全身哆嗦，看着真可怜。

又过了一会儿，老师诱敌深入，装着转回身写黑板，其实是搞突然袭击猛地转回头。

"头……!!!! -0-"

果然，有人上当了，被老师逮个正着。—_—

片刻之后，刚才盯着我的，那三个长得像动物似的丫头一溜地站在了黑板前，一个一个轮着打屁股。

"你们这三个不听话的鬼东西，每到我的汉文课就搞怪，不过这次还算好，叫我南瓜头，至少比以前叫的那些癞皮狗，龙虾眼好听一点，……这次又是谁想出来的，南瓜头?!"老师用拖鞋狠狠地敲她们的屁股，同时还在嘴里训斥着。

我下了死决心，只要课间休息的铃声一响，我要立马奔到教务室里去，强烈要求换班。……谁也别拦着我！—_—

叮咚叮咚！叮咚叮咚，咚咚咚咚！悦耳的下课铃声响起。

该是我逃离这个地方的时候了。—_—可惜我的屁股刚离开椅子一半，那三个屁股刚刚接受过巡礼的动物就刷的一下围到了我周围，动作比闪电还要快。

“你要不要加入到我们家庭里面来?!!”其中一只动物问我道。

教室里其余的家伙有的冲我吐舌头，做鬼脸……更有胆小的，干脆抱头跑出了教室。—_—

“我……这个……家庭……”

“你几岁了?”一个长得有点像土拨鼠的家伙问我。

“十八岁……”

“足够了，对不对?”土拨鼠冲着另外一个长得像狐狸的家伙问道。

“嗯，差不多凑合了，虽然有那么点点的老，但还是在可以容忍的范围之内。”狐狸看了我一眼，勉勉强强地答道。

“你叫什么名字?”那个鼻子大大的，极像大象的家伙又开口问我。

“……我……我叫韩雪理……”看她们如此热情的模样，我也只好有问必答。

“好！如果你行动成功，你就正式成为我们家庭的一员了！虽然你的头发和衣服有点臭臭的，但这是小事一桩啦，以后我们经常换衣服穿就好了!”

如果衣服都是像你们现在穿的这样的……我看不换也好……—_—我看着这帮比自己小四岁的女孩，脸上表情一片黯淡。—_—

“好了，接下来我们就该向你解释‘行动’是什么了，所谓的‘行动’，就是每个转学生必须通过的验证仪式。”大象很亲切、很贴心地向我说明。

“是嘛！—_—”

“来我们班的必须都得做。”

“嗯……‘行动’究竟是什么？—_—”

“你等等。今天轮到几年级几班了，丝厚??”

看来那个长得像土拨鼠的女孩叫丝厚，如果她的姓是金就更好了……我瞅眼看了看她的铭牌，真遗憾，原来她姓“杨”。

“……二年级七班今天换课了，第二节课教室空着的只有二年级二班了，他们这节课是家政课。”

她们好像把所有班上的课程表都烂记于心一样。—_—

“二年级二班?! 哈哈，好好!! -0- 我们白马王子所在的地方，哈哈，哈哈!!!”那头大象，就像是喝了满满一瓶农药的猪一样，发了疯似的在教室里蹦蹦跳跳。

我把自己的脸藏到教科书后面，对她们的疯癫样不忍悴睹，心里啪啦啪啦打着小算盘。

“啊……啊，我的肚子……怎么这么痛……”我东倒西歪地从座位上站起来，演技差得可以，半点都不像。

“……你是说二年级二班?”

“是德风高中的二年级二班，你要去把他们班上的门牌拿回来!! 哈哈，我的白马王子!!! -0-”大象手舞足蹈，满教室蹦跶。

“你们的白马王子在那儿?”

“嗯，我们的白马王子啊! -0-”大象又接着兴奋地手舞足蹈起来。

“既然是这样，那你们自己去吧。-0-”

“可姐姐你是转学生啊!!! 该姐姐你去!”

“是啊，该姐姐你去!!”

……

当然……我，很需要朋友，也很想有朋友……但是，这种事……到底……

“如果我不去……会有什么后果? —_—”

“被同学孤立呗!”

“被谁? 被你们吗?”如果是这样的话，被孤立也无所谓……

“不是，是我们班所有的人。”土拨鼠斩钉截铁地说道，另外两个人跟着连连点头。

我百感交集，不想被孤立，讨厌被孤立，被所有人孤立的滋味真不是人受的……就像电视上看到的那样，一个人说了，“不要和那个丫头玩!!! -0-”之后，全班所有的人都在她的胁迫下再也不敢和那个人说话。……—_—不要，我不要有这种悲惨的遭遇。

三只动物双手叉在胸前，翘着鼻孔呼哧呼哧喷着气看我。好吧……不就是一个班牌么，手到擒来小儿科，我十四岁的时候不也因为肚子饿偷过饭吃吗?!

我点点头，悲壮地从座位上站了起来。当时，我1%都没有想到，就这个小小的班牌，会让我陷入比被孤立还要可怕百倍的泥潭里。

7

扑通……扑通，扑通……扑通……

第二节课已经开始十分钟了，我被动物们热烈地欢送到中央玄关，现在，我来到了“德风高”教学楼的三层。—_—真叫一个丧，我梦想已久的学校生活就是这样拉开序幕的吗?

算了，既来之，则安之，认命吧！我翘着屁股，像条蚯蚓一样一拱一拱地匍匐过各个正在上课的教室，终于来到了大象梦中情人的“二年级二班”。抬头一看，只见“二年级二班”的门牌明镜高悬，非仰视不可见，真不知道那帮动物怎么想的，非要我来偷这个挂得又高，又没什么用的家伙干吗……

“嗯嗯嗯……”我踮着脚拼命够，可这显然不是以我现在的身高能达到的距离。……苦思一番过后，我终于决定从教室里摸出一把椅子。

支起脖子，我透过开着的窗户向里窥视，爽！教室里果然空荡荡的，连只蚂蚁崽子都不见。我飕飕向走道两边张望了一下，见没人，一个漂亮的前翻从窗户里翻了进去。扑通扑通……教室入侵者，我以前偷牛奶和面包时都没这么紧张过。

面对随时都可能有人进来的教室，我眼疾手快地抓起面前的一把小凳子就要往外走……

“哈，真是可笑，明明自己可以做的事情为什么要指使我们，真是发羊癫风!”教室前门外传来男孩子的声音……!!

-0-……被逮住我就死定了!!!! 我张皇地四处张望，本能地寻找一个避难所。皇天不负有心人，终于被我找到了，我飞快地钻进黑板旁边放着的一个大文件柜里，略显庞大的身躯挤了又挤。

喀嚓……几乎是在我关上文件柜的同时，有人推开教室门走了进来。

咚咚咚咚……听到一串沉重的脚步声。

“……该死的……我们干脆待在教室里别出去好了……”

……看来是两个人……妈呀……

“这样啊！也行，反正去了也没什么意思。”

不行!!! 去吧，去吧!! 兔崽子们!! 一定要去啊!!!

小而又小的文件柜，我只要稍微活动一下门就会被我挤开，于是我在里面努力把自己蜷成一只球状，憋得满脸通红连气都喘不过来。可外面那两个混蛋，就站在离这个大柜子不远的地方，丝毫没有要出去的意思，反而真像有留下来的打算。

“喂，你听说了吗?”

“什么?”

“关于江天空的，听说他今天和一个像乞丐一样的家伙一起到学校里来的，而且还听说他们两个昨天晚上睡在一起?”一个男生贼兮兮地说道，可见男生八卦起来比女生有过之而无不及。

……我彻底绝望，名誉扫地说的就是本人现在这样。

“啊，我也听说了，还听说那个女的不仅打扮得像乞丐，而且脏得就像是刚挖完泥土的螳螂，属于乞丐中不爱干净的乞丐。”

挖土的螳螂?!!! -0-敢情这学校的学生都是动物园兽医出身啊，长得像动物不说，打个比喻都离不开动物!!! 我真想当场跳出去，挥舞着双臂大声对他们说那些都不是真的，那些都不是真的，可是想到自己现在的处境，在这渺无人烟的教室里，鬼鬼祟祟地一个人缩在大文件柜里，我看我还是不要出去的好，免得被冠上一个“入室行窃”的罪名。

那两个该死的家伙，就这么须须嗦嗦，须须嗦嗦一直不停地在教室里讨论江天空和那个“乞丐”的故事，我出又出去不得，前无进路，后无退路，真恨不得跳出去拿一把锤子使劲锤他们的头，就像我一直想锤江尹湛那混蛋的头一样。

叮咚叮咚……叮咚叮咚！课间休息时间到了。

……哈哈，哈哈！各位，不要误会，这并不是代表我可以出去了，这是我绝望的笑声……下课铃声意味着会有更多的人涌回到教室，我双唇发紫，长时间的呼吸不畅导致脸色苍白，头发也被顶上的木板弄得一团糟，还有脸蛋，柜子里的灰尘全被我用脸擦干净了……都怪这些混蛋平时不好好做卫生。—_—

我渐渐觉得呼吸越来越困难，双眼冒金星，眼前甚至出现大象、狐狸，还有土拨鼠的朦胧面孔，完了，这都是气绝晕倒的前兆啊！我真要精疲力竭得撑不下去了吗?!

“哇哇~！那家伙的样子说有多不上道就有多不上道!!”

┬_┬那两个混蛋男生还在谈我，我就这么值得他们“喜欢”?!

没过多久，教室里变得人声鼎沸起来，如果……我现在开始幻想……我就这么坦然地从这里走出去，然后对大家说一声，“Hello，各位，我是从书柜里钻出的小仙女……”接着我再从容不迫地从教室里走出去……不知道会不会被大家拖回来打死……就算不被打死也创了转学生第一天校园生活的新纪录了。

我处在这种半真空的状态中，头晕脑胀地这样那样胡思乱想着，一会儿看到自己被螳螂捉住绑在了十字架上，一会儿看到有小蚂蚁冲我张开了血盆大口。这时，柜子外突然传出教室门被撞开的声音……

“喂，吵什么吵，干什么这么吵啊？都给我坐回到位置上去!!!”声音真酷……好像是位老师，这么说第三节课就开始了?!

……上帝，谁来救救我呀……如果现在能让我变成透明人的话……

就在这时……那个声音听起来相当卑劣的老师突然又说道：

“啊哈～！你又在想什么呢，嗯??”

“啊哈”又是什么意思……老师突然像出哑谜似的扔出了这么个词，让我立刻伸长了耳朵，暂时忘记了自己的处境。

“喂！混账东西!! 你到底听没有听到我说话?!”

“……”

“给我出来。”

……半晌之后，一阵沉沉的脚步声由远及近传来，毫无来由的，我全身发抖。

“你，仗着自己家里了不起，就不把我放在眼里吗？嗯?!”

哎哟哟，居然有这么幼稚的老师，这么幼稚的问话。-0-

“没有。”

外面传来短促有力的回答。

“什么没有，那你刚才的行为叫什么？为什么我问你话你不回答。这么有气无力，吊儿郎当的样子，对你有什么好处吗?”

“有意思。”

“什么???? 你这个臭兔崽子，真是反了!!!!”高亢的声音在外面徘徊着，不免有几丝徘徊进了我的耳朵。真是痛苦！连拒绝的能力都没有。

我不知道外面究竟发生了什么，只是一心想坚持下去，所以拼了命地把自己庞大的身材一缩再缩。

可惜，可恨的上帝无视我的努力，一手捞起一个晴天霹雳就又把我砸得晕头转向。

“你，去把棍子拿来。”

“……”

“听不懂人话吗你，臭小子!!!”那个老师又恶狠狠地胁迫道。

这时，沉重的脚步声又朝我走近了几步……

!!!! 老天，他的目标!!!! 千万别是!!!! 这个!!! ……我这么紧张的原因是……不巧，我脚下刚好踩到了一个圆溜溜的长棍状东西，这该不会就是老师口中所说的……

那沉重的脚步声在文件柜前停了下来，我的心也跟着停止了跳

动。怎么办，掉进水里的人即使是只看见一根头发也会抓住，我只好拼死一试了，于是，在一只手……一只手抓住柜门的那一刻，我轻轻地，非常轻轻地敲了一下门。托那个老师还在叽哩呱啦，用打雷般的声音骂个不停的福，只有我面前这个男生听见了我敲门的声音。

男生的动作一下顿住了，他一手托着文件柜的门，没有嚯的一下全部拉开，而是缓缓地，缓缓地拉开了几英寸的小缝，谨小慎微地凑过眼睛从小缝里看我……

…………我的老天……我的上帝……我的佛祖！

“哐当!!!”文件柜的门哐的一下又合上了。

……这是神对我的审判，这是神对我的审判……

“你到底在干什么，臭小子!!!”

“棍子，不在里面。”

“哈，臭小子，你开玩笑还开上瘾了。”就在我所有的思维都短路的空当，老师的脚步声又结结实实走近了。

“让开!!!”

“不要。”

“你……疯了？我说……让……开……”

“您用手打我吧，或者用脚。”

“混账!!! 你以为我的手或者脚长来是用来打你这种兔崽子的吗?!”

“那……您干脆用刀杀了我吧。”

说时迟那时快，只听“咚”的一声响，一个什么东西掉在了地上的声音……全班所有的学生立刻同时发出一声尖叫。

“不要了，千万不要……千万……千万……不要了……”我不知在心里呐喊了几千几万遍，越来越悲切，越来越心痛，眼泪也开始在眼眶里打转。

而外面，老师的暴力持续进行着，他的咒骂声，他的踢打声，甚至他残忍的冷哼……声声入耳，一个接一个鞭挞着我的心。

“疯了你小子，以为我不敢打你吗？以为我怕了你们家不成？”

……

下课铃声响起，那个肮脏虚伪的人渣才走出教室。

教室里顿时炸了锅，所有的学生开始嗡嗡吵吵，大声尖叫，而刚才那个被老师推到地上，拳打脚踢了几乎一节课的男孩，对着所有那些看着他议论却不敢靠前的同学，一如往常地开口了，就好像什么事都没发生一样。

“有件事想拜托各位一下。”

沉默……

“能不能在桌子上趴一会儿……”说是拜托，却是不容违抗的语气。

他的一句话，让我停跳已久的心脏又飞速地跳了起来……一阵极短的沉默过后，文件柜门被轻轻地拉开了，那个嘴唇几乎要四分五裂的家伙，冷冷地对我说道：

“快点出来。”他说着，不带任何表情地看着我这个没水准的自私自利的女人。“……对不起……对不起……”

“快点，出来。”他没什么感情地又重复了一遍。

“……”我拖着自己酸麻得早已失去知觉的双腿，蹒跚着从书柜里爬了出来，然后，看着班上所有人乖乖趴在桌子上的后脑勺，我没有再说什么，迈着无力的双腿尽量快步走出了教室。

这所有的起因都是因为2－2班的门牌，这也是我和天空之间发生的第一次事件。

8

“怎么样?! 失败了?!!!!”我刚回到椅子上坐定，那些所谓的一家人就火急火燎地围到了我周围。

我一言不发，抬起眼看着这帮动物，手指在桌上一下一下地敲着。看来他们还没有读明白我眼中的怒火，所以才有胆量继续在我面前举着拳头唧唧歪歪的。“你老实招了吧，是不是你没胆量，所以根本就没敢去!!! －0－”

“……”

“2－2班的门牌呢!!!”

“……门牌……”

“是啊，门牌到底怎么了!!!”

“你们这几个兔崽子，真把老娘给逼急了，你们都想去死吗?!!!”我猛地从丹田里暴吼。她们要是再把我惹毛了，我才不管三七二十一呢，把她们拎起来先打成猪头再说。

“……－0－……”那三只小动物，就像都约好了似的，瞬时间化身成动物塑像。

“什么孤不孤立的，你们要是敢在我面前再提这个字眼一次，就别想见到明天的太阳，等着到地狱里去上学做作业吧!!!!”

“妈妈妈妈呀!!!! －0－”她们仨没命似的抱头鼠窜。

我冲四周拧拧头，满教室的人立刻惶恐地低下头，仿佛只要被我的视线沾上就会变成石头一样。

完了～！我沮丧地往桌上一扑，都变成大伙心中的妖女美杜沙了，我这次不是彻底完蛋了是什么……

……滴答……滴答……滴答……滴答，时间一分一秒地向前飞驰着，没过多久就到了午饭时间。这之间，我的动物家族们跑到学校餐厅偷烤牛肉吃，结果技术欠佳地被大师傅抓了个正着，任凭她们费尽口水，和大师傅展开激烈的争夺战，最后还是被移交教务处法办，除这之外，就没有发生什么特别的事情了。

我托着腮，一直魂不守舍地想着江天空，不知不觉时间就跑到了第五课时。

#又是休息时。

到底为什么，为什么他会为救我付出这么多，做到甚至可以说是伟大的程度，还有他那眼神，为什么和他的行动有那么大的反差……我趴在桌子上，心烦意乱地用手指在上面画着江天空。

这时，——

“对……对，不起，雪理……阁下……”小耗子似的声音怯怯地从我旁边飘来。

—_—……这又是搞什么鬼把戏。

我转过头，发现原来是我的同桌，她见我在看她，抖得更厉害了，不仅是声音，连身体抖抖得像棵小白杨一样。

“你……叫我……雪理，阁下……?！—_—”

“……是啊……”

“你就叫我姐姐好了，我不是魔鬼。—_—”

“……是，姐姐……”还是十二万分的毕恭毕敬。

“有什么事吗?”

“有人……在叫你……”

“谁啊?”

“不知道，有人在走道里……”

该不会……是……江天空?!

想到非常有可能是他，我飞快地朝后门跑去。不过，—_—我每发出一声脚步声，旁边就会出现十到二十声的脚步后退声，我每移动一步，旁边一大片的人就闪开十步……哐!！门被我撞开，我如天神般出现在走道里—_—（反正我在他们眼中都这形象了，也不用顾忌什么了）。没有见到江天空，只有三名佩着德风高铭牌的学生吹拂过我的眼。

“搞什么呀……谁也没有嘛!”

“韩雪理!！你是不是韩雪理!!!”说完，几个人飓风般包围到我的四周。

他们又是从哪儿冒出来的苍蝇蚊子……我看着他们的大脑袋发呆，还是注定要来的螳螂。

#通往楼顶的楼梯。

咚咚咚咚！他们快速地爬上楼梯，我面无表情地跟在后面。—_—真难为他们这帮家伙为我这个无足轻重的小卒费心费力了，又是选地方，又是费劲爬这么高。

“喂!！走快点!!!”螳螂队长砰的一下推开顶楼门，在大风漫天中很帅地向我一挥手，还颇有领袖的风度。—_—

好吧，既然我已经决定要留在这个学校，而且就像鱼离不开水一样是无论如何不会离开的了，那能在第一天把所有的事情都处理得干干净净也未尝不是一件好事。是福不是祸，是祸躲不过，今天处理完之后，我以后每天都会很 happy 了。

啊……哈……！我一声气合。如他们所愿，我加紧步伐向楼顶走去。

“啊……啊……?”那些家伙突然有些张皇地看着楼顶一角。我也随着转过视线去。

哈～！真是要死了，他们居然敢在学校公然……只见一对男女，他们相拥坐在地上，非常认真刻苦地在“啵啵”，身上分明穿着校服。

“喂!! 你们是哪块地里的啊?!”螳螂队长不客气地大喊道，敢情这学校不仅动物多，蔬菜植物也不少。

那棵“植物”缓缓抬起头来，看向我们，赫然是……赫然是，江尹湛那厮。—__—而且，他身旁的不是我以前见过的长头发少女，而是另外一个没有见过的女孩。

“什么……”

“呃……!! 前辈……!! 我不，不知道，对，对不起!!”

“咦……? 这不是小乞丐吗?”江尹湛认出了我，饶有兴致地来回看着我和螳螂队长。

“你们把她带到这儿来……是准备揍她一顿吗?”

“不，不是的！我们只是想……警告一下她。”队长慌忙辩解，吓得不行。

“因为我哥??”江尹湛居然噗嗤一下笑了出来，那帮螳螂们更加诚惶诚恐了。

“……不是……这样的……”他们脑袋摇得像风车一样，几乎要屁滚尿流。

“够了，不用再解释了。”

“是……是的。”

趁他们对话的当儿，我用憎恶夹杂着不屑的眼光打量着这个天下第一花心大萝卜。托他坐在地上的福，我居高临下俯视得痛快淋漓，超出想象的爽。可能最后实在是受不了我这份优越感了，尹湛那小子搂着他的新女朋友从地上唰地站了起来，还可恶地扭扭屁股。

“我让地。”

“不用了，您不用挪地!! 我们去别的地方!! 请继续!!” 螳螂队长分明是想讨好江尹湛，可话说出来才发现对方脸都绿了，我想江尹湛也没有公开表演的嗜好。

“算了，算了，别说了，你们就在这儿吧。”

“那真的是很对不住了……”

“不要管我了，拿出你们的最高水平来，啪啪用力踩个痛快，知道吗?”

“……是……是!!”

“小乞丐，那你就受累了。”江尹湛那个混蛋经过我身旁，冲我嘿嘿一笑，又回身拍拍螳螂队长的肩膀。

—_—……呼……又是一件以后要走着瞧的事。

“你，真是天下第一恶棍。”

“你，真是天下第一乞丐。”

我是认真的，绝没有绝没有开玩笑，你绝对是天下第一恶棍，江天空比起你来，可以说是天下第一大善人。你就像我的舅舅，而江天空，就像我曾经最好的朋友朴云影。

看到江尹湛和那个丫头彻底消失，螳螂队长这才长长地松了一口气，就像是溺水的人刚得救一样。

“喂，我说丑八怪!!!”

“……干什么……”我这才收回自己一直狠狠瞪着江尹湛的视线。

“今天是第一次，只是给你一个警告!!! 知道吗?!!”

“白痴……”

“什么……什么!!!”那帮螳螂们不可置信地纷纷叫着，一下从四面包围我。他们肯定没见过这么拽的教训对象。—_—

我捏捏自己的手腕，活动活动手指关节，开始热身做准备。

螳螂队长重新振作了一下精神，几乎是站在我鼻子前说道：

"你这个要身材没有身材，要脸蛋没有脸蛋的丑女人!!! 以后你那水桶似的身材不准出现在天空面前!!! 不准勾引我们的天空!!! 知道了吗?!"

"可是……"

"……"

"你们是男人啊……—_—……?"

就因为我这一句话，那几只螳螂一起脸色大变，怎么看都像是我说了句不好的话。

"那又怎么样!!! 怎么样，怎么样，怎么样！这有什么错吗?!这是什么罪过吗?!!!! 怎么样!!! 这又怎么样!!!"

看来我应该不说这句话比较好。—_—本来说只是简单地警告几句，现在可好，什么螳螂棍、螳螂拳、螳螂腿全使上了，十八般武器，文武全行，一一在这楼顶上上演。

就这样，我高举阿格雷丝之剑，披荆斩棘，在楼顶上一直浴血奋战到第六节课。

学校的战斗是结束了，可该处理的事情还是必须去处理。为了到电话洽谈中心辞职，我只好拖着千疮百孔、疲惫不堪的身躯来到公司。

#电话洽谈中心。

十三姐看到我这副可怕狼狈的丑样，第一个反应就是尖叫加惨叫。—_—真该感谢她没有大声叫"鬼来了"。

"雪儿!!!"

"—_—我今天是来辞职的……"

"你……又打架了!!!"

"……那些臭丫头……啊，不，臭小子……"

"到底是怎么回事，嗯?! 嗯?!"

"室长姐姐在哪儿? —_—"

"哎呀，那有什么重要的。重要的是，你的头怎么弄成这样了?"

"就是打架了呗……有什么。姐姐，我真的决定辞职了。"

这下十三姐才算抓到了我说话的核心，她惊得一下从椅子上跳了起来。

“什么??”

“我……决定辞职不干了。”

“为什么，这么突然?!”

“……我……要去学校上学了。”

“去上学?!”

就在此时，就在十三姐为了确定我的话一下蹦到我眼皮底下的时候……放在我桌上的十二号电话线，突然热腾腾地响了起来。我俩几乎是一致地扫向一旁的时钟，不多不少，标标准准地指向五点。

又是那个家伙。

“先接电话吧……”

“……我现在没有心情接电话……”

算了，还是接吧，这是最后一次了，我也应该向那个家伙道个别，毕竟和他通了三个月的电话，也算有点感情了。

我抓住十三姐的手，从她手上接过听筒。

“喂！您好，下面为您服务的是第十二号洽谈员。”

“……”

与往常不同，话筒里只是传出对方粗重的呼吸。我微微有些紧张地等待着。

9

“请您说话……”

“……他妈的……”

不愧是这个家伙的经典开场白，一句狠狠的“TMD”，无论是站着还是坐着，无论是海枯还是石穿，即使是把地球挖个洞，他也会找出这句“TMD”。算了，我就当作是最后一次他送给我的礼物接收吧！

“是的，请您说……”

“我……该怎么办……”

到目前为止，他说的话和以前还都是一样的。不过不知道为什么，我老觉得他今天的声音和昨天不大相同，只是我的错觉吗？

“死了，真的死了……”

“……是……是啊……”

“忠州很远吗……”

“不，不算太远，至少没那么远。”

“忠州……不是她的奶奶家吗？”

接下来他要说的是，她为什么会死在那儿，对不对？

“为什么……她为什么说谎……？”

嗯???? 我模仿的唇形严重失误，于是我表示严重关注，把注意力全部集中到听筒上。

“……为什么……会在……我哥身边死掉……？”

听着他越来越悠远的声音，我使劲地想插进去说几句道别的话，可他根本不给我任何缝隙。

“我……要不要也……去死……？”

“你说去死!!!”

“……我……要不要也……去死……？”

“不要随随便便就说什么死不死的话!!!”该死！我怎么忘形了，十三姐还在一旁拼命摇晃着我的手，可我还是忍不住冲着电话那头的家伙大喊大叫了出来。

泪流的声音，通过长长的电话线，传到了我的耳朵里。

“流泪怎么可能有声音呢！”很多人因此讽刺嘲笑我，可我分明听见了，“泪流的声音”。

……

“……我要报仇……”

“我也要抢走他的女人……接下来，就算是死……”

“喂!!!”

“我这样做也……可以……？”

“我不继续在这儿做洽谈员了!! 这是我们最后一次通电话了!!

你到底打算这么萎靡不振，说这些幼稚的话到什么时候啊!!”看来那个家伙是打算一直唠唠叨叨、喋喋不休下去了，所以我干脆大叫着打断他的自言自语。

“……”

“如果你一直以来不是和我开玩笑，那么我拜托你请打起精神来!!!”

“……我先抢走那个女孩……然后……”

呼……敢情这家伙的脑袋瓜是木头雕的，到底有什么大不了的事情闯不过去的关，让他要死要活的，每天五点给我打电话。如果他真的很痛苦，到底有多痛苦，让人这么费心伤神很不道德的知不知道。

“因为我爱她……所以才这样……”就在我对那家伙的怨气与时俱增之时，他突然留下这么一句让我几乎怀疑自己耳朵出了毛病的话……挂断了电话。

心……好痛，头……好痛，为什么他突然……冒出这么一句话……

“他说什么了？今天通话有什么不对劲的吗？”十三姐在一旁焦急地问着。

我没有说什么，无力地冲她挥挥手，走出了洽谈室。现在说什么都没有意义了，我也没有力气说了，我就这样离开了这个地方。

第一天，我回到期盼已久的校园的第一天，就这么混乱、嘈杂、忐忑、心悸地过去了。爸爸、妈妈、幼民即使是他们全部离开我的时候，我也没如此伤神混乱过。

#平昌洞住宅。

还是觉得有些陌生，在我眼中看来如同怪物的房子。

“哦，雪儿，现在才回来啊!!!”我刚进门，有气无力地在玄关边换鞋，穿着睡衣拖鞋的老爷爷就高高兴兴地出来迎接我了。

“是的……”

“怎么这么晚啊!! 我还担心你是不是找不到家了呢。”

“……天空呢……?”

“嗯!! 天空!! 天空还没有回来!!”

“啊，是嘛……”

在客厅里擦沙发的清洁大婶，一边做卫生一边瞟啊瞟地偷眼打量我。我习以为常，向老爷爷问候了一下后就向楼梯走去，准备回自己的房间。

“雪儿呀!!”

“……啊，有什么事?”

“才八点，你就准备上去睡觉了?”

……—_—……我分明能感到老爷爷的眼睛一闪一闪地冲我招呼着。

……结果是，我和老爷爷肩并肩地坐在沙发上，把一本硕大无比的红色相册放在自己的膝盖上欣赏照片，虽然我眼睛几乎都眯成了一条缝。—_—

老爷爷笑眯眯地看着我的脸。

“今天在学校怎么样?”他突然问道。我吓了一跳，不知道老爷爷是不是看出了什么。

“就那样。”

“可是，脸色看起来不怎么好啊!”老爷爷担心地看着我。

不会吧，我回来之前明明跑到公共洗手间好好梳洗了一下啊，脸也弄干净了，头发也梳好了，难道还是有哪儿肿着?! 所以引起了老爷爷的疑心。

“不会，怎么会呢!! ^_^我们快看照片吧，爷爷!!”

“好吧!! 呵呵呵呵 -0-!”老爷爷满足地看着我明亮的笑容，翻开了相册的第一页。

“天空对你好吗?”

“好。^_^”

“尹湛……你不用为他费心，那家伙本来就是个小心眼儿。”

刹那间，那家伙在楼顶上嘴部活动的场面不受欢迎地蹦到了我的脑海里，呸，呸! 我赶紧摇晃摇晃脑袋，把那肮脏的画面从我脑海中删除。

“……看，看这个，这是尹湛、天空七岁的时候……”

咦……？这是他们两个家伙吗?！照片里的两个小鬼头亲亲热热地拥在一起……看来那个时候他们关系还不错。

天空……那时长得和现在很不一样……一点都看不出混血的样子，不过无论是以前还是现在都是超级无敌大可爱。至于那个在旁边笑得也很开心的尹湛……—_—我就当作一团空气无视好了。

哎哟哟，看看这张，实在无视不过去，江尹湛那个臭小子即使在照片里也拼命地朝我吐舌头。要不是老爷爷就坐在我旁边，我一定吐口唾沫上去踩一脚。—_—^

每翻到一张照片，我都忍不住把目光投向里面的天空，盯着他呆呆出神。天空和那个兔崽子一起踢球的照片；天空和那个兔崽子穿着小短裤在澡堂里的照片；天空和那个兔崽子在国外的田野上，神气活现地骑在马上的照片；再后来的照片，他们十二岁了，开始乖乖地并排和老爷爷，还有一个陌生的年轻人坐在一起；之后的照片，也出现了那个陌生的年轻人，两张小脸一本正经地坐在大人旁边，很是听话的样子。这更大地激起了我的好奇心，就在我掀起这页，正打算翻开相册下一页时，老爷爷突然以迅雷不及掩耳的速度掩上了相册。

“好了，好了！呵呵!! -0-今天就看到这里吧。”

“爷爷……—_—”这爷爷，存心吊人胃口嘛！

“那两个家伙就小孩的时候还值得欣赏一下，长大之后没什么看头了!! 看着他们我就浑身起鸡皮疙瘩!! 不看也罢。”

“……您说什么?”不敢相信老爷爷把自己两个怎么说都还算长得可以的儿子说得像是鼻涕虫。

“来，来，吃饭，你晚饭还没吃吧?!”老爷爷手忙脚乱地把相册放回了它原来的位置。

就因为老爷爷这个令人费解的动作，我吃饭的时候，陪他老人家下象棋的时候，回到房间看到衣柜里挂着的校服欢欣鼓舞的时候，都一直在想老爷爷出的这个哑谜。相册的下一张究竟是什么呢……那一页相纸在我脑海里滚来滚去。

“睡个好觉！”老爷爷关掉客厅的灯，冲我道晚安。我心里依旧放不下那个谜团。

#午夜十二点半。

下面还是静悄悄的，看来那两个家伙都还没回。……我抱着大大的被子，和昨天不同，今天是翻来覆去的睡不着，并不是我不累，而是我脑袋里充斥着的乱七八糟的想法太多了。

如果再遇见天空，我想对他说一声对不起……唉……!!! 不行，明天早晨遇到天空时，那个混蛋家伙肯定也粘在一起……—_—? ……要不，我干脆就坐在家里的玄关门口等着天空……—_—?

烦躁的心情让我左腾右挪的怎么也睡不着觉，只能望着不远处的窗户出神。我微微撑起身，想把窗外的月亮看个明白。忽然，几句细小得不能再细小的歌声，不知从哪儿钻到了我的耳朵……“夜半歌声”这几个字顿时直直冲进我脑海里，刺激着我丰富的想像力。于是，我胆战心惊地爬下床，淅淅嗦嗦，淅淅嗦嗦把耳朵凑到了门边。

……

我的心脏就此停拍，一屁股坐到了地上。

“静静的羊肠路上满是你留下的回忆，在这条路上，一只小青蛙曾经安慰悲伤的我……”

不可能，……这绝对不可能……我如鬼神附体般，鬼使神差地就推开房门，一步……一步地，向那歌声飘来的方向走去。

歌声是从我房间这一层左边传来的，我越往左边走，歌声就愈发清晰……

“静静的羊肠路上满是你留下的回忆，在这条路上，一只小青蛙曾经安慰悲伤的我。我垂下头，轻声哭泣中，你又重新回到我身边，那窒息的箱子，终于被彻底打碎。”

这……绝不是偶然，因为这首歌……是我自己作词作曲的，一个字也不差……一个音也不错……这首歌，这首歌……除了云影之外谁也没听过……只是我那原本欢快的曲调，怎么像被揉碎了揉散了似的掺杂着一声声嘶哑的哽咽呢！

没错了，就是这扇门……门外是走道左侧尽头的阳台，半圆形的它正对着庭院，现在这扇门不知道被谁打开了一半。

“我们呼唤着爱情，曾经在一起那样呼唤爱情的我们，请永远不要忘记，请把这一切都记住。”

咯吱吱……我缓缓地拉开眼前这扇玻璃门，身上的白色睡衣在寒风中微微抖动。如幽灵般的场面是不，可是，当我看清那张脸，这一切神秘寂静都归为可笑的谎言。

“请你记住这孤孤单单的爱情，……噢，寂寞的眼泪……”

“你怎么会……”

“……”

“你怎么会……知道这首歌……”

他慵懒地靠在阳台栏杆上，见我进来，一抬眼，醉眼迷离地看着我。他浑身散发的酒气在寒风里挥舞，充满着魅惑和威胁，不过我才顾不得这些，我举着拳头，出离愤怒地一步一步向他逼近。

“这首歌……你是怎么知道的?!!!”我又一次出声逼问，又惊又怒，五味杂陈，说不清道不明的情绪在我脑袋里发酵。

“寂寞的眼泪……”

这个混蛋，到底灌了多少猫尿，才完全醉得像一条疯狗一样。

他身形不稳，一个踉跄眼看就要扑倒在地上，不过这混蛋倒也聪明，及时伸手扶在了我的肩上，这才重新站了起来。

接着，令人难以置信的事发生了……我扶住他，发现这个如天王般傲慢不可一世的家伙眼里居然含着眼泪。就在我还处在震惊当中没回过神时，那家伙似乎对我的瞪视觉得有些难堪，忙转过悲伤的双目，当他再回过头来时，他已经冲我笑得像锡福娃娃了，他努力地笑着，只求我看不到他的两眼。这时的他，仿佛又回到了照片里七岁的样子，完全没认出眼前这个人就是他一直欲除之而后快的冤家对头。

“寂寞的双眼……”

寂寞你个头啦，别糟蹋我的歌词了，你的双眼才不寂寞，眯得就像流氓兔。

暂时冷场之后，我正准备张开嘴说些什么，那家伙可能真的是太寂寞了，他居然一下抱住了我。—__—不，准确地说是被我接住了，此刻的他，不再是那个口中老是乞丐、乞丐叫个不停的讨厌鬼，他只是一个寂寞的男孩，一个寂寞的七岁小男孩……被我拥抱着。

我看向庭院里站着的天空，而穿着校服的天空也看着阳台上的我们，他静静地看着，静静地站着，不知道他会怎么想，正如我想别人不会相信，也不能理解，我为什么会紧紧抱住比自己健硕许多的尹湛，是的，紧紧的……

也许都是“寂寞”惹的祸，让我不知不觉醉倒其中，任凭尹湛那家伙滚烫滚烫的眼泪一滴滴低在我雪白的睡衣上，任凭天空焦灼的视线仿佛要把我烤干地盯在我身上，我只是紧紧抱着……这个家伙，生平第一次如此接近的男孩。

10

#早晨。

眼睛充血红肿赛白兔，头发纠结在眼睛前面完全分不清是前面后面。—_—更可怕的是，下面是已经催了我五遍的大婶。

“学生!!! 快点下来!! 吃早饭!!!”

呼……都是因为江尹湛那个倒霉鬼，丧门星，瞧瞧我现在都是什么鬼样子啊……杀了我吧，真没有信心以这副模样去面对楼下的两兄弟。

“学生!! ┬0┬” 楼下的大婶已经由人喊改成猿啼了。

好……犹犹豫豫、软软弱弱躲在楼上不是我雪儿的作风，我一定要把他们兄弟两个的问题一个一个“踢”出去都解决掉……!!

“知道了，下来了!!!” 我三下两下地穿好挂在衣橱的校服，又抽空小照了一下镜子，看着镜子里自己的模样，只觉得脑袋里“嗡”的一声，差点吓丢了魂……

下了楼，我小心翼翼地走进厨房，还是不免被大婶送了一记“热眼”。—_—

“真不错，真合身!! Very good ，good!” 只有老爷爷一人放下筷子，拍着巴掌对我表示热情欢迎。

“……呃呵呵，-0-真的吗?!” 我不好意思地挠挠头，两朵红云飞上了脸颊。

江尹湛那家伙突然转过脑袋来看了我一眼。

“噗……!” 他喷饭。

—_—江尹湛那小子回馈我的是他嘴里吐出的面包固状物，而坐在他身边的天空，却只是抬起脖子来揉了揉后颈，然后目不斜视地低下头继续吃他的早饭。……—_—我在这里，果然半分人气都没有。

“……” 迷茫的心情迷茫的我，我赶快找了老爷爷旁边一个位置坐下。

江尹湛那臭小子一直盯着我，不知道在动什么坏心眼，—_—他又在琢磨怎么把我赶出去吗?! 我可不敢奢望他还记得昨晚的事，不，他如果记得，只会更加的记恨我。想到昨晚，我突然略感到一阵羞涩。

就这样，我一边老老实实回答爷爷的提问，一边吃着自己的早餐。

“大婶!!!”江尹湛那兔崽子突然用大得可以震死一只小鸟的声音在桌上喊道。—_—正在水槽边收拾餐具的大婶立刻急急忙忙转过身来，问有什么事。

“再给我一个碗!”

“……为什么?”大婶奇怪地问。

“这个，这个，这碗汤，刚才这家伙把她吃过的勺子伸到里面过了!!!”江尹湛那厮用勺子把桌子敲得当当响。

……—_—……这个……兔、崽、子。

哐~……就在我的反驳要涌出喉头之际，老爷爷已经哐的一下出拳砸在他脑袋上，替我教训了他。

爷爷，爷爷……

“啊啊!!! 干吗打我!!!”

“你，还不给我闭嘴!!! -0-”

“可是我喜欢大酱汤啊!”

“那又怎么样!!!”

“这家伙!! 你看她，连牙都没刷!”

“雪儿她怎么没刷牙了!!! 你这是什么意思!”

对不起……我确实是没刷牙，爷爷……—_—

“喂! 小乞丐，你别再碰大酱汤了!”

“你说叫我别碰我就不碰了?!”

“找死……”

……这个兔崽子，看来昨天晚上的记忆他是永远埋葬掉了，虽然对我也不是什么很值得保留的记忆，但怎么想都觉得有点那个……-0-!!!! 昨天晚上我用我温暖的手那么多情的安抚你，轻拍着你的肩膀，你这个忘恩负义的小子居然一股脑全抛在脑后了!!! 我用炙热的眼神瞪着他，他也报复性地向我投来可恶的眼神，一场无声的战役就这样在我们之间拉开了。

相较于我和尹湛之间的热火朝天，天空从始至终都在一旁安安静静地吃着自己的早餐，看着他，我这才想起自己还欠他一个对不起，我该向天空说声对不起的……天空一勺一勺，沉默地吃着自己碗里的米饭，眼看着一碗饭就要露出碗底了，我还是只敢偷偷窥视他，不知如何开口。

一直瞪着大酱汤的江尹湛那混球，突然把勺子塞进嘴里，就像吃一根甜得掉渣的棒棒糖一样，啧啧有声地吮吸了起来。

"吧唧吧唧，吧唧吧唧，－0－吧唧吧唧，吧唧吧唧！－0－"

这个讨厌的家伙，神经病，又在搞什么怪。

"……江尹湛!!!"几乎是在爷爷大喝一声的同时，那家伙啪嗒一下把勺子向桌子中间的酱汤碗里投去。命中！那混球不知死活地乐得手舞足蹈。

一阵可怕的静默在餐桌上空蔓延开来……我啼笑皆非地看着眼前这个卑鄙无耻、幼稚无聊的家伙。寂静的黎明注定要被喧嚣的清晨代替，静默不到五秒钟就被打破了。一直没有出声的江天空先生，突然，执起桌上的一只鸡蛋，面无表情唰的一下就向江尹湛那混球的脸扔去。—_—他总是能做到这样，无论做什么，说什么，一张扑克老K脸亘古不变。

"干什么啊……!!"

话音未落，啪嗒!! 又一只鸡蛋从空中飞来，而且稳稳落在目标物上。这下好了，江尹湛那混球的脸做了一个好完美的鸡蛋面膜敷。

老爷爷气得浑身直哆嗦，趁他们谁也没注意到我，我悄悄把椅子往后面拖了拖。—_—

"你疯了你!!!"

之后，鸡蛋兄弟们在餐桌上空飞得不亦乐乎，到老爷爷一个飞筷插到尹湛那厮喉咙面前为止，放在桌上篮子里的十几个鸡蛋就像长了翅膀似的不翼而飞了。

"还不给我住手!!! 你们两个到底什么时候才会懂事!!"……老爷爷勃然大怒，如雷霆万钧般恐怖地咆哮道。江尹湛那个兔崽子立刻老实了，夹着尾巴，灰溜溜地溜出了厨房。

我呆呆看着那混球渐渐远去的身影，又转过身来看看正用手擦着衣领上鸡蛋的天空，他也正注视着我……老天，这究竟是一场怎样的混乱，他们到底想让我怎么样？是不想让我吃饭吗？或者是干脆就想把我赶出这个家。—_—你们有话倒是直说呀，用我听得懂的话直截了当地告诉我。

天空停止了注视我，他也走出了厨房，随后老爷爷也步天空的后尘走了出去。我又一次前前后后、仔仔细细回味了这个非正常家庭一遍，可我再怎么努力，想破脑袋，也还是理解不了，一件都理解不了。

“好！我们出发!!”

即使是坐在辛大叔送我去学校的车里，我一个人孤孤单单地坐在后车座上，我还是理解不了。

#德风高中和正轩初中正门前。

今天天空不在我身边，我该怎么单打独斗江尹湛那混球呢，—_—我一个人能独自应付他吗?!

“加油!! 雪儿，加油!!”一点都不了解我心思的辛司机，洪亮的叫喊着替我加油。我无力地朝大叔挥挥手，垂头丧气地向正门走去，现在只能向上帝祈祷今天不是江尹湛值勤了。

可世事不如意往往十之八九。果然，只见有个人，也不知存的什么心，不惜涉山拔水，坐着公共汽车早早地赶到了学校，现在，正戴着值日徽章，威风凛凛地站在学校门口，一脸高兴地看着我。—_—

“啊！姐姐……!! 不……怎么穿着初中部的校服呢?!”还是那个长头发女孩，她紧紧贴在尹湛那厮的身边，一脸讶异地看着我。我扫过她的铭牌，上面写着：“韩宜兰”。

……好漂亮的名字……

“啊，我是休学之后重新复学的。”

“那……你几岁了?”

“十八。”

“什么呀！我们居然是同年的!! 唉，我还以为你是姐姐呢!!”

是啊，我的脸部皮肤比较粗糙。—_—^

我装作很高兴地拉过那个女孩，企图拿她当作挡箭牌，浑水摸鱼，蒙混过关，只要能跑到教学楼玄关就一切 OK 了。可江尹湛那混蛋也不是这么好糊弄的，在我还来不及开动马力，全速向里奔驰时，他就一把扯过我的衣领，就像拎小鸡似的毫不费力把我拎到了他面前。

“放开你的手。—_—知不知道？”

“谁给你的权利让你就这么进去的？”

“喂！”

“不是‘喂’，是‘前辈’，我是你‘前辈’!!”

“昨天的事你真的一点都不记得了!!”我决定好好提醒一下这个家伙，不能让他太得意。

“你又想搞什么鬼，嗯?!”死到临头不自知的家伙，人家要砍你的头，你还把脖子伸出来！ -0-

“昨天的事，你真的一点都不记得了?!”我故作神秘地靠近了那家伙的脸庞，不理会宜兰的诧异，又大声地问了一遍，存心吸引周围所有人的注意。“你是指你在楼顶上被螳螂队狂殴的那件事吗?”那家伙突然得意洋洋地说道，满以为戳到了我的痛处。

好啊……我们俩就走着瞧，看谁笑到最后。你好像还忘了一件事了，江尹湛!!! 混球，看来你真是把它忘得一干二净了。-0-

“不是，不是那个！”

“那你倒是说啊，究竟是什么?!”

“你在楼顶上，和一个女孩接吻!! 接吻!!! -0- 记起来了吗?”

江尹湛那混蛋的脸立刻变得僵硬无比。其余的值日生更是惊得用双手捂住了嘴，来回扫视着江尹湛和韩宜兰。

我突然有点担心了，自己做得是不是太过火了，于是，我微微转过头，偷眼打量一旁的宜兰，果然，只见她一张小脸涨得通红，眼泪开始在眼眶里打转，仿佛随时都会掉下来。—_—

“你……韩雪……”江尹湛虽然因羞愧低下了头，不过嘴可没闲着，他咬牙切齿，愤恨地小声喊着我的名字，仿佛会用牙齿一点一点撕碎我的肉。

我打了一个寒战，飞快地向校门里跑去。—_—

我疯了似的不停奔跑，直到跑进我的动物家庭教室，我一次也没敢回头。

#教室。

呼~！我满心欢喜地松了一口气，推开教室的前门，正要进去。

“现在是技术课时间，大家都要去电脑室!! -0-”

哈哈…哈哈，┬_┬原来是土拨鼠小姐，她的一张大脸突地浮现在我面前，满面笑容地看着我。

不知怎么的，有种不安感。

“那……你……怎么没去?”

“我想和姐姐你一起去!”

“为什么?!”

“不为什么，昨天我们都商量好了，以后姐姐就是我们家族的一员了。”

“可是门牌，我并没有偷到门牌啊！ -0-”

“哎呀！门牌有什么大不了的了，那有什么关系，姐姐你说是不是?”看我还是一脸犹犹豫豫的表情，土拨鼠很亲热地冲我笑了笑，伸出她异常结实的手臂挽住我的，眨眼之间就把我拖到了二层教务处旁的电脑室。

就这样，我眨眼间成了动物家庭一员。

“啊，雪理姐姐，你怎么现在才来啊!! 哎哟哟，你穿上校服了，真漂亮!”—_—大象和狐狸一见我进来就从教室里偏僻万分的位置里站起来，热情洋溢地招呼我。她们身边还留了两个空座，看来我的位置也给预备好了。

她们这么大动静，当然引起了所有人的注意。大家一致以怜悯的目光看着我，直到我沮丧着脸，不情不愿地在预留“犯人席”上坐好。

“—_—……我，我想坐到前面去。”

“这姐姐你就不知道了……” 土拨鼠一屁股在紧挨着我的位置上坐下来，靠过头来在我耳边小声嘀咕道。

“坐在前面……就不能聊天了！ -0-”

谁说我要在电脑课上坐在这里聊天了!!! -0-我啪嗒一下从位置上站了起来，可土拨鼠那个大块头，立马飞快地挡在了我前面。

就在此时，老师突然推开前门，带着天真烂漫的笑容，情绪不错地走了进来。本着不想破坏老师好心情的原则，我只好暂时先坐回了原来的位置。

接下来的上课时间。

“喂，让他到学校前面来！嗯?！让他们放学之后到学校前面等着!!!”

“死丫头，还不闭上你的嘴！ -0-都是你害的，我把‘再见’都敲成‘在贱’了，都怪你!”

“喂喂，别摆出这样一副死相好不好!! 难道你还想在那家伙心中造出你很聪明的概念啊!”

“他要我把照片传给他，你说我答不答应?”

“你就告诉他们，看到我的照片得了相思病我可不负责任。”

……人生黯淡……连那个脑子看来还比较清晰的狐狸都如此……“这帮兔崽子，居然说我不敢！谁怕谁，你们等着，我马上就拍照传给你们。”说着，坐在我另一边的小狐狸掏出手机，对着摄像头，换了好几个角度在自己身上拍来拍去。

“雪儿姐姐，我们一起拍一张吧!”她自己拍还不算，才不管我在认真听老师讲课，看同学示范呢，拽过我就是一顿狂拍。

对不起，爷爷，真的很对不起……我一定会在十天以内，以最快的速度适应这环境的，一定尽快和同学打成一片，绝对不会让您失望。

叮咚咚，叮咚咚！漫长而痛苦的第一节课终于结束了。

趁着我的动物家族们心急火燎地赶到学校前面去买吃的，我赶快拉开电脑教室门，匆匆地逃回了自己的教室。可还没等我屁股坐热……

“请问，你是韩雪理吧?!”一个穿着德风高校服，剃着光头的男生突然谨慎小心地走到了我面前，说话的声音小得惟恐人听见似的。

“……呃，我是。”我吃了一惊，想想自己恐怕又不能过安生日子了。

“你能不能跟我出去一趟。”

“为什么?”

“尹湛叫你。”

……

……

原来是他!

不错，那小子是何许人也，今天早上的事，他怎么会随随便便就这么放过我。

“如果我不去呢……?”

“拜托你了，请你一定要跟我一起去……”

“你告诉那家伙，他要见我，让他自己过来。”担心我那动物家族们一会儿就跳回来，我边说着话，边小心翼翼谨慎地朝背后扫了一眼。

……居然有这等事，—_—……那三个家伙不知道什么时候在我身后列队站开，看样子已经站了一会儿了。

“拜托了……”光头看着我，发出万分哀切的声音。显而易见，如果我不去的话……他肯定又有被江尹湛那个兔崽子一顿调教了。

好吧，反正晚上回家之后我和他之间免不了一场战争，还不如现在就过去面对面地好好打个痛快。决心已定，我于是一言不发地跟在那个光头身后，往教室外走去。我不担心自己，反正这些我已经习惯了，倒是身后那不时传来的淅淅嗦嗦的六个脚步声，让我有点担心。

我走进德风高的教学楼，就在我踩上四层的最后一级台阶时，突然，并不是出于我的本意，我猛地停了下来，看向坐在台阶最后

一级的男生。

“你好……”

……天空什么也没说，仰起头来默默地看着我。

“那个……尹湛他……”我身后传来光头胆战心惊的声音。

这可是对天空说抱歉的一个绝好机会，我不能就这么轻易放过，想到这，我只好在心中默默对光头说对不起了，然后挨在天空一旁坐了下来。

天空原本把一块抹布搭在一边，随意地靠在楼梯栏杆上，看到我在他身边坐下，有丝诧异。

“……对不起，昨天。”

“……因为什么？”

“昨天……你因为我挨了老师的揍……不是吗……都是因为我……”怎么会这样，面对着他，我说话的声音忍不住越来越小，头也越垂越低，这不是我的本意啊！

“这种事……”

“嗯……？”

“这种事不要记在心里。”

“………——知道了，不过还是要说对不起。”

“说什么对不起……”

“……？”

“这是我最讨厌的一句话……”

“是……是吗？”

天空点点头，看见我如此惴惴不安的样子，他又把视线转向我的身后。

“这又是怎么一回事？”

“嗯？”我随着天空的视线转回头，发现后面站着不仅有一脸哭相的大光头，还有我亲爱的动物家族，她们还真有毅力，一直跟到这儿来了。其中尤为突出的是大象小姐，她不仅嘴和鼻孔都大张着，连眼睛里都饱含着泪花，好像随时都会倾盆大雨。——这下我明白了，大象在2－2班的白马王子就是我眼前这家伙。

我猜想得没错，行动派的动物们马上走到我们这边，向我证明了她们的爱慕。

“……天空哥……天空哥……ㅜ0ㅜ……”大象不敢走得离天空太近，她在离我们几米远的地方停了下来，双手欣喜地紧握在胸前，双目含泪，浑身颤抖，激动得简直不能自持。

天空看着她，有点被她激动的样子吓住了，不过随后向她勾了勾手指。

“……我，我吗？”大象颤抖地指了指自己的鼻子。

天空又勾了勾手指。

大象一脸的不可置信，在获得了狐狸和土拨鼠的热烈应援之后，她这才颤颤悠悠、一步一晃地向我们靠近。天空又对她做了一个让她坐下的手势。我像是看着太空来客一样反复地看着这两位，不知天空这家伙想干什么。

天空那家伙，突然伸手摘掉了大象束住头发的头花O_O……??然后，就在我们大家所有人都一头雾水、惶惑不安的时候，他把这朵头花递到了我面前。

“什么？”

“扎上。”

“—_—为什么，我头发现在看起来就这么难看吗……?!”

“因为我打算和你约会一次，所以……扎起来。”

—_—啊，等等，你现在怎么能说这话……

“呜哇哇……呜呜呜哇哇!!! ㅜ0ㅜ”果然，我刚才的念头还没有转完，披头散发的大象已经哇的一声哭了出来，起身向楼梯下面奔去。土拨鼠和猴子看了我一眼，齐齐冲我大喊一声：“坏女人!!! -0-”之后，也转身追大象而去。

我看了看整件事情的祸根天空，又看了看他仍旧拿在手里的头花……

“谁要求你和我约会了？—_—”我问道。

“在学校前面等着。”

“是……爷爷让你这么做的？”我试探着问道，否则我实在想不出什么别的原因。

"……"

"如果是这样，其实你不做也没关系的。"

"小脑袋的杂食动物。"

"……什么!!!"

"缺乏想像力的猪。"

"……你说什么……—_—……"

"没幽默感的家伙。"

"喂，再这么说我生气了。—_—"

"所以让你等着啊!"

"……—_—"

"听见我说的话没有？快回答，说等着。"天空蛮横地嚷着，瞪着我，就像一个撒娇兼赖皮的小孩。

这时，旁边突然又传来大光头蚊子哼哼般的哀求声，哀绝凄惨登峰造极。我实在受不了这种惨绝人寰的声音，于是清清楚楚扔下一句"知道了，放学见"，随后站起身来。

天空仰视着我，璀璨的笑容如星辰般展现在我面前，我赶紧揉揉眼，确定这不是自己的幻觉。可惜等我再放下手来，天空又恢复了他那张标准扑克脸，一脸严肃地对我嘀咕道："不把头发扎起来的话，不和你约会。"再笑一次好不好……实在是太太太帅了……

我装模作样地点点头，实际是借机平复自己激动不已、心跳加速的心脏，随后就跟在大光头的后面离开了。

一次短暂而愉快的会面结束了，我生平所遇的最恶会面马上就要开场。

11

#2 –4 班教室。

咯~！大光头小心地推开门，似乎十分庆幸自己的任务完成了，他吁了一口气，急急忙忙向自己的位置走去。

我抬眼望去，发现教室里也正有几十双眼睛用十分好奇的目光看着我，而江尹湛那家伙，坐在教室的最后面，正幸福地被一大群人包围着。他也看到了我，原本满脸阳光的笑脸立刻晴转阴，用他鹰一样的眼神盯着我，一言不发地用手指叩击着桌面。接着，他冲我勾了勾手指，同样的动作，却和天空完全不同的感觉。

就在我使劲琢磨着到底哪里不同时，啪嗒啪嗒，手和脚已经不由自主地走到了他面前。

“喂！你很帅啊!!!”我梗着脖子，一脸满不在乎地看着他，里面写着两个字：挑衅。

“小孩，几岁了?！嗯?!”旁边一群和我同年的小屁孩却用讽刺的声音叫唤着，一个两个围在了我旁边。

我才不会理会这群无聊的苍蝇，我大刺刺地盯着眼前的江尹湛不放，很清楚自己真正的对手只有他，而他似乎意识到我已经对他展开心理战，撇开一直盯着我不放的眼，正要开口的一刹那，——

“你们这群混蛋，在这儿吵什么吵呢?！还不快给我滚回到各自的位置上去!!!”

……好耳熟的声音，未见其人，先闻其声，一个身影随后走进了教室。-0-!!! 他就是那个谁，那个谁！昨天把天空打得半死的疯子，就是那个男人!!! 我惊了，尹湛那混球也不例外，他和我几乎是同时地看向那个疯老师。疯老师侧过头，不偏不正地也正好看到了我。

“你……到这里来干什么的?”

疯子老师的话音刚落，坐在教室第一组前排的那个狗腿子立刻急急报告道：

“她是尹湛的女朋友!!!”字字珠圆玉润，清脆得如刚出生的翠鸟的啼声。

“是哪个家伙说的啊!!! -0-”正在气头上的我完全忘了现在的处境，气急败坏地脱口大叫而出。而那老师也奇怪，和昨天完全不一样的反应，趣味盎然地把我叫到了讲台前面。

7……这老师……不仅是个疯子，还是个双重人格，想到这，我有点怕了，哆嗦着腿，看着眼前这个不可预测的多种心理疾病拥有者。

“……你……是尹湛的女朋友？”

“不是的！！！”我和江尹湛两个人几乎是同时跳起来说道，没想到那疯子老师反而嘿嘿嘿嘿笑开了。—_—早知道他不正常。

“唱一首歌，我就放你走。”

什么？！他说什么？！……让我唱歌……？听到老师这话，江尹湛那个非人类，居然……非常卑劣，非常卑劣地笑了，我牙齿恨得痒痒的，横眉怒对。

“Good！让她演咕噜，老师！！！”……—_—果然不出我所料，江尹湛那个兔崽子高高地挥舞着左手，对老师的话大力声援。

“啊哈哈哈哈，你好过分哦，江尹湛！”听到江尹湛的话，班上顿时很恐怖地笑成一团，桌子被那帮家伙拍得轰隆轰隆响。

什么呀……“咕噜”又是什么东西，—_—我感觉自己好像是从外星球来的，来回张望着那帮笑得抽筋的兔崽子和与昨天判若两人的双重人格老师。

“好吧，你就表演一下‘咕噜’吧，表演完了就放你走。”看着我狼狈的样子似乎觉得很有趣，那个精神患者变态老师又说道。

“那个……你们说的是什么……？”

“你没看过《指环王》吗？”

“指环王？”我踟蹰地重复着这个陌生的名字。

教室上方的空气顿时像炸了锅似的，火辣辣的直呛到人的嗓子眼，我真讨厌这样……

“是电影，电影，一部很有名的电影，这你都不知道？！”

“不知道。”

“你开玩笑！”

“我没有看过，电影……”

“……什么？？一次都没有？？”语气里更多的是不信。

“一次都没有。”

“你现在在拿老师开涮吗？！”空～！我头顶上吃了疯子老师一记老拳，幸亏我不是小新那体质，否则难保脑袋上不长出一串大包来。想到还有天空身上那笔账，我看着他的眼神不由恨意更浓了。

“怎么可能一次都没有看过电影!!”

“因为从来没有人带我去看过电影。”我简短而冷冷地回答道。

“你该不会还要说你连录像带都没有看过吧?!”

“……”

“你真的不知道‘指环王’是什么?”

“是的……”我咬紧牙关，冷然地回答，不让自己的感情流露半分。屈辱，耻辱，看这个疯子老师究竟还要我难堪到什么程度，江尹湛，你好样的，一切都拜你所赐。

“那你就唱一首快歌吧，最近流行的饶舌歌曲你总该知道一首吧?唱完就可以走了。”老师话音刚落，下面那群等着看好戏的家伙顿时爆发出雷鸣般的掌声。哈，真是人生百味，活着活着什么好事都让我遇上了。先是让我成为孤儿还不够，接着是遭到儿童虐待，离家出走成了到处流浪的小乞丐，这还不够，又让我被收养，今天还让我遇上了唱什么饶舌歌曲。

“快点唱，你该不会连饶舌歌曲都不知道吧??”

“我没有会唱的歌……”

“什么……?”

“我不会唱什么饶舌歌曲。”

“喂，你该不会是平常连电视都不看吧?卡拉 OK 厅你总该去过吧?!”

“是的。”

“怎么可能!!难道你爸妈连台电视都不买回家放着??!!”

“我没有爸爸妈妈。”

“什么!!!”

“我爸爸妈妈都死了。”

疯子老师失声了，张口结舌地看着我，教室下面的嗡嗡声也忽地消失得无影无踪，甚至连江尹湛那个混蛋，也脸色一僵，阴晴不定地看着我。

“你……现在……和老师在开玩笑吗……?”疯子老师又渐渐开

始恢复他疯人本色了，扯着嗓子厉声喊道。

经过昨天的事，我才不会怕他，也休想我会在他面前打半分退堂鼓，我豪不畏惧地迎向他的眼，字字清晰如锤击鼓，“爸爸妈妈的生死，这种事是能随便开玩笑说的吗?!”

“你!!!”老师雷霆震怒，正要勃然大发之际，只见江尹湛那家伙砰的一下站起来，把自己的椅子踹到一边，而与此同时，哐!!教室的前门被踹开了，我惊也不是，喜也不是，这下还真是热闹。

“怎么回事!!”老师顾前看后，两边的动静搞得他应接不暇。

“清洁都做好了。”

居然这样……天空……又是天空。

“……知道了，等着……”疯子老师厌烦地挥了挥手，让他出去。

“清洁都做好了。”

“……知道了……所以让你等着……等着，听懂了吗，臭小子!”疯子老师强压着怒火，暂时分神看了天空一眼，又把注意力放回了我身上。

“喂，你是几年级几班的?”眼看着那碗口般大的拳头随时都会落到我头上。

“都做完了，清洁。”

……天空不离不弃地又大叫了一遍，所有的学生像是约好了似的，他们低下头，不敢再看天空的样子。

“江天空，跟我来。”疯子老师扔下这句话，走出前门扬长而去。

“下课之后等着我，把头发扎起来。”临出门之前，江天空居然还有心情给我留下这么一句话，留下呆愣在原地的我，茫然无措地看着三个人远去的背影。没错，加上江尹湛那个小子，是三个身影，三个身影渐渐消失在楼梯拐角处。

#放学后。

这三个人到底去哪儿了呢？刚才我去教务处找人，没见到那个疯子老师，去天空的教室，也没有看见天空，又跑去江尹湛的教室，也没有看见江尹湛，难道这三个人就这么平地蒸发了不成，连根头发都没有看见。到底是怎么回事呀，该不会被疯子老师抓到学校楼顶上决斗去了，或者……

"Hi，请问你是这个学校的学生吗？"就在我站在校门旁，四处努力张望着天空的面孔而一无所获之时，一个轻快的声音把我从胡思乱想的担心中拉了出来。我转过头，发现是一个染着亮橘红色头发的女孩，大大的褐色眼睛，高挑而显得有些瘦削的身材，仿佛刚从漫画书中跳出来的一般……漫画女孩此刻正站在我面前，冲我挥着手，证明她是真实存在的。—_—

"是，是的。"

"高中部的？"

"不是。"

"啊……那你可能不认识天空了。"女孩略显失望地说道。

"谁……天空？"

"嗯，天空天空。"

"天空他……怎么了……"我犹犹豫豫地正想开口问些什么，突然一个熟悉的身影进入我的视野之内，很熟悉的，没什么天良的家伙，他晃悠晃悠地就向我这边走来了。

"喂！尹湛!!"

很令人吃惊的，在我出声叫那个家伙之前，也在那家伙叫我的名字之前，那个女孩，非常愉快地大声叫着尹湛的名字。满脸疲惫的尹湛一言不发地看着那个女孩……"您好……"

"啊，你放学了！"

"是的，请问您到这儿来有什么事？"

"啊，这个……嗯，这个……"女孩一脸慌张，结结巴巴支支吾吾半天说不出所以然。……她为什么会这样……

"来见天空!! ^^"终于，女孩还是说了出来。

"……您有什么事？"

"没什么，想请他吃好吃的东西……怎么，不行啊？"

"那我呢？"

“嗯？”

“算了……”说完，两个人陷入尴尬的沉默之中。

他们兄弟俩到底和这女孩是什么关系……?? 我又被困进了一团迷雾之中，总有一天我会被自己的好奇心逼疯的，这家人为什么秘密这么多。

不想一直在江尹湛那臭小子的注视之下，我转过头……看见那个我寻找许久的面孔终于出现在人群中，并且正向我们这边走来，我开口叫道：

“天空!!”

两个女人几乎同时叫了出来，不，那个女孩……比我快一点。—_—女孩看了我一眼，接着就兴高采烈地向天空跑去。

呼~！万幸，天空是完好无损的……看到天空脸上一块伤都没有，我才终于安心地吁了一口气。女孩紧紧粘在天空的身边，两人一起向我这边走来。

……

四个人面对面地站立着。尹湛和我一边，天空和那个女孩站在一边。

“头发，没有扎起来。”

“嗯，总觉得……有点别扭……”

“违背约定了你。”天空的声音听起来有些严重。

没扎头发……有这么严重吗？好像犯了什么死罪一样，我闷闷地想到，抬起头，无意中对上了天空的眼。可惜我们俩的视线还没来得及交汇，那个看起来比我至少大五岁的女孩又一次抢着开口了。

“我们走吧，天空，我开车来了。”

那我只好对你说声抱歉了，因为这家伙已经答应和我约会了。不知打哪来的一股力量，让我挺起胸膛，理直气壮地看着这个女孩。可是，天空朝我看了几秒钟……又朝那个女孩看了一会儿，最后，他一句话也不说，和那个女孩一起转过了身去。

……他怎么能这样对我…… -0-

“喂!! 江天空!!!”

“……”

“我……你答应和我……约……”

哎呀，该死的，不就是一个约会吗，这么难说出口!

“你，你和我!! 你是在开玩笑吗?!”

“……谁让你不把头发扎起来的。”

“什么…… -0 - ?!!”我不可置信地又大声问了一遍，就因为这烂理由。可是天空再也没有回头，就这样走远了。

这期间，那个女孩不断地回过头来，兴高采烈地冲江尹湛挥手……我看得更呕。直到两个人从我视野完全消失，我这才萎靡不振地靠在校门柱子上。

“白痴……自掘坟墓还不知道。”听着就讨厌的江尹湛的声音，他冲着那两个远去的身影愤愤地说道。不过现在我知道他至少在这件事上和我是一派的。

12

没错，还剩下这个家伙。

我沮丧地把视线从已经远去的天空身上收回，斜眼瞅了身旁的家伙一眼。风很大，他扯了扯校服衣领，冲我嘿地一笑。

瞧你那傻样。—_—厚颜无耻的小人。

“笑什么笑?”

“早晨，还记得你早晨说过些什么吗，你……? ^_^”

“……什么?”我故意装傻。

“那个接吻什么的，是谁说的呀?!!”死缓终于还是没缓过去，拖延许久的对峙降临了。

“你……你这个混蛋，是谁在螳螂队长他们揍我的时候还嬉皮笑脸地落井下石的，让他们这样，让他们那样的!!!”

“你知不知道! 死人! 都是因为你我才和我女朋友分手了!!!”

“是、是这样的吗—_—?”害他们分手可不是我本意，我有点理不直气不壮了。

“还有，你!!!”

“—_—^……”

“难道连打啵和接吻都分不清!!”那家伙猛地跨前一步，扯着喉咙冲我大声吼道，差点没把我耳膜震破。—_—

这该死的混球，知不知道人家没约会成本来已经心情很不好了，他还在这儿大吼大叫的。

“什么分不分得清的!! 这个和那个！有什么区别，不都是嘴对嘴吗??!! -0-”

“噗哈哈，这样你就认为一样了？嗯？这就一样了。”

“不知道你在说什么，除了这些乱七八糟的东西你还会什么?!”

“……算了，也不怪你，看天空那个木头样能教你什么……遇人不淑，交错了男友，你能知道什么。”

“……什么?”

“我真替你担心啊！将来说不定人家把你卖了你还替人家数钞票呢。”

……这个混账小子……我用仇恨的目光扫射着他，如果目光是有形的，他早被我射成筛子了。尹湛那混球却趁机用他冰得像铁块的手指咚咚敲我的脑袋。在我的脖子被他敲断、手腕被他拧断之前，我赶快采取行动，拼命地把手放在他校服领上磨蹭磨蹭。

“妈呀，哎呀呀，脏死了，脏死了!!!”

“嫌我脏干吗还敲我的脑袋!! 还有，我警告你，我有男朋友了，别对我动手动脚的!!!”我用不太自然的口吻说道，最后一句画蛇添足的话明显是为了维护我小小的自尊心。

可是，就是因为这小小的一句谎言，江尹湛那家伙却神色大悦，露出他特有的诡异笑容，用和刚才完全不一样的口吻说道：

“你该不会是指天空那小子吧！”

“不是他!!”我直觉地大声否定，有种突然被戳穿心思的窘迫。

“我看你就是喜欢上那家伙了，他可是和好几个女人纠缠不清啊!!!”

“谁说我喜欢他了！”我死鸭子嘴硬，不承认地又一次大声嚷道。

就在这时，就在江尹湛那家伙正想张嘴又对我说些什么的时候，从刚才就在我视线范围内徘徊的四个家伙，扑通扑通整齐列队地向我们这边走了过来。

……搞什么呀，这又是哪儿钻出的四个小鬼，看看他们身上穿的校服裤子，完全不像裤子，贴身得就像长筒袜。

"喂!! 你就是那个'玩火的性感酷女'!!!"

什么……他看我像什么性感，什么火来着……

"你们其余的几个人呢!! 呀，你本人比照片漂亮多了!!!" 我无语，完全傻了，被他们不三不四的几个人围在中间评头论足。这些该死的长筒袜。

而江尹湛那个混球，简直把他乐坏了（最好乐死这个混球一_一)。他背过身去，双肩狂颤，哈哈笑个不停。

在被一道闪电击中了我的脸部之后，我终于又恢复了意识。简直要被这帮人弄疯了，我抓狂地拼命大喊道：

"喂！你们干什么呀!! 我认识你们吗?! 说什么'玩火的性感酷女'，我完全不知道，快离我远一点!!!"

"刚才我们不是聊天来着吗?! 你还把自己的照片发给我了！看看，还有你的铭牌，是韩雪理没错!!"

这帮动物家族，真是，我要被她们弄疯了!! ㅜ_ㅜ

只听江尹湛那家伙的笑声越来越大，越来越过分，一颗鸡蛋般大的汗珠挂上了我的额头。

"那不是我，真的不是我，她们一会儿就出来了，你们有什么话都留着待会儿和她们说吧!!" 可惜自己只有一张嘴，不过我还是竭尽所能，尽量平心静气地为自己辩护。

"喂，你干什么呀，'玩火的性感酷女'，你说了见到我们之后绝对不会逃跑的，即使我们长得像恐龙也无所谓，怎么，现在你反悔了?!"

"你们这帮死小子，怎么说不通呢，我已经说了我不是了!!! ㅜ0ㅜ" 可我的嗓门越大，那帮乳臭未干的黄毛小子越是一脸的不信，他们步步紧逼，已经逼得我无路可退了。

就在这功夫，“她肯定是看见你们之后后悔了，想开溜。”江尹湛那个兔崽子留下这么一句话，悠然自得地消失不见了。

……

“喂，你这女人到底是怎么回事啊？明明就是‘玩火的性感酷女’还不承认，看，刚才你们同学都招认了……”

“你们其余的那几个在哪儿??怎么就你一个‘性感酷女’出来了?”

“哎哟哟，好冷啊!!玩火性感酷女，赶快叫你们其余的人出来吧!!”

这些长筒袜，连察言观色都还没学会，根本没搞清我现在的情绪状况，现在就让你们看看我假面具下的真实面目吧。

嘿嚯嚯！我纤手一伸，瞅准四个人之中块头最小的那个人的脑袋就是一拳，正好趁机活动一下冻僵的手。哐~！那个小块头傻了，咧开大嘴，愣愣地看着我。

“我……不是什么‘玩火性感酷女’。你们听好了，不许再叫，知道了吗！”我又酷又狠地说道。

四个小子的脸霎时成了速冻水饺，又硬又白，看着我半天说不出话。

“……”

“……你们说的动物家族，她们待会儿也死定了……”

“那个‘玩火的性感酷女’……”

“收声，不准再在我面前提这个名字!!”

“……—_—是……”四个小子耷拉着脑袋，默默无语地转身向人行横道方向走去。恰在这时，一辆红色的轿车从我面前缓缓驰过，它的车窗洞开着，江天空先生冲我挥了挥手……

—_—……我记下了他这张脸，从我面前一晃而过的这种毫无表情的脸。怎么想都觉得是这个家伙在耍我，一切不过是他和我开的一个大玩笑。

回家的路上，我扫荡了一切我可以见到而且可以用脚踢到的东西。—_—

#平昌洞家里。

我垂着头，肩膀几乎耷拉到胸前，有气无力地按下了门铃。

“谁啊？”门口的扬声器里传出一个女孩稚的声音。

是谁呢……??

“……雪……我是雪儿。”

“雪儿是谁啊？”

她问我是谁……？我该说什么呢？这个家里的寄居者，吃白食的，刚被收养的小乞丐……或者干脆说是天空的朋友？就在我左思右想，苦恼着该怎么介绍自己身份的时候，噗哧噗哧～！气喘吁吁的声音，扬声器里似乎换了一个人，又传出一个小鬼头的声音。

“……韩雪？”

“……是的。”

“喊……”

“嗯??”

这又是玩的哪门子把戏，-0-就在我大张着嘴，正要又开口时，咔嚓嚓，门打开了。

难道是老爷爷的亲戚来串门子了？我的心不由得抖了几下。抬起脚，比昨天小心百倍地走进了玄关门。

玄关门后，站着一个长头发的小卷毛，看起来像是上幼儿园的孩子，她挺着小肚子，小眼睛睁得晶亮，卷毛狮子狗般地看着我。

我的乖乖，真有长得这么像玩偶的小孩！

“韩雪，就是你？”

“…—_—你几岁了，小鬼？”浪费了一张这么可爱漂亮的脸，一开口就不讨人喜欢，没礼貌的小鬼。

“我几岁了，和你有什么关系!!”

“是，是没什么关系。—_—”还是赶快逃离这个小鬼比较好，我急急忙忙穿上拖鞋，穿过起居室就向楼梯那头走去。

只有这小鬼一个人在家吗……？怎么其他的人一个都没看见呢？我不断地向四周扫描着。

“……你!!!”我的脚刚踏上第一级楼梯，那个长得像卷毛狗的玩偶小鬼就冲我大叫了一声，怎么听这声音都是满怀敌视。

……

“干什么?”我愣了一愣。

“听说你和天空走得很近?!”

“……天空?”

“没错!! 天空!!!”

“这个……亲近嘛，还行……对了，你是谁啊?”

“我是天空的新娘!!!”

“啊～哈哈，这样啊！那恭喜你了，结婚典礼那天记得叫上我，虽然我帮不了什么忙。”我的口吻明显调笑成分居多，那聪明的小鬼也听出来了，只见她那对晶晶亮褐眸一下转成了深深的巧克力色。

好神奇！我突然有瞬间的失神，忘了自己身在何处，只把自己全副的心神都注入到那对有魔力的褐眸上。

“看什么看!!”

“啊……对不起，我不看了，行了吧？—_—”我猛地回过神，没好气地回答。

“没教养的家伙，乞丐就是乞丐，乞丐!”这个小混球，她反倒说起我没礼貌了。

“—_—小鬼，你要是就这样长大，我保准你将来一个朋友都没有。”

“这个，和你有什么关系，乞丐!!!”

“是没关系，那乞丐就和阁下，告辞了……”

呼……啊……呼呼……

我拼命压下自己已经冲到脑门的怒火，不要和小鬼一般见识，不要和小鬼一般见识，就在这么自我催眠中。我转过身，无视小鬼的大嚷大叫，飞快地走进了自己的房间。

“拜托，不要告诉我这个小鬼也住在这儿，如果是那样的话，我立刻半声不吭地闪身走人。”我这么乱七八糟地东想西想着，倒在椅子上，连书包都忘了卸下来。

咯吱吱~！房门被轻轻推开了……那小鬼头走了进来，手里抱着一大堆纸。

“……有什么事？”

“我要你帮我折纸片。”

“我……是乞丐，也没关系？”

“嗯，快帮我折纸片。”

嘿嘿，这小鬼，怪可爱的一个借口。虽然她的一张脸还是黑压压的，臭得像茅坑里的石头，但动作倒还是挺快的，一屁股坐到地上，放下那堆被她揉得皱皱巴巴的纸，一张一张仔仔细细地摞了起来。

小鬼~！我忍不住嘴角偷偷往上翘，不过尽量不动声色地在她对面坐了下来。

“你叫什么名字？”

“江美娜。”

“名字很漂亮哦！^O^”

“帮我折纸片。”

“好吧!! 啊，要我去把手洗洗再过来吗？”

“不用了，就这样折吧。”

“嘿嘿，好吧，就这样，我们折纸片。”

这纸片该怎么折才好呢，还是小学的时候玩过这玩意儿，都快忘光了……我兴致勃勃地带着这位小客人折来折去，顺便也重拾自己儿时的欢乐，刚才她叫我“乞丐”的不快早被我抛到了九霄云外。她可是我搬到这间房以后第一个来玩的小客人呢。

“怎么样，满不满意？”我献宝似的举着好不容易大功告成的作品，累得一身汗哦！

“不知道。”还是很拽很漠然的小鬼。

“那我们来折纸船，折纸船好不好，我还知道怎么折星星，我们要不要来折星星?!”

“随便你，你想怎么折就怎么折吧。”

我原本就挺喜欢小孩子的，因为比我小六岁的亲爱的弟弟还没有完全摆脱稚气就意外丧生了，所以那种丧弟情结，让我狂热地喜欢小孩。看着眼前的这个小鬼，久违的温暖在我内心升起，让人酥酥麻麻的，恍惚中又回到了以前的幸福时光，在妈妈怀里撒娇，亲着弟弟暖暖的小脸蛋和小手，扯着爸爸的胡子……

我忘记了换下校服，书包更是从进门就一直背在身上，一心一意地为眼前这个小宝贝折着纸片和星星，没多大功夫，大概就折了五十多个完成品了。

就在我裁好最后一张纸，又为她做了几个小星星的时候，小美娜脸上终于露出了满足的笑容，乐滋滋地盯着地上一大堆星星和纸片。

“漂亮，我喜欢。”

“喜欢吗？呵呵呵呵，还有没有想做的东西??”

“……我们去外面玩吧。”小美娜歪着脑袋想了一会儿，突然说道。

“去外面?”

“嗯，我们去院子里玩。”

“这么冷的天……？我们就在屋里玩吧，姐姐知道好多有意思的游戏。”

“外面，外面，我们去外面玩吧!!”

“你会感冒的!!”

“去外面，去外面嘛！去外面玩!”

“好吧好吧，真是拗不过你，不过你可要穿暖和点再出去哦!”

小美娜拼命点了点头，抱起地上的一堆星星和纸片兴高采烈地出去了。我把书包扔到床上，慌慌张张也追了出去。小鬼显然是行动派的，她把那堆星星和纸片散放到一层起居室中间的桌子上，披上沙发上的小外套，欢呼一声就兴冲冲地向庭院跑去。

呼~！万幸，我还以为她是一个傲慢不讲理的小鬼呢，这下好了，反而多了一个好朋友，特别是一个有双这么漂亮的眼睛的好朋友。不知怎么的，眼前突然浮现出云影的脸庞，她还是四年前的样子……

悄悄收起自己秘密的内心，我拢了拢校服领，也向庭院走去。外面真不是普通的冷，想想刚才尹湛那混球被吹飞的衣领，不知道这小鬼怎么有兴致在这三九寒冬的天气跑到外面玩。

“啊啊，好冷喔!!”果不其然，小鬼一到外面就缩得像只虾米，拿着根高尔夫球杆哆哆嗦嗦。

“看吧，我早说冷了，我们还是进去吧!!”

“不要。”

“那至少再把这件衣服穿上。”

“不要!”

“让你听话就听话!!!”我一着急，不由自主扯高了嗓门，美娜这小东西吃了一惊地看着我，接着，她一声不吭地穿上了我递过去的校服外套，随即就恢复了刚才兴高采烈的小脸，开始这里那里地在院子里到处狂蹦。

“……慢点，不要跑那么快！喂！小心一点，你蹦得太过分了!!”提心吊胆地看着美娜在一块块大石头上爬上爬下，我只觉得心脏快承受不住了，自己好像突然一下老了十岁，成了一个嗦嗦担心这个担心那个的大妈。

突然，小美娜跑到庭院侧面，手忙脚乱地打开了地上浇水塑料管的水龙头。……我有一种不祥的预感。果不其然，就在我还在琢磨这不祥的预感是什么的时候，那个小鬼头突然把水管转向了我这边，同时嘴里还桀桀怪笑着：

“嘎嘎嘎嘎嘎嘎!!!!”

妈呀~！她不是什么可爱的小鬼，她是恐怖的小魔王，那冻得刺骨，仿佛还带着冰碴的水柱一滴不浪费地全被我接受了，落在我头上，脸上，身上。该死的，不可饶恕!!!

“快给我关上!! 冻、冻死人了！美娜!!! 快关上!!! ㅜ0ㅜ”我打了一个寒战，上下两排牙齿开始打架。

“嘎嘎嘎嘎嘎嘎!!!”小魔王笑得更开心了，才没有收手的意思。

今天这么干的要是江尹湛那个混蛋，我准保跳上前去就是一个大耳刮子，T_T可我的弱点一向是对女生手软，特别又是一个刚刚看作朋友的小鬼头，我更是下不了手，只能强颜欢笑，费尽心机地用双手抵挡住强劲的水柱，一边还得对那个小鬼好言相劝。

天下十大酷刑之一终于结束了，难怪那么多人在高压水枪下投降。当小魔王愿意结束"拷问"的时候，我已经从外到内，从上到下，连根干的头发丝都没有，浑身湿淋淋的，潺潺地滴着水，落汤鸡就是我这副德性，好多人家进的"汤"还是热水……

#起居室里。

天色不知什么时候暗了下来。

我换下湿漉漉的衣服，可那股透到骨子里的寒气还是挥之不去，让我像只壁虎一样紧紧贴着壁炉不放。那个小魔王倒也自在，她小屁股坐在壁炉前的长毛毯上，自得其乐地玩着我下午折给她的纸船。

"嘟……嘟！大船出发！"

"美娜，把衣服穿上吧。"玩得全身是汗的小鬼自从进屋就把外套和毛衣统统都脱掉了，只穿着一件薄薄的T恤和短裤，在地上一个人玩了几个小时。

"不要。别管我！-0-"

每当我劝她穿衣服，她都是这种冷淡的反应。—_—

"叔叔怎么还没回来?"

"叔叔……?"

"……怎么还没回来呢?"

她口中的叔叔……是指天空和尹湛那混球呢……还是指老爷爷?……唉，头痛！

我是真的头痛，可能是刚才冲了冷水的后遗症，不仅头，全身的肌肉都酸软乏力得像要融化掉，看来我是得了那该死的重型感冒了。—_—

"美娜，你知道药放在哪儿吗?"这样下去可不行，我转过头，看着背对着我坐着的小美娜说道。

吧嗒！刚才还坐得稳稳当当的小鬼突然一下倒在了地上。

“美娜，你怎么了，美娜??”

“……”

“喂，美娜，你怎么了，是不是哪里不舒服呀?!”

叮铃铃，叮铃铃，叮铃铃！

就在小美娜突然昏厥倒在毛毯上的那一刹那，大门外门铃的声音喧嚣地响了起来。

13

……

“谁啊?”捂着头痛愈裂的脑袋，我冲着对讲器问道。

“开门!!”除了江尹湛那混蛋，谁还会发出这种蛮不讲理的声音。我眼前依稀出现了他那张“丑恶”的嘴脸。

喀嚓！我按下开门键，转回身重新向沙发走去。天！怎么回事?!刚才我好不容易抱上沙发的小美娜，现在正蜷着身子，在沙发上急促地喘着气。

“美娜！你怎么了，你不要吓姐姐啊!!”

“……”

“到底怎么样了，你倒是说句话呀!!嗯?到底哪儿不舒服?!”

“叔叔……叔叔……”

“叔叔?!你是说尹湛吗?他现在回来了，回来了!!!”

就在我着急说话的当口，玄关处闹腾腾传来好大一阵动静，一会儿，尹湛那厮穿着校服大步大步走了进来，他扯着校服领带，看起来疲惫得要死。

他不屑地瞅了我一眼，正要从我身边一跃而过，突然看见了躺在沙发上的小脑袋，立刻脸色大变，三步并作两步地跨到了沙发边。

“美娜!!!”紧张的声音，慌张的神色，我还是第一次看见这家伙这样。

“美娜，你怎么了，怎么弄成这样?!”尹湛握住小美娜的手，焦急地问道。

“叔……叔!”

“嗯，叔叔在这儿，叔叔在这儿!”

“……叔叔……”喘得越来越急促的美娜，漂亮的大眼睛拢成了一条缝，虚弱得怎么用力也睁不开，声音也越来越微弱。

江尹湛更加心慌了，他急急抚上小美娜的脸，又摸了摸她的额头，突然仿佛这才记起了旁边还有我这个人存在似的，转过头问我道：

“喂，到底是怎么回事?!!”与其说是询问，还不如说是质问。

“刚才我们俩在院子里玩……可能是得感冒了……”

“喂!!!”

“呃?”

“你有没有脑子?!? 这么冷的天，带小孩跑到外面去玩不说，玩回来还让她穿这么少!! 你自己倒知道捂这么严实，穿得这么厚!!!”

“喂! 事情不是这样的……”就在我着急地想大声辩解时，小美娜忽然颤巍巍地伸出小手，抓住了尹湛那家伙的手腕。

“不是的，叔叔，不要对姐姐凶……是我自己不听话，姐姐也没想到我身体这么弱……”小美娜吃力地吐出声音，脸色苍白无比，和刚才大不一样。

我渐渐有点明白是怎么回事了，从刚才就开始痛的头现在更是像被人劈开了似的难受，老天爷，为什么要这么整我! 我不由在心里狂叫。

“……韩雪……”美娜的话无疑是火上浇油，尹湛咬牙切齿地看着我。

“我知道，都是我的错，我罪该一死，我犯了不可饶恕的死罪……”我气恼极了，自暴自弃地说道。

“到现在你还说这种油腔滑调的话，你以为我在和你开玩笑吗?”

“不是，对不起，我说对不起还不行吗?!”我双手合十，垂着头，在胸前作谢罪状，头痛得实在没有力气再和他对抗下去了，现在如果谁稍微用力拍一下我的背，我立马就会趴下去，真的……

“韩雪!!!”江尹湛显然不认为我是在真心忏悔，而是在不负责任地和他调笑，他气急败坏地大吼一声我的名字。

“……呃……”

“小孩都病成这样了，你居然就这样把她放在沙发上不管不顾!! 虽然她不是你什么人，不是你的妹妹，但你不觉得自己做得太过分了吗?!”

“……呼……对不起，是我的失误，是我的失误……”

就在我和江尹湛说话的同时，小美娜胸口喘得更急了，她一把抓住尹湛的衣领。呼……我长长叹了一口气，不由得佩服这小孩的演技，她要是去做童星，什么文根英之流的都得靠边站，饭都被她抢得没得吃。

看到小美娜如此，江尹湛的脸色更难看了，脸部僵硬得就像花岗石。

“我再说一次，我现在不是在和你开玩笑。”难道认罪认得太容易也有错，怎么我说什么江尹湛也不愿意相信我是真心的呢!

“……我知道。”

“这孩子，是我最宝贝的侄女儿，明白我说这话的意思吗，你……?”

“我知道，我明白，拜托你不要再说了，我没有力气再和你说话了……”

“怎么，你以为自己背后有我爸爸给你撑腰，就天不怕地不怕了?”江尹湛目光如电，盯着我森冷地说道。

他又误解我了，谁说我不怕，你说这话的时候我就怕得要死。—_—为了让自己不至于在他面前倒下来，我双手紧握成拳，微微抬起，瞪着眼睛，使尽全身力气让自己紧绷起来。可惜这样子在那家伙的眼里看来仿佛像是对他的话不屑一顾，充满嘲讽。

“喂，小乞丐!”

这个混账王八蛋，我最讨厌的就是这句话，他却偏偏挑我不爱听的叫。我气得眼前发晕，不过还是硬撑着抬起头看向他。

美娜这小丫头真会挑时机，她适时地又是一阵装模作样，仿佛随时都会死去一般，看得尹湛那个笨蛋更加焦急。

“喂，小乞丐，我爸是可怜你才把你带回家来，让你有机会住在这里，我不管你打的是什么主意。”

“……”

“不过既然是乞丐就该有个乞丐样，该乞求的时候就该低声下气老实点。”

“……江尹湛……”

“你要搞清楚状况，到底谁才是这里的主人！”

噗……我很不合时宜地、也很不符合气氛地爆发出一阵笑声，这笑声让江尹湛更呕了，他气得够呛。

搞清楚状况……什么状况？我到底是什么状况？悲惨地生悲惨地死……流离失所，沿街乞讨……活在别人的眼色下，注定孤单到死，这就是我面对的状况，我难道知道得还不清楚么？而你呢……一出生就是高贵的王子阁下，看任何人不顺眼都可以侮辱践踏，包括我在内，我不过是寄居在你家的食客，收容我和收容一只小狗没什么区别，我难道知道得还不清楚么？我和你，是天与地，云与泥，王子与乞儿，我难道知道得还不够清楚么？满腔的心酸与愤懑，这些傻得可以的话，我想喊出口，但牢牢粘在一起的嘴却让我终究还是一句都没有喊出来，无力啊无力，我连呐喊的勇气和意志都丧失了吗？最后，我颓然地坐倒在地上，悲惨至此，连我自己都开始嫌恶起自己来。

我抬起头，无力地仰望着江尹湛那张冰冷阴沉的脸。

“……发生什么事了？”天空突然推开半掩的玄关门走了进来，一眼就扫到了屋里的气氛不对劲。

为什么会这样?！看到天空的那一瞬间，我的眼泪忍不住啪啪流了下来。

“叔叔……！”躺在沙发里的小美娜吃力地抬起头，气息微弱地喊道。

天空一边在玄关处脱鞋，一边用眼神扫视我们这边，解读情况，然后缓缓向我们这边走来。

“……怎么了？”

“美娜，感冒了。”江尹湛不带任何感情地说道。

“所以呢？”

“都是韩雪害的。”

“……所以呢？”天空真沉得住气，继续平稳地问道。

“拜托，你该不会又站在她那边吧？!”

“那又怎么样。”

“我不能忍受再和她住在一起了。”

“……”

“她让我觉得脏，恶心，我受不了继续和她住在一个屋檐下了。”

天空没有说什么，只是无声地来回看着我和江尹湛，还有看到他显得异常高兴的美娜。看着脸色苍白得如同一张白纸的我，他正要说些什么，却被散落在地上的纸船和纸星星吸去了注意力。

“……这是，谁……做的……”

我几乎不敢相信自己的耳朵，天空虽然一向比较冷漠，但那只是不带感情的淡然，从没有听过他如此冷飕飕，仿佛发自地狱的声音。

我费力地把目光转向那个孩子，她却像最珍贵的人刚从眼前消逝似的，小心翼翼、无比珍贵地拾起了一只纸船和纸片，掬在手心。

该死！我好像又跳进什么陷阱了！

“我问，这个……是……谁……做的？”天空冷峻的脸，和着他冷酷的嗓音，让人忍不住一阵颤栗。

美娜的小脸有丝得意，即使她的笑容稍纵即逝，还是被我捕捉到了，我也忍不住和她一起笑了，我明白自己该怎么做了。

我缓缓地举起了自己微微颤抖的左手。

“……是我……”

沉默……

即使是江尹湛也忍不住感到惶恐的沉默……

比杀了你更加让人感到恐怖害怕的沉默……

天空静静地凝视着手里的纸船，半晌无言……

再开口，却是……

“滚……”

一个字，清清楚楚从他嘴唇边蹦出来。

一个字，却比刚才江尹湛所说的所有侮辱字眼加起来冲击还要来得大，无论江尹湛说我是乞丐还是搞不清状况都好，我的心都不曾像这般被活生生撕裂开似的，痛得抽搐。

“……江天空……”江尹湛那混球颤抖着声音，试探着叫他名字。

天空低沉残忍的声音又一次响起：

“以后，不要再出现在我面前!”

以后，不要再出现在我面前……

……

……

我明白了。首先，我要向美娜完美的计划一鞠躬，并祝贺她大功告成，然后，该是我躬身退场的时候了，微笑着退出这个从来不属于我的地方。我深吸一口气，平抚着狂跳的心，双手撑着身体，吃力地从地上站了起来。

……天空连眼皮都没抬一下，他像个木雕似的动也不动，依旧死死盯着手里的纸船。尹湛那混球的黑眼，自始至终都注视着我的一举一动，脸上的表情玄妙难解。

“那么，我这个搞不清楚状况的小乞丐，就这样向各位告辞了……”我坚定地转过身，一步一步踏向玄关门，一边走一边脱掉身上那一层层原本不属于我的衣服，要断就断个彻底，我不要身上再有任何属于他们家的东西，两行清泪落下，我头也不回地快步走出这个家门。

我又开始奔跑了，眼泪在空中飞舞，步伐踉跄，东倒西歪，仿佛随时来一阵风都会把刮我倒在地上。流浪奔跑注定是我摆脱不掉的宿命，四年前在云影面前受辱的一幕今天又悲惨重现，这不是宿命的轮回是什么?！……头痛算什么，身体像散了架又算什么，更痛的是我的心啊！我那颗被悲伤浸透，如今又被人用刀狠狠砍了几下的心……

"哎哟哟，搞什么呀，这孩子?"路上行人见我这副样子，惟恐脏了他们的衣服，避之惟恐不及。

上帝在我降生时，只赐予了我黑暗，而忘记了赐予我光明，所以我注定只属于黑暗的地方，属于没有人烟的地方。我是一个局外人，只能用局外人的方式孤孤单单存活于这个世界。

背着泪水奔跑吧，雪理！等到天空的痕迹完全从你脑海里抹去时，等到你忘却那些狠狠扇向你的耳光时，等到你再也流不出这些没用的泪水时，你才可以停下这悲惨的奔跑！

14

"你怎么躺在这个地方?"

"……和你无关……"

"你……很冷吧……这个，你穿上吧！"

"没那个必要，……不冷，一点都不冷……"

"你不要这样，穿上吧！快，接着！你叫什么名字?"

"……不知道。"

"我叫朴云影，你，和我长得好像哦！你不觉得吗?"

"……"

"哇～！真的越看越像，好神奇哦！"

"……"

"你到底叫什么名字嘛？说不定我们连名字都很像呢！"

"……"

"我是云顶中学初二的学生，叫朴云影，你呢?"

"……"

"要我再说一遍吗？我，云顶中学二年级八班的朴云……"

"韩雪理。"

"嗯??"

"韩……雪理……"

"哇，好美的名字哦!!!"

"……"

"好美，就像你的脸一样。呵呵，因为你和我长得很像嘛！所以夸你其实就是在偷偷夸我自己，呵呵呵呵！ -0-"

……

又做梦了，那天，我和云影第一次相见，我正躺在一条小巷的角落里。……疯了似的怀念那些日子啊！

对不起，云影，这么随随便便就梦到你了，还是在我如此悲惨狼狈的情形下，你怎么也应该是一个我躺在干干净净的被子里，做着香甜的美梦，很慎重的才能梦到的人。我不该现在这副样子去找你的，对不起，真的很对不起……

"喂喂，把眼睛睁开点啦……!!"

"对不起，对不起，真的很对不起，云影……"

"TMD，没办法了……"

"……对不起……对不起……"

"嘿嚯!!"

……

好想再见你一面，云影，好想好想，……我平生惟一的朋友，好想好想再见到你……云影的脸日渐模糊，我拼命地想挽留住她，瞪大眼睛想看清她，瞪着瞪着……咔嚓！我猛地睁开了饱含泪水的双眼，回到了现实中。

一个女人正把我从她的背上往床上扔……—_—

"云影……"

"喂！我不管你叫什么云影还是阴影的。哎哟哟！我的腰都快被你压断了!! -0-我要死了，我要死了!! -0-没想到我还有背女人的一天!!!"

"你是谁?"我的脸正好冲向床里，看不清那人的脸。

"你就当我是自己运气不错碰上的天使好了。还有，你到底怎么搞的，都发烧成这样了，还到处东游西荡的！燃烧青春也不是这个燃烧法啊!!! -0-"背后传来陌生女人轻佻的声音。

是该打起精神的时候了。想到这，我使出吃奶的劲，终于从床上撑起了自己的身体。回过头，一个穿着超级超短裙的粗线条女人映入了我的眼帘，她化着浓妆，嘴里叼着一根烟，一脸警戒地看着我，见我要从床上爬下来，她用脚尖轻轻一踢，又把我踹趴下了。

"你这副样子，还想去哪儿!! -0-老老实实给我躺着吧你!"

"……你到底是谁?"

"蝴蝶小姐 Number one 就是本人了，怎么样！—_—"

"蝴蝶小姐……?"听着不怎么像好人的名字。—_—

"你就安心好好睡一觉吧！怎么样，要不要我给你吃些药?"

"不用了，谢谢。"简短的道谢过后，我又一次撑起软绵绵的身体想下床，可是那女人，再一次伸出她的脚尖，尽管上面穿的丝袜大洞小眼满是窟窿，但毫不妨碍她又一次把我踹趴下。—_—

"你干什么呀!!! -0-"

"喂，我好不容易才把你救回来的，拜托你珍惜一下别人的劳动成果好不好!!! -0-你现在这种身体能去哪儿，难道你想害别人成为杀人犯啊！ -0-"

"不用你管!! 既然我有力气说话，那么我就有力气走路!! 我说我能走路!"

"那你就下来走着试试看啊！ -0-"

这个女人，真是……！气绝！我不服气地支撑起身体，一小步一小步地向房门艰难迈进，可那双不争气的腿，还没迈出几步，就唰的一下让我瘫软到地上，和意志力无关。

"嘁嘁嘁！看见了没，别再逞强嘴硬了，你就好好躺回去吧！咱们能遇见也是一种缘分。你不要担心，我不是什么奇怪的女人。"

"……"

"你等着，我记得我上回还剩下些药的，放哪儿了呢……"那女人说着就拉开一只抽屉，像只小狗一样在里面刨了起来，终于被她刨出了一个药袋。

“吃吧！”女人就这么直接把药丸递到我面前，一滴水都没有。

“为什么……”

“你问我为什么把你背回来吗？如果换做是你，零下十五度天气里，看见一个女孩子倒在街上，你能就这样不闻不问地走过去？我再怎么行色匆匆还是有点良心的。”

“……你多大了？”

“干什么，问我多大，想给我介绍男朋友啊？”

“……”

“二十六，你呢？”

不知怎么的，突然羞于启齿自己的真实年龄，我用口水好不容易干吞下两粒药丸，答道：“二十……岁。”原谅我吧，我也不知道自己为什么要谎报两岁。—__—

“好了，现在药也吃了……啊，对了，你家里会不会担心啊？”

“我没有家……”

“没有家?!”

“是的。”我倔强地看着那个女人，想看看她的反应。

“你该不会是和家里人怄气，所以离家出走了吧?! -0-”

“……”

“哎哟哟，你们现在这帮年轻人啊！有本事，有本事！将来我要是生个女儿，准得成天担心。”哐哐哐，说完又是一顿老“脚”(这次还是用脚尖—__—)，脚脚击在我可怜的大脑袋上。

女人连妆也没卸，更不用提洗漱了，她随随便便把被子往地上一铺，就这么在脏得仿佛一个世纪没清洗过的地板上躺了下来，顺手脱下外套垫在身体下面。如果不是考虑到我刚醒过来，我准得又晕倒。

“我明天晚上六点钟起床，你想怎么样，自己看着办吧……OK，小宝贝？”

“OK，小宝贝……”我有点晕地重复着，还是第一次听到谁这么唤我。

“啊，对了，你叫什么名字？”

“……韩雪理。”

“……不错，好名字，一个字：赞！”女人打了个哈欠说道。

“那你呢？”

“娜娜。”

“这个名字嘛……也不错，是你的本名吗？”

“不是，职业用名。”女人豪爽地说道，丝毫不顾忌我对她职业的联想。我早该想到的，无论是装束还是谈吐，这位姐姐百分百是个在夜总会或者诸如此类地方上班的女郎。看到她在我眼前闭上眼睛，我也受不了了，在被子里蜷成一团，也悄悄地闭上了眼。就像是假的一样，本人瞬间进入了梦乡。

“呜呜……哐呲哐呲！！火车进站了……-0-”女人，不，娜娜姐姐夸张的喊声在我耳膜里回荡，火车进站了？进哪个站了？我慌慌张张，挣扎着睁开眼。

“……嗯……嗯……”这慌慌张张演绎到现实中就是我一手扯过热烘烘的被角，只有一只左眼被撑开。

咦?！窗外乌漆抹黑一片?！我吃了一惊，赶紧把头转向墙上的壁钟。

搞什么呀……七点半!!! 也就是说我睡了起码有十五个小时了?!! 是头猪也没这么能睡的吧……我唰的一下从床上蹦了起来，身体比昨天轻松了不少，所以才能这么身轻如燕地“蹦”起来。昨天那颗看起来像老鼠屎的药还是挺管用的，所谓人不可貌相，药也不可貌相。

“怎么搞的，你怎么还没走呀?!! =_=”娜娜姐瞪着俩大眼，置疑，不满，我满怀羞愧地低下了头，乘机躲避她那两道杀人眼光。—_—

娜娜姐可没打算在我身上浪费太多时间，只见她像猴一样敏捷地跳起来，抓起地上的外套，一边穿一边嗷嗷大叫着：

“死了，这下死了，去做事晚了，他们肯定会用鱼叉在我身上戳个窟窿。”

“……什么……事啊?”

“少在那儿装傻，你还不明白。”

“……我……”

“什么……?”娜娜姐站在镜子前，完全没有卸下昨天化妆的意思，快速抹着鲜红鲜红的唇膏。

“我也……和你一起去……行吗?”

“你知道你在说什么吗?”

“我……无处可去，……我也去你那儿做事，可以吗?”

“—_—你有工作经验吗?”娜娜姐很职业地问道。

“……有。”我壮着胆子，昧着良心应了一声。

“真的?你才二十岁。”

“……我高中时就离家出走了。”谎言一旦开始，你就得说无数个谎言为它注脚，我现在有点悔不当初了。

“是吗?嗯……我们那儿最近好像是缺人手。”

“我一定会用心干的!”我立正站好，大声宣言。

“叫那么大声干什么……—_—你这张脸可不行……”

“—_—”

结果是，娜娜姐给我涂上了那可怕的鲜红鲜红的唇膏后，心情不怎么好地用阴翳的视线盯着我，我也闷闷不乐地看向她。

“你这是什么表情?”

“我表情怎么了?—_—”

“你表情怎么这样?我一次都没见你笑过……”

“怎么可能，我又不是机器人，当然会笑。”

“哼……一脸吃了大便的表情，好像刚被杀了全家似的。”

TMD，忍不住在心里骂了一句粗口，这种际遇，这种遭遇，这种心情，我除了这种表情还能有什么表情……

“就这样吧。55码可以吧?”

“……55码是什么?”

“你这小妞问题真多，问那么多干什么。”娜娜姐不由分说把我推到化妆台前，自己哗的一下拉开衣橱，像八角怪一样在里面不停地扒啊扒，终于捞出了她感到满意的几件战利品，红似火的夹克外套，黑色的紧身露脐装，还有一条比两块巴掌大不了许多的淡青色小短裙，唰唰一件一件扔到了我面前。

这都是些什么玩意啊……我就用这种表情看着娜娜姐，可娜娜姐才不理会我，她走到我面前，帮我抹上润肤露，一下一下，和扇我耳刮子的痛感没什么区别。—_—没想到，最后，啪嗒!! 她居然还真的扇了我一个耳刮子。

"啊啊!! -0-"我一声惨叫，难道自己又遇上双重人格了，"你干吗打我?!!!"

"小丫头，姐姐我不会害你的，好好给我待着。唉~! 你皮肤真是不错，以前从没有化过妆吧?"

"……没有。"

"唉! 弄得我都有负罪感了，就像是引诱天使去喝酒一样，呵呵呵…… -0-"

"唉哟哟! 好大的酒味，请离我远一点和我讲话!!! -0-"

"你给我闭嘴，老老实实好好待着别动!!! -0-"娜娜姐恼羞成怒，利用"职权"又在我脸上狠狠地抹了一下。

"……妈呀! 轻点……—_—"小人是得罪不起的，难怪大家宁可得罪君子不愿得罪小人。

"小妞，乱叫什么……"

娜娜姐用超速度给我给我化完了妆，我的脸简直就是经过了一场浩劫，她手到之处无不痛得我呲牙咧嘴，特别是嘴部被她折磨得尤其厉害。我晕头转向地接过娜娜姐递过来的两片药丸，吞了下去(这次总算是和水一起)，然后，一件一件捡起娜娜姐刚才抛过来的衣服。

"喂! 把头发全部梳到后面，然后扎起来。"就在我穿咖啡色丝袜的时候，娜娜姐扔过来一根皮筋。

"不要。"

"那我就不带你去了…… -0-"小人果然是小人，使起威胁手段来一点不觉得脸红。

“……喊……”

“哎呀！额头这么漂亮，还不快点扎起来。我们要迟到了，小姐!!!”

看着镜子里陌生的自己，我缓缓地把头发全部梳到后面，扎了起来……朦胧间，想到了一直坚持要我把头发扎起来的天空……

“该死的，天空，你这个混蛋!!!”

“……什么？ -0-”

“没什么……—__—”

“你这小妞，小小年纪，从哪儿学来这些个骂人的话?!”

“我都扎好了，可以了吗?”

“嗯，不错!! 比刚才漂亮多了!!! 赞!”

“……”

“好了好了，我们快出发吧!!!”

“啊！等等！等等……我还没……”

“什么等等！你这该死的‘还没’！就这样了，刚刚好，一切都 OK 了!”娜娜姐匆匆地往手提包里塞进一包香烟，又从鞋柜上取下一双黑色长筒靴，也不管合不合我的脚，就使劲地把我的脚往里面塞，可怜的靴子，被我挤得……仿佛随时都会炸掉一样。—__—

就这样，我们两个东倒西歪、乱七八糟地从屋里跑了出来，好像这房子立马就会倒塌一样。

咯噔，咯噔，咯噔！我和娜娜姐一阵发足狂奔，衍生物，——高跟鞋清脆的叫声在街道响起。这么闹腾腾的突兀声音，自然吸引了一票行人行注目礼，四周更是不时传来醉汉孟浪的声音，我惊出了一身汗，转头看娜娜姐，姐姐依旧泰然自若地继续狂奔着。

“出租车!!!”娜娜姐杀猪似的扯着嗓子叫唤着，我估计司机大叔是被她这声吓趴下了，嗖地在我们面前停了下来。

“去伦显洞!!”

出租车重新出发了。突如其来的一切让我在瞬时间有些迷茫，新的装束，新的面貌，在我应接不暇，来不及仔细考虑之时，一切都已经发生了。娜娜姐在我面前泰然地点上了一支烟，青烟在车厢内袅袅升起，我迷瞪瞪地看着她。

“感觉好些了吗？”

“是的。—_—”

“你……真的清楚我们现在要去的是什么地方吗？”

“大概知道。”

“会唱歌吗？”

“……—_—可以说，几乎一首不会。”

“算了，那跳舞你总该会吧，你就随便跳跳应付一下，年轻人这个应该没问题。”

“是……”

“去那种地方之前，你该给自己取个假名。”

“……你说假名？”

“嗯，就是假名。”

我沉吟片刻，嘴角顿时露出狰狞的笑容……

“就叫美娜……—_—”

“美娜？”

“是啊，我觉得美娜这名字不错。”

臭丫头，我就要去酒吧那种地方，让别人把你的名字尽情叫个够。虽然这也不是什么高明的报仇手段，但谁让那臭丫头才十岁呢，如果她再大那么几岁，我一定能想出更完美的绝妙复仇计划。

就在我沉浸在自己苦涩的笑容之中时，出租车已如雷霆战车般飞快地抵达了目的地，娜娜姐扯着我的手，威风凛凛地跳下“战车”，疯了似的一路狂飙。

“喂喂，闪快点，我们已经迟到了，快快!!!”

你没有退路了韩雪理，现在也不是你伤花咏雪的时候，我仿佛从娜娜姐气壮如牛的吆喝声中获得了力量，精神一振，深吸一口气，挺起腰，无畏地迎着那些一闪一闪、绚烂夺目如妖精的霓虹招牌走去。

这就是我以后工作的地方了，我握紧拳头，紧紧跟在娜娜姐身后，被一家泛着红光，名为“蝴蝶”的巨大妖精吞噬进去。

“噢嚯嚯！！小姐好漂亮啊！”

漂亮吗？我自打出娘胎以来第一次听见这个词用在我身上，不过出自于一个醉汉口中，而且又是这种调戏的语气，我只好：一声叹息了！

15

“来来来，罚款五千！”我们刚深入这“蝴蝶”妖精的腹地，一个比娜娜姐打扮得还要花枝招展百倍、热热闹闹得如同孔雀开屏的女人就不知从哪里蹦了出来，说着还大大咧咧地伸出了一只手。

“知道了，死丫头！！”

“哎哟，这又是谁呀？”孔雀女仿佛发现了新大陆似的看着我，眼珠子差点没掉出来。

“新来的，从今往后就是我们的一员了。”

“长得这么幼齿，她该不会是未成年吧？”孔雀女上上下下仔细地嗅着我，年龄这玩意原来也是可以嗅出来的。

“人家已经二十岁了。”娜娜姐推了她脑袋一下，正好把她的鼻子从我身上推开。

“真的？那还不错。啊，对了，太好了，刚才五号房间的客人就吵着要小姐过去，你带她过去看看。”

“喂，你让我们喘口气行不行，我们俩才刚进来！！”

“呃！那你就老老实实给我交罚金吧。”

“……铁公鸡……”娜娜姐嘟噜了一声，接着一声不吭地拉我走开了。

我心寒地看着那一桌桌喝得东倒西歪的醉汉，看着他们醉生梦死、恨不得钻到酒瓶里的丑样，心头沉甸甸的，而且是越来越沉了。娜娜姐领着我熟练地穿过一条条狭窄的弯道，她始终一言不发，晕黄的灯光照着她的脸，显得有些支离破碎，一如我现在的心情。

我还没来得及张开嘴向娜娜姐求教些什么，她已经哗地推开了一扇门，稳稳当当地走了进去。我抬起头，看见上面一个斗大的“五”字。

房间里卡拉OK设施一应俱全，一条长桌，上面摆满了酒瓶和下酒菜，美丽的水果拼盘有丝局促地立在那杯盘狼藉之间，桌旁围坐着三个穿着正装的大叔。虽然早已做好心理准备，但是从头到脚升起的排斥感仍是让我飞快地避开视线。

娜娜姐怎么会知道就这么会儿工夫我内心已经风起云涌、思绪联翩。她把我扔到一个靠角落的位置上坐下，自己也在一旁坐了下来。

“对不起，我来晚了，好哥哥们，让你们久等了。”

“哎呀，娜娜你真是讨厌!! 让我们等了这么久，想死人家了!”

呃~! 只觉得胃里一阵翻涌，昨天吃的鸡蛋都快吐出来了。

“所以我今天才带了新朋友来给你们赔罪嘛! 怎么样，漂亮吧?”

“呜哇! 可是，-0-呜哇……这位小姐几岁啊?”

“年方二十，正当年华，怎么样!”

“哇~!!! 绝死，绝死!!!”

……什么绝死绝死，这帮混蛋，我还想让你们死绝呢……—_—如果可以，我真想坐到天花板上去，于是我挑了一个老远老远的位置重新坐下，面无表情地看着这帮人。

娜娜姐率先领唱了一首歌给他们助兴，这么难听的歌声居然也赢来了一片喝彩声。—_—接着，娜娜姐一边给他们斟酒，一边不时向坐在天边的我投来杀人的目光。

“还不快给我笑一个，否则我要杀人了。—_—^”我是这么理解她目光的含义的。

无奈，我只好硬生生扯起自己的嘴角，抽搐着脸部肌肉，勉强自己笑着，估计人家看见了准得认为我在抽风……或者脸部痉挛……

“小姐，你叫什么名字啊?”三个大叔中最年轻的那个，拍着我的肩膀，一脸诡异笑容地问道。

“江，美，娜!!”我一字一字，气运丹田，堂堂正正地大声答道，天知道我等这个机会等好久了。

那男人见我如此，嘎嘎怪笑了几声，越发诡异暧昧地说道：“不要这么紧张嘛!! -0-哥哥我很可怕吗?! 很可怕吗?! 哈哈~哈哈!”

不是可怕，是可憎，我不着声色地推开他的手，为他的酒杯里斟满酒。

“手下留情一些啊！别让她喝太多，这丫头今天可是第一次。”娜娜姐从桌那头扔过这句话，接着就和另两位把领带套在头上的大叔兴致勃勃地跳开了舞，他们又蹦又唱，还真是热闹非凡。

呼……这是什么样的生活啊……我是无论如何也拉不下脸面的，这么想着，我只能睁大着双眼，怔怔看着眼前光怪陆离的一切。偏有人容不下我这么清静地过日子，身边那位大叔，噙着一抹妖气极重的阴险笑容，贼兮兮地把酒杯递到了我面前。

喝就喝吧……—_—总比这个肉麻兮兮的家伙对我纠缠不休的好，想到这，我接过这家伙递来的酒杯仰头就干掉。咕嘟咕嘟~！热辣辣的液体一直从嗓子眼流到了心窝，奇异的感觉。脑袋里一股热气哗啦啦升腾起来，好轻，好轻，好妙，好妙，我欲乘风归去……谁也别拦着我……嘎嘎，嘎嘎，-0-哈哈，嘎嘎，嘎嘎……-0-就在娜娜姐深情款款，吓得人忍不住第六次鸡皮疙瘩落一地的时候，——

“好样的，我们的美娜是好样的!! 对不对，美娜，对不对!!”

听到美娜这个名字我就高兴，我一边和那个家伙干着杯，一边忍不住裂开嘴傻笑着，“嘎嘎!! -0-没错，我的名字叫美娜!!! 江!!! 美!!! 娜!!!”

……就这么着，一瓶洋酒眨眼之间就钻进了我的肚子。刚才唱歌跳舞的那三个人也不唱了，全都该看我表演了，看着我一杯一杯的猫尿下肚，他们的眼睛也一下比一下睁得更大。托这位第一次见面的酒精君的福，我的精神和脑袋已经……全面出逃中。

……

"你!!! 是不是江天空那个混蛋!!!"

"呃呵呵!! 我们美娜这是怎么了!! 火气这么大干吗!!!"

"你有什么了不起的，嗯?! 凭什么总是这么神气吧拉的?!"我脚一蹬，唰的一下窜上了乱糟糟的桌子，挥舞着右臂大声质问着。

"没错，没错，有什么了不起的!!"那个男人估计也醉得差不多了，他也横七竖八地跟着我爬上了桌子（不过姿势没我帅），随大流地讨好我说道。

"还有江尹湛那个兔崽子，你也是一样的坏！你们是天底下最肮脏肮脏的垃圾！江天空，你凭什么那样对我，你有什么资格，你有什么资格叫我闭嘴！有什么资格！"我歇斯底里地在桌上呐喊着。

"没错，江天空是个坏蛋!! 江天空!! 坏!! 天空坏!! -0-"那位大叔也在一旁跟着瞎起劲。

"还有你……老爷爷……"

"呀，我不是什么老爷爷……!! -0-我不是!!"

"……对不起，老爷爷，对不起……对不起……"我站在桌子上，一个劲地向站在对面的"老爷爷"点头鞠躬陪不是，那男人也没办法，只好一个劲地向我点头鞠躬还礼。桌子下面的娜娜姐和另外两个男的，见我们这副光景，都傻了眼，舌头快伸到地上了。不过他们很快就习以为常了，找了一个角落坐下，继续唱他们的歌，喝他们的酒。

"嘁……我本来就是这副样子，怎么样……好，不让我去学校就不去!! 小乞丐本来就没资格去学校!!!"

"怎么会!! 我们的美娜怎么会是乞丐!! -0-我们漂亮的美娜怎么会是乞丐!! 谁说的，给老子站出来!!"

"江天空……你这个大头鬼！坏蛋!! ……你什么时候对我好过了……大坏蛋……知道昨天我的心有多痛吗?! 好痛，好痛……昨天你进门的时候，我还像一个傻瓜一样，心里不知道有多高兴……我是一个傻瓜，我是一个大傻瓜……你也是，你是一个什么都不知道的白痴……"

"既然这样!!! 美娜，我们去找那个欺负你的江天空算账好不好?! 那个欺负你的坏蛋，我们找到他好好的教训一顿!!!"

"真的!! 真的!! 真的!!"我睁着晶亮的眼睛，扯着那男人的领带，身体上下弹跳。男人护着脖子，痛苦地点点头。

我高兴了，大闹天空的猴子一下从空中跳到了地上，继续桀桀怪笑，胡作妄为。男人牵过我，就向房间外走去。

"你上班第一天就和人出去续摊啊……"娜娜姐一边嚼着鱿鱼腿，一边看着我含糊不清地说道。

意识朦胧地跟着那个男人走出了房间，还是那些灯光晕黄的窄道，身体仿佛已经不属于自己，我一飘一飘地走上了通向出口的台阶。

走到出口的那一霎那，猛烈的风狠狠地拍击着我的双颊，酒精的威力在强劲的风下面渐渐退缩，我脑子顿时清醒了一半。

"走走……我们找江天空去……!!"那大叔说完，跳到马路中央就去抓出租车了。我瘫软地坐在地上，呆呆地看着眼前这光景。

男人不久便抓到了一辆出租车，昂首阔步地向我这边走来。

"走，美娜！我们去找天空吧!!"男人伸出手，想要扶起我。

"天空在哪里……-0-"

"我们坐出租车就能找到他了!!"

"嗯……算了……天空，这种混蛋我没必要去找他，我不想再见到他了。"

"唉~! 不要这样嘛，美娜，我们去找天空吧，嗯?"

"我说了不用了……!!"

"-0-臭女人……大家心里都明白怎么回事，你就别在这装腔作势了!! 嗯?! 我们走，美娜，找个温暖的好地方……"

该死的混蛋，他果然不安好心……事情怎么会变成这样……—_—

男人见我迟迟没有动静，干脆伸出两手开始拽我，本已全身瘫软的我哪敌得过他的力气，只能被从地上拽起，然后跟着他，两眼发晕地向出租车走去。

不该是这样的，也不能是这样……我使出全身的力气想挣开这个男人的手，无奈酒精麻痹了我的神经，让我全身使不出半分力气。突然，出租车后面，一辆有些眼熟，似乎在哪里见过的汽车印入了我的眼帘，深灰色车身，在街灯的照耀下泛着银色光泽的轿车……这个……难道是……我揉揉眼，想更走近一些……咂咂咂！几乎在我举步的同时，深灰色轿车的后车窗也柔和地缓缓下落。

“唉，美娜，不要再这样子了嘛！你这样子弄得哥哥好辛苦……”那个男人……嬉皮笑脸地，猛地从后面把我拦腰抱住。

这时，车窗刚好完全打开，我傻了，呆呆地看着里面那张脸，里面那张脸也面无表情地看着我。老天何其残忍，他为什么偏偏选择在这种情形下让我的自尊心又一次扫地，我以为我不会在乎的，可是在他面前，我顿时觉得自己如玻璃般脆弱，瞬时间破碎成一块块碎片，而且一块一块散落到地上再也回不到原位。

“喂……你……江天空……”我有些愤恨，又有些自暴自弃地终于从齿缝间，一字一顿地叫出这个名字。

天空无声地看了我一眼，又看向我身后的男人。

“你……你这个坏蛋……你究竟……你到底，究竟……”我鼓起十二万分的勇气，打算把刚才喝醉时练习过的骂人话全部如数奉还到他身上。可谁知，就在我刚张开嘴时……那张脸，那张一如既往冷若冰霜、让人恨不得想上前撕碎踩烂的脸，又隐没在车窗里的阴影里，被黑黑的车窗挡了个严严实实。

我不能容忍他如此漠视我，他也没有资格如此冷漠地对待我!!! 我冲上前，哐哐哐！哐哐哐哐!!! 用双拳愤怒地敲击那挡住他面孔的车窗，

“打开，混蛋！打开车窗！你有什么了不起的!!! 你有什么了不起的！你有什么资格这样对我!!! 你算什么东西!! 算什么东西!! 你没有资格，没有资格这样对我!!!”……你什么也不是，什么也不是……呜呜呜呜～！我无力地蹲坐在道路边，把头埋进怀里，在喉头哽咽着最后一句话，好恨自己的没用，为什么骂到最后伤心难过的反而是自己。

江天空那混蛋坐在车里，在我面前，远去了，我再也忍不住，抱着头，就这么蹲坐在路边，嚎啕大哭起来……史上最坏，史上最坏的人不是江尹湛，也不是江天空，就是我自己啊！我恨我自己……

"……美娜，怎么哭了！来来来，－0－别哭了，别哭了，哭着哥哥好难受，来，和哥哥找个温暖的地方去……"

"你闭嘴……"

"美娜……－0－"

"我说让你闭嘴，你没听见吗?!!!!!!!"

……我凶神恶煞的样子把那个男人镇住了，他好半天才回过神。他犹犹豫豫地连连后退，然后，转过身，疯了似的跳进出租车，逃亡而去……

之后的十几分钟，我用双手裹紧自己，跌坐在地上，泪珠一颗一颗砰砰往下掉，无视周围围观的人群。

"呀！雪儿!! 你在这儿干什么呢!!"娜娜姐不知从哪儿奔了出来，她高声喊叫着，手忙脚乱地扶起全身僵硬的我。

#蝴蝶里。

大厅里很吵，嘈杂的音乐声，喝醉酒人们的奸笑声，还有兴奋地尖叫声，四面八方地朝我涌来。娜娜姐把我安顿到大厅中间的一张椅子上，吐着舌头看着我。

……天空的那张面孔不时浮现在我眼前……

"哎哟哟，你这是怎么搞的，从刚才开始就一直不正常，你到底是怎么了……"

"……坏蛋……"我自言自语着。

"你是说那个大叔吗?！其实他也没什么错啊！到这里来的人都是这样，只不过是你自己比较特别罢了!! 早知如此，何必当初，你当初就不该跟着我来!!"

"……坏蛋……就这么走了……坏蛋……"我继续喃喃自语着，沉浸在一个人的世界中。

"喂，你倒是有没有听我说话……－0－"

“冷血无情、没心没肺的家伙，良心都让狗给吃了……”我愤愤地说道。

“喂，这个拿去，把你的脸好好擦擦，看看我给你化的妆都弄成什么样了，丑死了，你还是回家去吧。”

“我要工作。”

“让你回去就回去!!”

“我，要，工，作!!”我啪的一下推开娜娜姐递过来的手绢，毫不犹豫地从椅子上站了起来。

“-0-妈妈呀，吓死人了?!别再使性子了好不好?!”娜娜姐想拦住我，可为时已晚，我已经迈开大步，毫不迟疑地向一号房间走去。

“呀！那你至少要把脸擦一擦啊，就算是要工作！你这样进去会吓死人的!!”

哐~！我使劲地把门撞开了，娜娜姐焦急的声音被我远远地抛在了脑后。里面玩得正起劲的三对男女转过头，看着我，愣住了。

“大家好!! -0-我是韩雪……不，江美娜!!我要加入你们和你们一起玩!! -0-”

“哇呜……太好了，快进来，快进来!!”娜娜姐是多虑了，我这副样子，不仅没吓到他们，其中一个男人还很高兴地迎接我进去。

我放纵自己随时会倒栽葱的身子扑倒在沙发上，贴着一个靠门的男人坐着，那男人不过二十出头，一脸兴趣盎然地看着我。

“哟哟……你哭过了？看看你这张脸！”

“请给我一杯酒……”

“嗯……？酒?”

“请给我一杯酒！”我又大声地强调了一遍。

“呃……呵呵呵，好，看来我们这儿是进来了一个女中豪杰了，来，我们干一杯。”

就和刚才五号房间的那个男人一样，在给我倒酒的同时，这个男人也自然而然地把一只手扶在了我肩膀上，这次……我没有拒绝，也没有乘机躲开，我眼里只有那只酒杯，贪婪地向它伸出了左手……

咯～！一切不过发生在一瞬间，那扇不久之前刚被我推开过的门又被人推开了，一张熟悉的脸，一张沉静的脸，一张比我以前见过的任何时候都要火气旺盛的脸……出现在我面前。

16

“你究竟是谁!!!”坐在我身边的男人气急败坏地吼道。

某人漠视人的功夫一向技高一筹，这次自然也不会对这个男人例外，只见天空他目不斜视、稳稳当当地向我大踏步走来。没错，是天空，就是那个在不久之前扔下我不管不顾、被我骂了个狗血淋头的江天空先生……

他走到我面前，我用小野猫似的夹杂着怨恨的目光，带刺而防备地看着他。他长长地叹了一口气，接着，顺手抓起桌上的湿毛巾，一声不吭地在我眼圈周围粗鲁地擦了起来。

我知道自己眼睛周围早被冲刷掉的眼影、睫毛膏画成了熊猫眼。—_—

“喂！你是干什么吃的?!!! 打哪儿冒出来的你啊！”

“我是她老公，你可以闭嘴了！很吵！”天空不带任何感情冷冷地说道，连斜眼都没给他一个，依旧专注在我那对熊猫眼上（讨厌！///—_—///）。

听到他自称我老公，虽然明知道是谎话，我的心还是忍不住漏跳了几拍。白痴女人，你想什么呢你！

“你说什么？老公？居然有这种事，你不是在和老子开玩笑吧!!! 喂！这儿的老板娘呢，叫老板娘过来，我要叫老板娘!!!”那男人叉着腰，哇哇乱叫，一副寻衅滋事，惟恐天下不乱的样子。他的两个同伴见情形不妙立刻赶上前来制止。

趁他们那头闹得正欢，天空那个惹事精又把视线从我月朦胧鸟朦胧的眼睛转到了我的嘴唇上，他盯着我那张被唇膏涂得乱七八糟的红唇，有点上火，干脆扔掉已经被睫毛膏染得污七八黑的湿纸

巾，直接扯过校服衣领在我唇上突突地擦了起来。呜呜，好痛~！T_T

“下次，如果你再涂这些乱七八糟的东西……我一定会让你死得很难看！！！”

“……你不是说……让我以后不要再出现在你眼前吗……”我有丝赌气，气他曾经那样对我。

“喂！你倒是一点不谦虚！！还不立马给我滚出去！！！”刚才那个男人虽然两只手都被朋友缠绕得严严实实，但那张嘴还是不忘忙里偷闲。

天空那家伙终于清扫完我的嘴唇，满意地审视片刻，这才把视线转向那个被漠视了很久的家伙。

“你……和她做什么了？”

“什么？！”

“她嘴唇也被弄花了，不要告诉我你们已经啵啵了？”

“……哈，真是，今天遇见鬼了！我说，穿校服的臭小子……怎么样，臭小子，我就是和她啵啵了，不仅啵啵，连 KISS 都打了，你能把我怎么样吧你！”

说时迟那时快，众人谁也还来不及反应，天空抄起桌上的一个烟灰缸就向那个男人砸去……

“啊啊啊！！！”对面的男人一声惨叫，捂着自己的嘴唇哀悼不已。

众女子大惊失色，一个个绿着一张脸向房间外奔去。

天啊！冷漠的天空居然有这么生猛的一面，我大张着一张嘴半天合不拢。天空这时又回过头，重新看向我的嘴唇，然后执过我的手腕，无言地向外走去。

“喂，你放开我……”

我越是挣扎，天空越是加大了放在我手腕上的力度。

“你放开我！！！你以为我是你的玩具吗？？？！！！挥之则来，招之即去，让我滚就滚，让我回去就回去，就是玩具也没有这么方便的吧？！！你放开，放开，混蛋！！！”

"把你声音降低点！你不这么大声我已经很生气了。"

"没那个必要，不敢劳您费神，我让你放开，放开……我想怎么生活是我的事，我想怎么样生活就怎么样生活，你放开……你高兴时就拍几下，不高兴时就甩几个耳光，烦了更干脆扔掉……在你们眼中，我甚至不如一个布娃娃，我连一个玩具都不如!!!"我歇斯底里地大叫到最后，终究是无力，终究是软弱，泪水混合着心底的血水，我绵绵地垂下头，眼看着就要摊坐在地上，突然，天空那个混蛋一把环过我的腰，把我扛到了他肩膀上。我好恨他，提起高筒靴高高尖尖的鞋跟，一下一下都踢在他背上，他却吭都不吭，连眉头也没皱一下。

不知不觉，我们两个冤家就这么纠结到了收银台，正好碰上娜娜姐，她大姐叼着一支烟，舌头咂得啧啧响。

"滋滋滋滋！我就知道是这样，什么？离家出走？二十岁？"

"娜娜姐，你帮帮我!! 帮我从他身上弄下来!!! 这家伙，他是骗子，是坏蛋，你千万不要相信他说的任何话，他没有一句话是真的!!"

"别找打了，你还是赶快和你哥哥回家吧!!"

"他不是我哥哥，他叫我乞丐，这家伙一见到我就叫我乞丐!!!"我下脚一下比一下狠，不知道天空是怎么忍受我那可以杀人的鞋跟的。可就在我看着娜娜姐求救的当儿，天空的脚步还是没有一丝迟缓，扛着我阔步向门口的台阶走去。

娜娜姐睁着朦胧的醉眼，迷迷瞪瞪地向我告别：

"有家可以回去，多幸福的一件事！别再唧唧歪歪的了，快点回去。我现在都有点忌妒你了……喂！还有，那边那位帅哥，将来毕业之后一定要到这里来玩玩啊！我一定会好好招待你的!!"

"娜娜姐!!!! 这家伙是个赌鬼，他欠了一身的债，把我捉回去就是为了把我卖到火坑里去啊!!! 我说的都是真的!!!! 姐姐!!! 他马上就要把我卖掉了!!!"我急了，把不管是从哪儿看到的一段台词也用上了，一说还挺上口。

"走好，江美娜!!! 不对，走好，韩雪!!! 以后再见!!!"

“啊啊啊啊!!! 姐姐!!! 姐姐啊!!!”不甘心就这么束手就擒，我叫得惨烈，杀了好大的一头猪，对着江天空的肩膀又是抓又是挠，又是咬的，偏偏这家伙就是任你雨打风吹，我自巍峨不动，要不是牙齿还咬得进去那么一点点，我真怀疑他是石头刻出来的。

那家伙的步伐越来越快，不一会就来到了刚才我还虎视眈眈的那辆车的前面，天空缚住我的张牙舞爪，就像扔沙包似的，一把把我扔到汽车后座上，随后自己也钻了进来。我飞快地坐起身，可已经晚了，辛大叔老奸巨猾，眼疾手快地发动了汽车，车门都还没有来得及关上。

我身旁的江天空，长长地吁了一口气，舒展了一下手脚，接着关上了车门。我才不管辛大叔在不在场，依旧不依不饶，大喊大叫着要下去。

“开门，开门!!! 坏蛋，混球!! 我不回去，我不回你们家，你们家太肮脏!!!”

“你真的啵啵了?!”

“你有什么资格让我哭第二次!! 你以为你是谁!!! 你有什么资格弄得我这么惨!!! 让我悲惨至此!!!”

瞬间，那家伙突然伸过他那双巨手紧紧挤住我的脸，我可怜的嘴巴只能开开合合像麻雀嘴，支支吾吾怎么也发不出声音。

“大叔，前面有纸巾没有?”那家伙火大地问着辛司机。

大叔同情而委屈地看了我一眼，递过来一盒纸巾。天空那混球扯过几张纸巾，又开始在我嘴唇上使劲拭擦起来。我可怜的嘴唇哦……今晚倒大霉了! ㅜ_ㅜ

“你……这小子，你到底在干什么呀!! (你这疯子，你现在到底在发什么疯呀!!)”我这么说着，可这混蛋托住我嘴唇的手越发用力了，纸巾来来回回擦着，没有停下来的迹象。

“你要是下次敢再这样，你就死定了，你就真的死定了!”

时间似乎在我俩之间失去了效力，也不知道过了多久，当天空那个混蛋的手上已经被我用牙齿咬了不下十个齿印时候，当座位上擦过我嘴唇的纸巾已经小小白白地堆得像座小山的时候……

汽车终于抵达了平昌洞的家门口。

#平昌洞。

车小心地停在了大门口。

车刚停下，辛大叔就拧回头来担心地看着我，江天空那个混球也无言地俯视着我，我精疲力竭地斜靠在汽车后座上，刚才喝那么多酒的后劲上来了，大脑混沌得不像话，更别提四肢的酥软乏力了。天空那家伙从纸巾盒里掏出最后一张纸巾，再一次擦在我嘴上。真是要疯了！我揉着自己几乎要碎掉的嘴唇。

“今天的事，请大叔您不要告诉我爸爸。”天空淡淡地对辛大叔说完这句，拉开了车门。

“知道，大叔也是有眼力见儿的……”

天空没有再说什么，他跨出车厢，转身冲我命令道：

“下来……”

“你想得美……啊你，臭……小子！我是浑身……虱子的……乞丐，你也不怕我……”

“大叔，请帮我拿一下。”

“啊，好，好的……”

醉眼、半睁半闭之间，我依稀看见天空把他的书包递给辛大叔。接着，天空那个混球，吃力地把我拽出车外，就像刚才那样，猛地把我扛到了肩膀上……吧嗒吧嗒，大步向大门走去。

“该死……我从没有……这么……惨过，这么悲惨……”

“我也很悲惨。”

“……”

……我开始拔那个家伙的头发了，一根一根，鸦雀无声，很认真地拔着。

“住手！”

“……我受了多少伤，我就拔你多少根头发……我会把你的头发全部拔掉的……因为我有这么多的伤心……这么多的痛……”

“……随便你吧……那就。”

可是，与我幼稚的想法不同，当然拔到那家伙第五根头发的时候……我的动作停了下来，倒不是因为他刚才那句随你便的话，而是我看见了一个在大门前不断徘徊的家伙……江尹湛那个兔崽子。

我努力想闭上眼睛，不想看这个讨厌的人，可出了故障的脑袋不听使唤，离他越来越近，我只能睁大着眼直直看着他，记忆着这张自己不想记忆的脸。

那家伙惴惴不安地摸娑着手中的手机，来回转悠着，最后终于看见了我和天空。

“喂!!! 你!!!”他大步大步向我们这边迈进。

然后，一声怪叫，“喝酒了你?!!! 还喝了不少?!!!”

“……这……家伙，兔崽子，是天下独一无二的……大……坏蛋!!! 是独一无二的!!!”我桀桀笑了一下，还挺得意自己的用词。

“她衣服怎么变成这样了?!! 到底是怎么回事啊，这丫头!!!”

“……不要大喊大叫的，臭小子……看见你的样子我就讨厌……”

“你倒是说啊！这丫头到底怎么弄的!!!!!!”尹湛那个坏蛋的一张臭脸在我眼前飘来飘去的，直到天空穿过庭院，他的声音依旧在背后清晰可闻……我继续一根一根拔着天空那可怜兮兮的头发……而他，一声不吭地，把我向玄关门背去。

一句话，对于我们三个人来说……今天都不是什么愉快的一天，剧毒惨烈无比。

#韩雪的房间。

天空那厮，居然猛地就把我往床上一扔，就像倒垃圾似的，一＿一……该死的小子，我都这么大一姑娘了，虽说不是长得如花似玉能让你懂得怜香惜玉，但你至少应该懂得什么叫轻抬轻放吧，轻抬轻放懂不懂……我意识不明地嘴里叽里咕噜向那个家伙咒骂着，浑身燥热不已，好难受，刚才喝下去的酒精现在集体造反，嘶喊着要从我千百个毛孔里奔腾而出。我喘着粗气，感觉自己像一只色泽红润的刚出锅的大海虾，一心只想向那群歹毒的酒精投降，然后闭上眼沉沉睡去，对了……我睡之前好像应该把那个坏蛋赶出去哦。

天空那坏蛋不知何时在我床沿坐下，开始脱我的红色夹克。

“喂!!! 到底是怎么回事啊……!!!”尹混球砰的一下推开房门窜了进来，看见屋里这副光景，红着脸，又哐的一下甩上门出去了。

迷迷糊糊间，一件白色的睡衣从我头上套了下来，好香……呵呵，好像是爷爷买给我的漂漂睡衣，挥起两只手，使劲地往里钻，却生气地发现怎么也穿不进去，于是哼哼唧唧地发脾气，搏斗许久，天空终于艰辛地为我穿上了睡衣……不经意间，他的衣领又扫上了我的嘴唇。

“啊…好痛……臭小子……好痛，痛死我了……”

“知道死是什么滋味了吧……你下次敢再这样试试。”

“知道死是什么滋味了吧……你……你、去、死……还一定会死在我手上……”

……两眼终于敌不住睡神的招呼，渐渐合拢……我应该起来的，我告诉自己，我应该离开这个不属于自己的地方，逃离这个坏蛋和尹混蛋两兄弟的虐待，逃离……和意志无关，山无陵，天地终于合。

……分明……有一张冰冷干燥的唇印上了我的，很短很短，但触感却那么真实。我破碎、红肿的唇，沾满酒味的唇，想必现在丑得可以，即使在梦中我也不忘涌起一阵羞涩。……之后，房门拉开声响起，我再也听不见天空那个坏蛋的呼吸声了。

怎么……会是这样子呢……这么毫无反抗的投降，这么乖乖地束手就擒，这不是我的风格啊……不是我的风格……墙上的壁钟滴滴答答响起，一下一下，催眠着我的情绪，就在我终于要沉沉睡去的时候，不，就在我觉得自己要沉沉睡去的时候……头顶上，隐隐传来人的气息，似乎有谁抚摸了我一下……我连眼睛都懒得睁开，嘤了一声，把脸埋进被子里，别吵我，我要睡觉。

那人没有离开的意思，继续抚摸着我的头发，突然……那只手轻轻摘掉了我扎住头发的橡皮筋，接着，不可思议的低沉嗓音在我头顶响起：

"白痴，不知道自己把头发披下来更漂亮吗！"

……天啊，天啊！这个声音……它怎么听……也是江尹湛那个家伙的啊！……我一定是在做梦，没错，韩雪，肯定是你今天折腾得太过火了，所以才会做这种病得不轻的梦。只要睁开眼就可以知道是不是他了，睁开眼就可以确定一切了，可脸上的肌肉这时却偏偏怎么也不听话，该死，该死！我在心里不停地破口大骂……

"那天晚上……谢谢你……虽然我当时喝醉了，不过具体情形还是都记得的……傻瓜……"

就这一句话，让我明白了，是他……真的是那个混球，不是我韩雪在那儿不知今夕是何夕的天马行空。

几个小时缓缓地流淌而去，直到晨曦微露，初升的太阳调皮地在我脸上投下几丝阴暗不明的光线，微微醒觉中，我枕着自己温暖的手臂，侧着身子不愿意动弹……

"静静的羊肠路上满是你留下的回忆，在这条路上，一只小青蛙曾经安慰悲伤的我。♫我垂下头，轻声哭泣中，你又重新回到我身边，那窒息的箱子，终于被彻底打碎。♩"

那个人，昨晚，用着极其悲怆的声音，轻声哼着这首我为云影专门而作的歌曲，那么悲伤，即使我在半梦半醒中也会替他觉得心痛。不过托他的福，感谢他为我哼唱这首歌曲，让我在睡梦中得以再次和云影相见。

17

"雪儿学生，吃饭了！"楼下大妈的声音从刚才开始就一直在我耳朵里轰隆隆地响。

头痛得像是有一群飞机在里面轰炸，我捂住快要裂开的头，侧了一个身继续睡。

"雪儿学生!!!"这大妈真有毅力，眨眼之间又叫了一声。

现在到底……几点了……

#厨房。

酒劲儿终于被我强压下去不少，我扶着头，云山雾海地来到了厨房，胸口一上一下剧烈地起伏着。

“你昨天去哪儿了雪儿……”爷爷坐在餐桌旁，看见我下来，收起展开的报纸，和蔼地问道。

我皱着眉，苦着脸，艰难地向老爷爷问候了一声，在对面的位置上坐了下来。而老爷爷身边坐着的天空和尹湛兄弟俩，他们一声不吭地埋头吃着自己的饭，这更加大大刺激了我的神经。

“这个……我……所以这个……”

“她昨天喝得醉醺醺地回来。”尹湛那混蛋含了一口水到嘴里，末了吐出这么一句话，接着站起身离开餐桌。

这个臭小子，奸狗腿，又开始了……—_—我躲避着老爷爷善良的目光，低头使劲吃饭，一张脸几乎快埋到碗里去了。

“是这样的吗……雪儿?”

“……不完全是那样的……酒是喝了点，但没有喝得醉醺醺的……—_—”

“嗯……是不是还发生了什么别的事……？”老爷爷意味深长地看着我，眼底金光闪烁。

我渐渐低下头，偷偷斜眼瞟了天空一眼，他依旧坐在那里，板着脸，一言不发。

“去把头发扎起来。”他终于开口了，开口却又是这该死的命令。

“……”

“去扎起来。”

“……和你没关系……”

“而且……从今天开始，放学以后直接回家，哪儿也不准去。”

“说了和你没关系……”

“去扎起来，现在，马上！”

“是我的头发还是你的头发!!!”我火了，啪的一下把勺子按到桌子上，高声叫道，却一眼瞟见老爷爷整张脸都白了。

"对不起……"我内疚地看着老爷爷，至少这个家里老爷爷对我还是不错的。

"-0-"

"对不起，爷爷。"

"不要吵架了，都是一家人，干吗弄成这样，要好好相处嘛，知道了吗??"

"是……"我低着头乖乖地回答，却斜眼向那个坏蛋扫去锐利的光芒，讪讪地拿起勺子继续吃饭。

啪……

他觉得这样很好玩是吗，江天空那个混蛋突然又夹了一个腌牡蛎扔到我碗里。

"我……不吃海鲜的，你赶快拿回去。"

"吃。"

"……我说了，我不吃这种玩意的。"

"从现在开始吃。"

"喂……江天空……"他是存心的对不对，我一直在忍一直在忍，可这口气怎么也忍不下去，顾不得昨天在他面前丑态百出，我直直地用仇恨的眼光瞪着他。

"啊……哈~！ -0-"老爷爷气运丹田，一声沉如炸雷的狮子吼，把我们都给震了。—_—

…… ……就这样，昨天的滔天浩劫，就被这么一顿乱七八糟的早餐给悄悄埋葬了。

#平昌洞主屋前。

"照这么说，昨天的事你一点都不记得了!! -0-?!"

……—_—……我很后悔自己提前钻进了汽车后座，现在，我们正在等候江天空那混球，而司机辛大叔，趁着这空闲，一个劲追问我昨天的事。他到底想听到什么答案啊！我被折磨得精神萎靡，只能不停地点头。

这下辛大叔来劲了，只见他，唰的一下转回身，眼睛珠子瞪得像葡萄那么圆。

"-0-昨天，你先是喝醉了，敲着我们的车窗又喊又骂。接着，是天空把你背了出来，然后又换尹湛来背你，这些，你一点都没印象了?！一点都没有?！"

"……是啊是啊，您不用一件一件对我说得这么明白吧，大叔。——"

"777……不对你说明白怎么行，你不知道，前天你跑出去之后，家里简直翻了天。"

"翻了天?"我疑惑地重复着，我有那么重要吗?

"是啊，你到第二天早晨都没有回家，天空坐立不安，等你等得一宿没睡。结果第二天早上去上学的路上，他突然说我方向错了……"

"为什么?！"

"什么为什么！！还不是因为你，他让我掉转方向去找你呗！从王十里一直开到狎欧亭东，昨天可是我打出生以来，第一次连续开车十个小时以上。"

"真的……那家伙真的是这样……?"

"我骗你干吗。"

"他……他为什么对我这么好?那家伙不总是一副对什么都无动于衷的样子吗?！"

"不是的，天空原来不是这样子的，只是几年前他才……"

啪嗒！辛大叔忽然猛地闭上了嘴。我条件反射地看向窗外，发现天空那家伙不知道什么时候站在了车门旁，他一声不吭地拉开车门，坐在了副驾驶的座位上。车厢里顿时流淌着死一般的沉静。

更可怕的是……天空那家伙坐到前面不久，一个人突然一下拉开后面车门跳到了我旁边的位置，他扭回脑袋一看，妈呀，居然是江尹湛那个死人……

他不是已经去学校了吗?

"喂！你……你怎么坐上来了?！！！"我吃惊地伸手指着他。

面对我突如其来的问题，江尹湛那小子的反应是脖子一扬，横着声冲我嚷嚷道：

"这是你的车吗?!"

"我也没说这是我的车啊!!!"

"大叔，快点出发了!! 我值日要迟到了!!!"

"啊……好的好的。"听我们说话愣了神的大叔赶忙答应道，劈劈啪啪发动了汽车。

到现在我都还没完全进入状况，感觉自己一直像在做梦一样。天气好冷，我缩缩脖子，关紧了车窗，然后看向坐在身旁、吊儿郎当跷着二郎腿的江尹湛。车完全奔驰起来了，那家伙也感觉到了我一直盯住他不放的视线。

"看什么看，看得本少爷都发毛了。"

"……你，昨天晚上，对我唱什么歌来着……"

"喂喂，好大一股酒味，臭死人了，赶快闭上你的嘴。"

—_—随着这句又冷又伤人的话，江尹湛那家伙好死不死地摇下了车窗，我可以理解成为他是在害羞吗?

"那孩子走了? 那个小鬼丫头?"

"那还用说，家里有只毒蜈蚣，谁还待得下去啊!!!"

"喂! 你用不着这样句句带刺、口口伤人吧! 我什么时候这样骂过你了?!"

"都这么大个丫头了，居然还喝得那样醉醺醺、浑身酒气冲天的，也不知道从哪里偷来了一身童装穿在身上!!!"

"你这个混球，从头到尾口里就没一句好话，你还有完没完了?! 狗嘴里吐不出象牙就是吐不出!!!"

就在这时，天空忽然把车厢里的音乐开得无比之大，吓了正在开车的辛大叔一跳。

So if I did something wrong please tell me, I wanna understand' cause I don't want this love to ever end!!!

生平第一次听到的 pop song，震耳欲聋地摇晃着我的耳膜，我整个人差点没飞出去。我和江尹湛那个家伙同时忘记了自己要说什么，怔怔地看向天空的背影。

我们俩回过神，张开嘴，正准备再次开展嘴部斗争……前面音乐的声音又大了点，又大了点……终于，只看见对方活动着嘴，谁也听不见谁在说什么了。

尹混球火大地把矛头指向天空，哇啦哇啦大张着嘴，谁也听不清他在说些什么。固执的天空，深不可测的天空，对尹混球视若无物的天空，就这样，欢歌高扬着，我和尹混球的争吵一直被中断到学校门前。

一路上，辛大叔爆发出前所未有的潜力，就像电影里飙车的黑帮分子，一路狂飙……咯~！大叔猛地刹住车，车身横在了学校门前。成功，在局势全面恶化之前，大叔仅以十六分钟的时间就从家里开到了学校门口。

辛大叔吁了一口气，一手抹了抹额头的汗，另一只手顺手关掉了音响。于是，就在这非常微妙的时刻，我鼓起和蚊子差不多大小的声音，小心翼翼地朝大叔说了一句话，——

"……大叔……这个……那个，我书包忘在家里了……—_—"

"……—_—……"

"嘿嘿嘿嘿……"我挠着头，分外苦涩地干笑着。

"……—_—……"

哐啷哐啷！估计想骂的话刚才都骂完了，尹混球懒得理我，扯着书包自顾自地下了车；而天空，临下车，深深地看了我一眼，最终他还是什么也没说。于是乎，车厢里只剩下满脸火红火红、一点就可以冒烟的我和辛大叔了。

对不起的话我反反复复说了不下二十遍，辛大叔的火气这才稍稍下去一点。

"我早饭都还没吃啊!! 早饭都!!!"辛大叔一副很没有天理的样子，扔下方向盘，挥舞着双手，一百零一次地喊着窦娥冤。

"所以我和您说对不起了……—_—"

"对不起有什么用!!!"大叔火大地冲我吼道。就他老人家现在这心情状况，我哪还敢向他打听刚才他没说完的有关天空的故事，只能一路上小心地看着大叔的脸色，低眉顺眼地便宜行事。

当车重新开回家里的时候，时钟已经指向九点多了，我火急火燎地推开玄关门，嚓嚓嚓就向里面冲去。

#平昌洞家里。

我在门口蹬掉鞋，疯了似的向起居室冲去。这时，从阳台那边忽然传来窸窸窣窣的声音，有人在那儿说话，我第一个反应是，这刻意压低的声音听起来那样神秘诱人，明知不对，我终于还是忍不住蹑手蹑脚地走了过去。

听清楚了，如果我没猜错，声音的主人应该是每天来家里做家务的大婶。

“是啊，就是那样没错，那丫头现在已经开始在外面又是喝酒又是整晚上不回的了，哎哟……谁说不是啊……要是她以后知道自己为什么被这家人领养，不知道该有多受伤啊，我的天呀，想都不敢想！”

“……”

“哎哟哟，我的妈呀!!! -0 -”

“您是在说我吗，大婶……?”哐的一声，大婶手里的电话掉到了地上，她被我突如其来的问题又吓了一次。

“说什么呀!!”大婶拾起地上的电话，满脸的扭捏和不自然。

“您刚才……在电话里，说的明明是我对不对?!”

“不是的不是的!! 我在说电视剧里的故事呢!! 不知道你在说什么!!”

“电视剧……?”

“是啊!! 我正和朋友很开心地讨论剧情呢!!”

“真的……?!!”

“是啊，谁说不是啊!”

“……真的和我一点关系都没有……”

“哎哟哟，你这丫头! 想哪儿去了。要我说几遍你才相信啊! 不是的，和雪理学生你绝对没有关系!!”大婶急急忙忙地举起手发誓，然后头也不回地向厨房逃去。

我站在原地，微微有一阵迷茫，刚才听到的话不断在我脑海里回旋，可这只是眨眼间的事，想到辛大叔那张可怕的脸，我立刻飞快地冲上二楼，在自己房间取了书包就向屋外的车冲去。

乘着辛大叔的“雷霆”牌小轿车，我好死赖活地终于赶到了学校，两节课的时间眨眼就过去，我也不知道是一股什么力量促使着我，虽然明知道希望渺茫，有点不自量力，我还是忍不住找到了德风高的2－4班。为什么不是天空，而是这个与我八字不合、一见面就如火星撞地球的尹混球，我也说不清，只是直觉地知道我应该来找他，而不是那个打死也说不出个屁来的天空，找了他肯定也一无所获。

地球地球，我是火星，我来找你了……

#2－4班。

“哇哇哇!!! －0－蝙蝠侠重现江湖!!!!”

高中教室的喧闹程度是我们初中教室的好几倍，谁让他们是高中呢。我畏畏缩索地站在教室后排，睁着一双阴晦的眼，在满屋子大喊大叫，闹得不亦乐乎的学生中间寻找尹混球的踪影。最终还是一无所获，满教室连他的头发都没见到一根。

我缓缓转过身，正打算从后门重新退出，突然，远处走来了几个晃晃悠悠、乐不可支的男生，被他们围在中间的不是尹混球是谁，他笑得最是开心。我稍稍犹豫了一下，接着还是缓步向他们走去。

“喂喂，小子，还记得吗？上次我过生日你把奶油蛋糕涂得我满脸都是，这次绝对不会放过你!! －0－黝吼黝吼!! －0－!!同志们，上啊上啊，踩死他，踩死他!!!!（译者注：韩国人有过生日时集体打寿星或集体踩寿星的传统。—_—变态传统。）”

……生日！我重复着这两个陌生的字眼，动作也跟着停了下来。

尹混球到现在也没有发现我，因为他忙着在众只大脚下逃命。

“喂，我的生日是明天，明天，你们怎么现在就踩上了!!! －0－要踩明天踩，明天，明天!!”

“别好笑了你!!! 小混球!! 我们才不会上你的当，你肯定是又打算像去年那样，一到过生日就不到学校里来了！同志们，上啊!!

使劲地踩!!”

“喂！你们这帮家伙，还真闹上了，到底有完没完!! 滚一边去，滚一边去!!!”

“呀呀呀，别听他的!! 先把他抓住，踩了再说!!! -0-!!!”一人一马当先，顿时群情激动不已。

这……这帮家伙……—_—

尹混球飞快地转过身，向走廊那头逃去，剩下的那些犀牛人类，扬起一大阵迷人眼的灰尘，乌丫乌丫地狂追而去。黄土弥漫间，我下定决心要去问问刚才那帮小子模模糊糊、不明事理的对话的意思。可谁知，走进教室，只是遭到了教室里几个女生的超级卫生眼，吃了闭门羹的我只能灰溜溜地夹着尾巴溜出教室。

生日……？是说明天是江尹湛那混球的生日吗……？这么说……明天家里会有一场乱糟糟的生日派对了……我头枕着课桌，胡乱猜测着。这一天真不好过，不仅因为早上大婶那不明就里的话在我心中整日盘旋，更因为我心中对天空那还没有完全解开的结，再加上我“亲爱的”动物家族们，不分上课下课地前来恶意骚扰我……唉~！真是受够了，我的心比外面滴水成冰的天气还要冷，而我的命，怎么比黄连还要苦啊!!!!

厄运连连的一天总算过去，第二天早晨和煦的太阳缓缓升起。

清晨，为了能在餐桌旁对尹湛说出“生日快乐”这句话，我煞费心机地在房间里对着镜子苦苦练习，天知道我多少年没听过，也没说过这句话了，所以练习是很有必要的……不过接下来的时间，让我马上意识到我的练习是完全没有必要的。

18

白白亮亮的冬日酥软乏力地照进厨房，我微微有丝紧张地坐到餐桌边，老爷爷的声音听起来和平时并无二致。

“啊，今天怎么下来晚了，快吃早餐吧！”和昨天一样，老爷爷收起手头的报纸，喝了一口水。

餐桌上不见蛋糕，海带汤连影子也不见，还有，天空那家伙干脆就没出现，从昨天上学之后就再也没见过他。

这家里的男人们都怎么了……怎么都这副样子……

“快点吃啊！否则去学校要迟到了！”老爷爷和蔼可亲地看着我说。

“是……是。”我答着，偷偷看了江尹湛那家伙一眼，他也看了我一眼，接下来就一声不吭地大口大口铲着自己碗里的饭。

老爷爷终于和平时有点不一样了，他目光如炬地看向尹湛那边，沉声开口道：

“你能不能吃饭有个吃样!!! –0 –”

“……”

“你小子昨天几点钟回来的？”

“……今天……”

“我问你昨天几点钟回来的，你告诉我是今天……!!!”

“……今天是我的……”

“你的什么……”

“……算了……”尹湛砰的一下放下手里的筷子，大步走出了厨房。

…… –0 –……这三父子究竟是怎么了，就如同每人抱着一块冰块生活在一起一样。

我该怎么做……要对爷爷撒一下娇吗?! —_—

“嘿嘿嘿嘿，早餐真好吃，爷爷!!! –0 –”

“……—_—……”

“……—_—……”

“是嘛，那多吃点。”

我在说什么呢，真是，暴汗～!

“那个……爷爷。”

“嗯……”

“您为什么对尹湛这么严厉啊？”

“这小子从来就不懂事，还没开窍。”

在我看来，天空和尹湛，这两个家伙没什么区别。—_—

"今天……好像是……尹湛的生日？"

"是嘛……？"老爷爷若有似无，漫不经心地答道。

这一刻，生平第一遭，我感到刚才从这儿走出去的尹湛那家伙有些可怜。

今天只剩下我一个人坐那位"像雾像雨又像风"的辛大叔的车上学了，大叔今天看来心情不错，而我的思绪却被"生日"两个字牢牢锁在了一隅。

#学校里。

"呀呀！今天第三节课是家政课实习，大家去料理室做菜去!!!"

绝不是我本意，让我为某人做生日礼物的机会却出乎意料地找来。

#料理实习室。

"我的白马王子是喜欢香蕉口味的果冻，还是草莓口味的果冻?!!!"

—__—……第三节的家政课上，我正好生生地一个人偏安一角，奋力和一大团面粉作斗争，大象突然横到了我面前，好笑地围着一条围裙，怎么看怎么觉得这条围裙像是她偷来的。—__—

"不知道。"

"你肯定知道!!!"

"我真的不知道!!"

"快说!!! -0-"

"我说了我不知道了!! 那臭小子有什么好的，我凭什么要知道他喜欢什么口味的?!!!"

"你叫他臭小子!!!"

"是啊！臭小子!! 怎么样!!"

"松亚啊!! 快到这边来!!"应着大象的手势，土拨鼠挪动着硕大的身躯，一颤一颤奔到了我面前。

我很想叫家政老师过来把这帮讨人厌的家伙带走，可那女人，东走走，西看看，忙着四处抓同学做好的果冻放进嘴里。—__—

"这丫头皮肤也这么黑，真不知道天空大哥是怎么看上她的，一定是她涎着脸，天天粘着天空不放，摇头摆尾的不知献了多少殷勤。"

"……你们这两个家伙……真是……谁粘着他不放了!! 谁对他献殷勤了!!"

"不准你叫我们心爱的天空'臭小子'!!!! -0-"

"那难道叫他'臭丫头'吗?!!'臭丫头'!!!"

"什么?!! 臭丫头?!?"

真是悔不当初啊！就因为我当初没有及时提出换班，所以才有今天的围攻之灾，虽不至于抱憾终生，但也够我吃一壶的。在动物家族们的口水围剿之下，我的手抖啊抖，连做小蛋糕时都在抖。

所以，拜她们所赐，就是因为她们……

"你这是用手做出来的吗……这简直是用脚做出来的!!!! 肯定是D，不用问了，老师一定给你一个凋零的D。"临了大象还得意洋洋地拽了一句文。

…… ……

—_—……我颤抖着双手，捧着这个被老师给了"D"的蛋糕，思想斗争着到底要不要送给尹湛那厮，如果给了他，最坏会发生什么情况，我联想着……结果是想到一只笑脱了臼的下巴。—_—

"算了，这个……还是不要送给他比较好……为了他的安全健康。"我心灰意冷地走回教室，对着眼前这个仿佛一堆堆起来的狗屎似的蛋糕发呆。可不知为什么，早晨尹湛从厨房绝尘而出的落寞背影老是出现在我面前，让我犹豫不决，下不了决心扔掉这堆狗屎(其实它的味道还是不错的)。我想没有人比我更明白那种悲惨的感觉了，自己生日那天，却没有一个家人在你身边为你庆祝，因为这几年我一直是这么过来的。

我从练习本上撕下一张纸，简简单单写了几句，怀着异常悲壮的心情走出了教室。

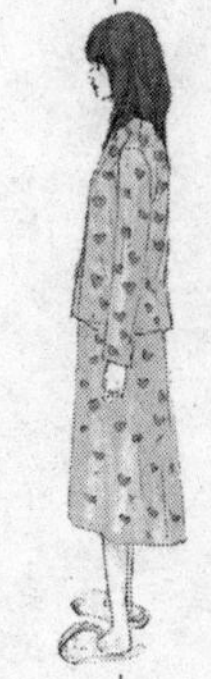

生日快乐！虽然你是个不怎么讨人喜欢的家伙，不过看在我们住在同一个屋檐下的分上，我就勉为其难地送你一个蛋糕吧！

觉得不好吃的话你可以扔掉，不过请你不要骂我，因为不管怎么说，这是我生平第一次为谁做东西吃。

PS：对了，昨天我偶然，非常非常偶然地听到，我被领养到你们家有一个很重要很重要的原因，一直没有机会问你，现在我能问问你吗？收到这个，请回信，哪怕只有一句话。

这封信写得有够屎的，不过以我现在的水平也写不出更好的了，到底是给他还是不给他呢，我把信捏在手里，不到一会儿可怜巴巴的信纸就被我揉成了一团。不知不觉中，我已经走到了2－4班的教室前。

"喂，喂！"

"疯丫头，我说什么来着！！那家伙不行的！！"

……

"呃！那边那个，不是尹湛追的女孩嘛?！"两个女孩突然饶有兴趣地对我指指点点。

尹湛追的女孩？别吓我了，他就是真的追我，肯定也是因为想揍我。—_—我苦着脸，飞快地把蛋糕和信藏到背后，缩在教室后门的角落里。

"要我们帮你叫尹湛吗?"

"让他到走道的尽头来……"

"喂，你比我低这么多年级，居然敢对我用非敬语?"

"我和你们是同年的。"

"哎哟……哈，真是被你气死了。－0－"

"帮我把江尹湛叫出来。"

"好吧好吧，看你粘他粘得这么紧，我帮你说就是，不过出不出来可是他的事了，他要是不出来我也没办法。^－^"

……—_—这个长得像胡桃夹子的家伙，废话怎么这么多。我躲开一双，两双，三双的闪烁视线，快速向走道尽头奔去，不过刚才传话机讨厌的声音还是不期然在耳边响起：他要是不出来我也没办法。我只好在走道尽头等着这个不知道到底出不出来的家伙。

“叫我干什么……？”

啪！—_—吓死我了，怎么这么快……尹湛那家伙眨眼就立在了我眼前，挠着头，一副刚睡醒的模样，脸上的表情异常诚恳地告诉我：我是真心地很讨厌你。我有点后悔了，身后的蛋糕还不如自己大口大口吃了来得痛快。

不过事已至此，唉～！在我彻底改变心意之前，我唰地掏出藏在身后的蛋糕和信（怎么想都觉得自己像是前来表白的小呆瓜女生）。

“什么呀……这是……”

“今天不是你……生日吗……”

“……你……你跟踪我？？间谍！！”

“不要说疯话了，快收下吧！否则我更后悔送给你了……”

“白痴，我也没要求你送，你瞎起劲儿什么……”

“……不要吗？那我收回？”

“……看起来就不怎么好吃。”

“喂，那你就别吃！！！”我生气地收回手，要把蛋糕重新放回身后。

尹混球却在中途飞快地拦截下我，然后……笑了！虽然他假装着用手背揉眼睛，可从那双睡眼里流露出的笑意，还有那弯弯翘起的嘴角，我看得明明白白，千真万确，那笑弯的嘴角……虽然对我来说还不是太熟悉，那好看的明朗弧线……

“还有信……”

“……妈妈的，搞什么搞呀……看来你是真的爱上我了……”

“请读完之后再下结论。—_—”我的话音刚落，尹混球这心急的小猴子就开始拆信。

“喂！现在不行！！！”

“为什么？？”

“这封信你一定要一个人看，千万不可以给别的任何人看，知

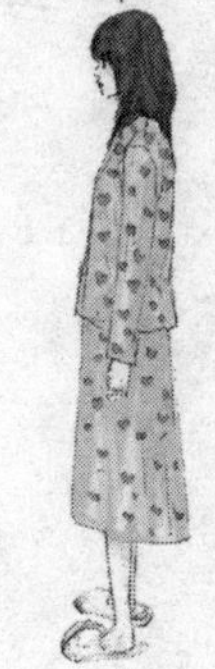

道吗？绝对不可以，记住了吗？看完之后就烧掉。”

“喂你说什么呢，你是不是有病啊？!”

“对不起……”

“……？”

“即使是让我到大街上去跳脱衣舞，我也不会爱上你的。——”

“真的……？”

“当然是真的，我从不说假话。”

尹湛把信插进自己的口袋，正要张口说些什么，

“你们俩给我站在那儿，都不准动!!!!”一个恐怖男子的声音炸雷似的响起，我有种不祥的预感，向楼梯那边转过头去。果然，又是那个变态老师，只见他一边气急败坏地唾沫星子四溢，一边拖着他那略显痴肥的身体在楼梯上一窜一窜的。我真替他可怜的身体感到难过，不过那老师可不这么想，他惟恐现场被破坏，跑得面色茄紫，就差没口吐白沫了。

……大伙儿还记得吧，文件柜事件中的那个男人，不，男老师……看到他那张脸我就讨厌。尹湛也是一副快要疯了的模样，连头发都变粗了好几倍。

“我就知道会是这样，我就知道会是这样……你以为我不会发现你吗，嗯？!”那变态老师用棍子敲着自己圆溜溜的肚子，直直瞪着我。说他长得像座佛那是侮辱佛，个子和我一般高，肚子至少可以比脑袋提前三分钟到达。

我鼓起自己全身的力量，狠狠地回视着那个精神分裂患者。而他，魔鬼一样的眼神，死死盯着尹湛那只拿着信的手。

“把那个交出来！”如同晴天霹雳似的话，就被他这么随随便便地说了出来，“……你要是不肯的话……你也知道的，我早看你们兄弟俩个不顺眼了，两个小鬼，成天拽了吧唧的。我早就等着这么一天了，老子就是睡觉也要睁只眼抓住你们，知道吗？”精神分裂这次的矛头指向尹湛，一番威胁的话被他说得是抑扬顿挫，声情并茂，奶奶的，准是电影看多了。

呼……这个精神分裂双重人格，我看他并发症也不少……总而言之一句话，他已经病得不轻没得救了……和一个比自己小二十岁的学生这么较劲儿，他不觉得太幼稚了吗?!

“那就请您再把眼睛闭上吧！这样对大家都好，否则就请您一辈子都闭上眼睛。”

…… -0 - ……他，他居然敢威胁老师，虽然早知道尹湛那家伙不是好惹的，但没想到他的多血质脾性这么烈，是天空的好几倍好几倍，我不敢想象接下来会发生什么事情，绝望地紧紧闭上眼睛。

出人意料的，面对尹湛的强硬，精神分裂意外地弱了下来，他没有什么进一步的举动，只是拿着大棒子不停地敲自己的手，显得有丝焦躁。

“把信交出来!!!”精神分裂涨红着脸，疾声喊道，他只能使出这最后一招，给自己找台阶下了。

“那是我的东西。”尹湛甩都不甩他，别说台阶，连垫脚凳都不给他。

“你不知道学校不准谈恋爱吗?!! 臭小子，还不快交出来!!!”

“我没听说过这条校规，也从来没有遵守过这条校规。^-^”

“你这个混账小子……真是!!!! 快点给我交出来!!!”精神分裂青筋直跳，一张脸更加热火朝天了，他顾不得自己的头就像是肉店里的猪头肉，挥拳就向尹湛飞去。

“啊~!”我一声惊呼还没来得及出口，尹湛那家伙，以惊人的速度，哧溜哧溜三下两下就把我刚给他的那封信咽下去了，临了，还满意地舔了舔嘴唇，我简直要晕倒。—_—

……他居然可以这样……我当场放弃以后和尹湛那厮吵架、并且能吵赢他的想法，真的……我再不会天真地奢想自己能赢他了。

“你……你，究竟在干什么呀……”精神分裂受不了这份刺激，并发症更加严重了。

“您要是还有兴趣看的话，我每次去洗手间您就跟着来好了，一定要跟仔细点哦！^-^”

“……混小子！我要说什么，相信你现在应该比我还清楚吧……”

“跟我来。^-^”

“……呼……”实在无言了的精神分裂，迈着大步，气势汹汹地向楼梯那头走去。

看着变态老师渐渐走远，江尹湛重新看向我，蛋糕他一直拿在手上，没有进一步弄得让人食不下咽。

“信再写一次给我。”

“这……这个混球……为什么特别针对你们兄弟俩啊……？”我稍稍犹豫了一下，最终还是选择了“混球”这个字眼，实在不想称这种人渣为老师。

“就是这样了呗，谁知道。”尹湛无所谓地耸了耸肩。

“一起去吧……我也……”

“不要吵，你去写信，再写一次。”

“我也要去。”

“你去事情只会更麻烦，赶快回你自己的教室去。”

“……我一定要去……”

“要是连你都被老师叫去受罚了，这对我老爸肯定是致命的打击。”

“……”我微微颤了一下，想到自己毕竟是寄人篱下的处境。

尹湛用手指突突敲着自己的眉毛，看在我眼里像是调笑。

忽然，——

“蛋糕我收下了，我会都吃掉的，希望它的味道不会像它的长相那么恐怖。”扔下这几句让我笑也不是、哭也不是的话。那家伙，蹦着跳着，就像是在运动场上无忧无虑蹦蹦跳跳的小屁孩，消失在楼梯尽头。

……到底……那个精神分裂……为什么偏偏看天空和尹湛不顺眼呢……而且，为什么他们两个家伙也从来不向家里提这件事呢……想着想着，我对精神分裂的反感和憎恶不禁又深了一层。

第四节课，还是老样子，我很辛苦地忍受着动物家族们扔过来的几乎堆成一座小山的纸团，想象自己是一块巍峨的橘子脑袋。

——

叮咚叮咚！叮咚叮咚！叮咚叮咚！

下课铃声刚刚响起，我就攒足劲，冲出教室去找尹湛。

“喂！站住!!! 给我站住!!!”土拨鼠和大象毛骨悚然的声音在我身后响起。

…… …… Ignore

走进德风高中的玄关，仿佛吹来一阵春风，现在我看见这儿的学生就觉得很高兴。我走向楼梯，准备爬上三楼尹湛的教室。

风一样的……天空……

天空从楼梯上风一样地冲了下来，擦过我，直直向前冲去，甚至连照面都没有和我打一个，就这样和我擦身而去。到底什么让他这么火冒三丈，气冲斗牛的?! 都没有发现我，或者，根本就是不想发现我……叵测的天空，我站在原地，怔怔地看着像风一样远去的他，妄想了解天空，抓住白云的衣角是多么的愚蠢，我终究还是……不明白他的，这个依旧故我，从骨子里透出冷的家伙，特立独行，从来不会为周围的人花心思的家伙，我有时是那么痛恨他，可与理智无关，不受意识控制的大脑，在我心底已经牢牢烙下了天空印。

那天，踹开一号房间门进来的天空……

不停地擦着我的唇和眼睛的天空……

很生气地扛起我的天空……

为我换上睡衣的天空……

还有……那亦真亦幻，我至今不能确定是梦中还是现实的……嘴唇……

“那老师到底是怎么回事，每次都不放过我们尹湛?!!! 都不知道这次是第几次了!!!”

“被揍得不轻?”

“不知道，……去看看不就知道了……”

我又停了下来，因为这对话，只见两个女生正在下楼梯，一个

是我认识的宜兰，另外一个应该是尹湛的同学，她们同时也发现了我。

“啊？你……”

“你是尹湛的女朋友？”

“嘿嘿！又重新是了，我们俩和好了。”

“尹湛他怎么了？他被打了？”

“还不是因为那个变态老师，他有病，特别讨厌尹湛……唉～！不知道了不知道！！总之这次尹湛被他逮住了，打得很惨！！”

“尹湛现在在哪儿？”

“医务室里……”

“医务室在哪儿？”

“你，后面……”两个女人用一种寒心的目光看着我，同时指了指我从刚才就一直站在前面的一扇门。

我无言，赶快灰溜溜地转过身，推开门进去。

……

“啊啊！请您轻点儿揉！！！”

……天啊，他的脸都被揍成变形虫了……

晌午的暖阳乐呵呵地照进了这间医务室，里面只有医务室老师和尹湛两个人。老师夹着一团棉花，正拭擦着尹湛眼角的伤口，而尹湛那小子，痛得哇哇大叫全身直哆嗦。他很快发现了我。

“你……你怎么知道我在这儿？”

“你还好吧尹湛?!”宜兰越过我，焦急地奔向尹湛，而我只知道一个人站在原地发呆。

医务室老师来回扫视了一下我和宜兰，不知为什么，露出了痛心疾首的目光。—_—估计这位想像力丰富的老师把我们想成错综复杂的三角关系了……拜托，我们强烈呼唤电视剧改革，不仅毒害儿童，还毒害成人。

“喂！你们的好男朋友，你们来给他上药吧，我要去吃饭了。”老师顺手把消毒棉塞到宜兰手里，然后大步大步走出医务室，兴高采烈吃饭去了。

"到底怎么回事，这次你又被他抓到什么小辫子了?! 你为什么一直不肯告诉你爸爸呢?!!"宜兰一边用药棉心痛地擦着那家伙的眼角，一边激动地直跺脚。

男孩子果然都有在女孩子面前逞英雄的习性，这次没见尹湛那厮像刚才一样夸张地大喊大叫，痛得像杀人了。—_—尹湛看向我。

"你没事吧?"我识趣地发言。

"间、谍!"

"……都怪我，因为我你们才被那个变态打成……"

"别吵!"

"看来我又把霉运带来了。"

"……"

"我……我总是这样，每次只能带来霉运和灾难，我就是一只不吉利的黑乌鸦……呵呵!"竭力抑制住心中排山倒海涌来的悲哀，我努力让自己显得若无其事，抿着嘴，咬着牙，嘴角噙着艰辛的笑容。该死，怎么觉得眼角有些湿润。

"……如果你是为了说这些话来的，那么出去……"

……宜兰的脸渐渐僵硬起来，她来回看着我俩。也是，换是我听到自己的男朋友和别的女人有如此一番意味深长的对话，我不起疑心才怪。

忽然，尹湛猛地转过身打开了医务室的窗户，一个穿着德风高校服的男生赫然出现在我们面前。

"喂!! 江尹湛!"那家伙开口第一句话就是这个。他怎么出现得这么突然，好像凭空里冒出来似的。—_—

接收到宜兰不怎么友好的视线，我也只好把注意力放向他们那边。

"天空，不好了，天空那边出事了!!"男孩焦急地嚷道，我的心咯噔一下，立刻投向了半边是冰半边是火的世界。

"什么?"尹湛挡开宜兰手上的药棉。

"校门口不知道从哪里来了一帮大人，天空现在就和他们干上了!!!”

“……所以呢?”尹湛反而冷静下来，不带任何感情淡漠地说道。

“喂……他可是你哥啊……”

“那家伙打架那么行，也不是谁说想打就可以打的。”

“可是天空就一个人啊!!”

“你那么紧张干什么，他又不会被他们打死。”

……他怎么能，怎么能这么……我对他刚刚产生的温暖心情立刻被他冷酷的口吻浇得冰凉。我是个傻瓜，我是个白痴，我知道自己去了也没用，可是，没有任何迟疑的，一颗心……早已飞到了校门口天空那儿，下一秒，我已经推开医务室的门要出去了。我拉住门，礼貌性地回过头来和屋里人说再见……

不知道为什么，尹湛贴满胶布的脸庞，满满地写着落寞，他依旧只是在静静地擦着药棉。

“江尹湛……我去……没关系吧……”

“……如果我说有关系……你会不去吗?”

“什么……?”

“如果我说有关系……你会不去吗?”

“……不会。”我口中短促有力地迸出两个字。

尹湛低下头，无声地笑了……他居然笑了，我一眼扫到了他口袋外悄悄探出一角的小蛋糕，虽然无限担心这小蛋糕的命运，但想到天空现在的处境，想到在他身上不知道会发生什么事情，我简直一秒也没有办法在这里待下去，所以再无任何迟疑地向校门口狂奔而去。

突然，我明白了，就在这极短的瞬间，在我的身体不断奔向天空的那一瞬间，我醒悟了，不只我的身体，那不受意志控制，恨不得立马就瞬间移动到校门口的身体，我的心也明明白白地醒悟了：我那一颗向着天空的心，只怕是十头牛也拉不回来了。

19

“天空!!!!”

离校门越来越近，一大群人围在校门口厮拼的情景就看得越发清楚。我的不安逐渐扩大，于是等不到看到天空本人，我就性急地大叫起他的名字。

我乌拉乌拉像打雷的大嗓门还是发挥了作用的，这不，一群打架的人同时停下手里的动作看向我，汗~！一个女孩子有这么个大嗓门可不是什么值得骄傲的事情。

“……江天空……！”

围观的学生一个两个看清了是我，唰唰唰就如同分水岭般在中间给我让出了一条路，我握紧双拳，无畏地走了进去……

“哎哟哟，看看这是谁啊?！原来你是学生啊?!”

……该死的……居然是这帮狗崽子……在“蝴蝶”里被天空用烟灰缸砸烂嘴唇的家伙，他身后跟着那时和他在一起的两个朋友，看见我，他大摇大摆地走了过来。

“……你们……是怎么找到这儿的……”颤着声，我不敢想象接下来会怎么样。

“这有什么难的，看那臭小子那时候穿的校服就能找到他的学校了，而且，这臭小子在这所学校又是这么的鼎鼎有名……嘿嘿嘿嘿！所以我们很快就找到他了……蝴蝶的美娜小姐。”他张着那张大嘴恶心地笑着。

“……”

“哇哇~！你说这个学校知道了会怎么样呢……？我真是好奇啊！估计你们两个都会被扫地出门吧……嗯?”他得意地来回扫视着我和天空。

卑劣的家伙……看他笑的青蛙样我真想吐。

到底是什么事呢？周围顿时泛起了一阵学生的嗡嗡声，大家把我们置于自己丰富的想像力之下。

那男人接着耸了一下肩，继续说道：“这个学生……各位同学可能不知道吧?！她到底是做什么的……啊啊，各位！请听我说!!这个学生，她谎称自己二十岁……跑到一家叫‘蝴蝶’的酒店里面去……”

忽地，天空不知道从哪里悄悄冒了出来，他猛地一下把那个男人掀倒在地上，对着那人肚子就是一顿猛揍，发生得太突然了，我惊魂未定，捂着嘴，傻瞪着眼站在原地不知该如何是好。

啊～！人群中发出一声尖叫。接着，一＿一怎么叫唤的都有，仿佛到了动物园。

"快叫老师去!!! 快叫老师去!!!"一个声音尖着嗓子叫道。

我知道我该阻止天空的，否则继续下去会受伤害的决不仅仅是这个男人，天空也一定会受到伤害的，可是我阻止不了，甚至连和那个男人同来的两个朋友，也一样被吓破了胆，只知道连连后退。

谁也阻止不了天空，那漫天的拳头，让我们连他的身都近不得，更不用谈插上话。

"喂……喂……我要被打死了……臭小子，我真的要被你打死了!! 喂，旁边的兄弟们，你们不要光站着看呀!! 快点过来帮忙!!!!"没过十秒，那男人的嘴角就开始流血了，吓得他哇哇讨饶。

我没有说谎，绝对没有说谎。天空，真的如同疯了一般，一拳一拳都击在这男人身上，他双唇紧抿，线条刚硬，俊朗的脸现在却森然如修罗王，比我看过的任何一张脸都要可怕。记得在我极度厌恶自己的时候，我曾经不止一次大半夜里起来观察镜子中自己的脸，那张可恶可憎到极点的脸，可现在天空的脸，他面对那个被他打得几乎神志不清的那张俊脸，比我那时候的脸还要可怕狠毒几百倍。

开始只是抱着围观心情的女学生几乎吓破了胆，不少都吓得一屁股坐在了地上，一把鼻涕一把眼泪地哭得那叫一个狼狈。

地上的男人……求救无望，在挨了十分钟的拳头之后，终于绝望地闭上眼睛……晕了过去。

"不要再打了，江天空，够了，够了!!! 不要再打了!!! 天空!!!"我奋起精神，冲上前去，紧紧地抱住他的手臂。

就在男人完全失去意识的那一瞬间，

就在我抱住他手臂的那一瞬间，

就在精神分裂吹着哨子冲向我们的那一瞬间，

天空……

回过头，用极其陌生的眼神看了我一眼，然后连眉头都没有皱一下地……

一脚踩在了那个出气远比入气多的男人脸上……

#学生科。

“你疯了，我说你肯定是疯了！小子，你知道你都干了些什么吗?！你简直疯得空前绝后，要多彻底有多彻底。”

哐～!! 精神分裂又是一记烧饼敲在天空头上，这次是用学生名册。任他精神分裂让我出去叫得噼里噼里响，我就是要守在天空身边，正所谓任他风吹浪打，我自岿然不动，这死活赖着不动一赖也赖了三十分钟了。

天空又恢复了他那张招牌扑克脸，冷冷地看着精神分裂那张濒临灭绝的疯脸。

“喂，你们两个，是不是真的想试试我的底线在哪儿，嗯？你们说，特别是你，天空……你是不是存心想和我干一架?”

“……”

“还有你，你这个臭丫头，怎么哪里有事你往哪里跑？每次他们两个犯事你都搅和在一块，你是存心想给他们助威还是怎么的?!”心情坏到极点的精神分裂，这次又拿着棍子笃笃笃笃戳起我的肚子来。

这次，天空没有袖手旁观，他唰地握紧了棍子的末梢。

“哈，哈哈……小子，还不快放手……”精神分裂愣了一下，似乎有些不敢相信，接着放出狠话，恶狠狠地盯着天空。

“……”天空一言不发地看着他。

“快放手!!”

“……”还是没有任何回应，仿佛放了一个屁。

“我说叫你放……手!!!!”那比暴力分子还要暴力十倍，比矮冬瓜还矮还胖十倍的精神分裂握起拳头，狼吟着向天空的脸上飞去。

就在这紧要关头，就在我悲鸣着要冲上前去护住天空的那一刹那。

哐!!! 门被推开了……老爷爷，那张熟悉得不能再熟悉的脸……出现在门口……他脸上的表情，和天空刚才的表情是那么相似，让人打心底不寒而颤……

“啊!!”精神分裂有些堂惶，动作停在了半空中。

老爷爷脱下帽子，递给身旁的辛司机。接着，威严地坐到了办公桌后面的椅子上。

“该死的……”

耳朵里分明听到天空小小地诅咒了一声。

自己无颜面对老爷爷，我的脖子悲惨地呈九十度弯曲。

“您说说这该怎么办吧！这丫头，听说曾经跑到酒吧里去做事!! 这还不够，这个小子，刚才把一个二十六岁的成年男子打成重伤，直到送上救护车还不敢睁开眼睛看我们学校一眼，您说说吧，我们当师长的该多为难啊！还有您的小儿子，江尹湛，只要有时间他就跑去调戏女生，和女生谈恋爱!! 你说这在学校像话吗?! 听说他有一大嗜好就是每次下课都窜到女生身边，不是对这个的嘴唇啵啵一下就是偷偷亲亲那个的脸，他还这么小就开始懂得要流氓，以后进入社会还得了，您说这都该怎么解释!!!”精神分裂恶人先告状，虽然他忌惮于老爷爷的威严，说话有点抖，但这并不妨碍他扯着自己的破锣嗓子一点一点历数两兄弟的罪状。老爷爷夹着烟，依旧沉默地坐在办公桌后面。

一阵……寂静……飘荡在办公室上方。

老爷爷一言不发地看着精神分裂，直直地盯着，仿佛要看穿他的内心。就在精神分裂脚发软、心发毛的当口，老爷爷终于开口了。

“我的小儿子，那混小子虽说不争气，但据我所知，他那些惹是生非的行为也没有特别违反学校的规定。至于天空的问题，我会解决的，那些家伙以后决不会再找到学校来，而且，我想我儿子以后在学校不会再做出这种事情来了。”

"我……我不能原谅他们!!! 就这么便宜了他们俩，我，我决不答应!!!"

"那时候的事，和钱有关的那件事，你还是耿耿于怀搁在心里放不下?!"

"您……您说什么呢!!!"

"即使是在事情过去一年之后，你还是死盯着我的儿子不放，随时想把他们打个半死……?!"

"不是的!!! 不是这样的!!"

哐!!! 老爷爷猛地甩掉手里的烟，砰地从椅子上站了起来。

"你以为我什么都不知道吗?! 我儿子脸上总是青肿成那样回家，单纯只是打架绝不会弄成那样!! 虽然他们总是告诉我是因为打架。……我本想就这样睁一只眼闭一只眼算了，可是你现在……你已经惹到了你不该惹的地方，碰都不该碰的伤口!!! 你知道吗?!!"

"……我……我是老师!! 他们是学生!! 我……我也不想和这两个混小子起冲突，我也不想老是这样，您知道吗?!!"

"是吗? 那么……我看你还是去一个清静一点的地方好，去一个没有一个像我家两个混小子、全部都是单纯听话的乖孩子的地方好了……"

"什……您说什么?!!"

老爷爷不再对他说话，压倒性的气势已经完全把精神分裂打得像只呆头鹅。他从辛大叔手里接过帽子……看了依旧埋着脑袋、作鸵鸟状的我一眼，又扫了扫不动声色站在一旁的天空一眼。

"学习还好吧?"爷爷问道。

"……不，不太好，对不起……"我蚊子哼哼似的回答，还是只没吃饱快饿死的蚊子。

嘎嘎嘎嘎~! 老爷爷居然笑了起来，汗~!

"好了，一会儿回家见……"不知什么时候，老爷爷又恢复了他严肃的面貌，推开门，正要和辛大叔出去……

"刚才，您刚才说的那个是什么意思!! 难道您打算随心所欲地解雇我?！您以为我就会什么都接受吗？要有错也是你们那边先有错，还是学生，居然就跑到酒吧里去做事!！这还不说，另一个居然还把找上门的男人揍了一顿!！”

“这样你就有理由可以把我儿子打成这样吗?！他没有权力打人，难道你就有?!!”

“这个……”

“对我来说，重要的事实只有一个……我的儿子，被你这个不配为人师表的家伙给打了。”

哇～！简直是太痛快了，他不仅不配为人师表，他就是个精神分裂，爷爷，我在心里加道。

“……辛司机，这个学校的校长室是在二楼，对吗?”

“是……”

老爷爷和辛司机昂然地走了出去，门哐的一声带上，掩去了他们远去的身影……

“啊啊啊啊!!!”精神分裂抓狂了，他举起椅子猛地向办公桌上砸去，哇呀呀叫得像发情的野猪。

老爷爷原来这么厉害呀，比我想象得还要厉害一百倍。虽说不是什么好事情，不过托它的福，我总算见识到老爷爷的真正力量了。

#学校前。

学校众小对我避之惟恐不及，就像我身上有瘟疫似的，这些家伙，你们至于吗?！我垂头丧气地走向校门，一肚子的委屈。

出乎意料的，我居然见到了靠在墙上的江天空。

“……江天空……”我喃喃念道。

“走吧！”

“……你在等……我吗?”

“否则你以为我是吃饱了没事闲的啊……站在这儿。”

“……是……是这样啊……这个……这个，只是有点没想到。”

第一次……和天空，走在放学的路上……刚才的冷面修罗王已经度假去了，现在的天空身上丝毫没有暴戾之气。我贪婪地偷看着他那双清澈漂亮的眼睛，不由心情大好，整个人都快飘了起来……阿嚏～！该死，我抖了抖肩膀，还没飘就沉了下去，只怪自己体重过分。天空默不作声的，哗的一下把校服外套披在了我身上。

“呀！我什么都看不见了！！”面对突如其来的漆黑，某个不知浪漫为何物的小妞伸着手，哇啦哇啦乱叫道。

“你不会蹲低点把头伸出来啊。”天空没好气地说道。

“—_—”

“……我们是坐公共汽车……还是打车……”

“坐公共汽车！！”我想也不想地满口回答。

“你知道坐几路吗？”

“……不知道……—_—”糗大了，怎么忘了这茬。

天空寒心地看了我一眼，向不远处开来的出租车挥了挥手……—_—

#出租车内。

由于我俩就这么并排坐在后座，我以女孩子特有的纤细敏锐（一般小说里都是这么形容来着），尤其敏感地感到我和天空的肩膀就这么结结实实地贴在一块，尴尬，脸红，惴惴不安，讨厌这样的自己。为了缓解自己的心虚和尴尬，我不停地干咳着，一滴滴都不是淑女该有的行为。

“喂……”

“嗯……？”

“吵死了。”

“酱紫啊……—_—”

“……”

“对不起……”

“为什么？”

“为‘蝴蝶’那件事……刚才……都是因为我，你才被他们打成那样……还有，还有，为所有的一切……”

“那你把头发扎起来。”

……—_—……不明白呀……实在是搞不明白，我郁闷地盯着那个家伙不放，那家伙也顺着我的视线逆流盯住我不放……该死的，我终于还是输了……他们江家怎么净出这种死顽固。

我取下圈在手腕上的橡皮筋咬到嘴里，举起手，把全部头发挽到脑后，然后从嘴里接过橡皮筋，利索地扎起了一个马尾辫，就像在“蝴蝶”里那样。

……几乎是与此同时，我还来不及“啊”地大叫一声，天空已经唰的一下环过我肩膀，把我搂在了身边（虽然我们俩本来已贴得够近的了—_—）。

“……干什么呀，你疯掉了？干吗这么搂搂抱抱的？”对此我是极度的不适应，浑身就像长满了刺一样的难受。

“说话好听点，什么叫搂搂抱抱的。”

“你干什么这样啊真是？”我还是推托，就像一只小刺猬。

“要你听话点就听话点，别再动了!!”

“—_—真受不了你，臭毛病越来越多了。喂！快点把手放下来，好恶心哦!!!”可我越是挣扎得厉害，天空那个臭小子就越是搂紧我……不要这样子嘛……坏蛋……我的心脏跳得仿佛要飞出胸膛，声音大得整个车厢都能听见，还有那张红脸，哎哟……插根火柴在上面就能烧起来。不过最让我讨厌承认的……是这种陌生的感情……它突如其来得让我手足无措，坐立不安……

这么想想……好像只有我一个人在说对不起。—_—另一个人呢……汽车在离家门口不远处缓缓减速，我的思绪也恰好转到这个地方。

我贼贼地盯着天空。

“看什么看……”

“你也应该道歉。”

“……？”

“你以前骂过我乞丐不是吗?! 当时我不知道有多伤心，多受打击，恨不得冲上前去把你一口一口咬成碎片。你也要道歉。”

“不要。”

“-0-为什么……？为什么不愿意？”我嘴张得比青蛙还大，

在我看来这么理所当然的事他居然还拒绝。

“我觉得那时你和乞丐这个名字很配，没错，很合适！”说完他还很认真地点了点头。这个死天空，他存心气死我啊！……—_—……

天空嗖地跳下出租车，迈着轻快的步伐向家里走去。剩下我一个人，无语问苍天。呼……我居然爱上了这么一个没人性的家伙……前途一片惨淡啊！

迈着我的小短腿，呼哧呼哧跟在天空屁股后面进了庭院，虽然跑得辛苦，可心里美得……要不嘴上的笑容怎么总也止不住呢，枉费我又是掐人中又是咬拇指的，一点作用都没有。

#当天晚上，起居室里。

“向后转!!!”

……

“我让你向后转，没听见啊!!!”

已经过去一个小时了，只听见老爷爷的声音如炸雷般轰隆隆轰隆隆从里面房间里传出来。我在起居室里坐立不安，不时徘徊到那扇门前，而江天空大人，举着他的掌上游戏机，稳稳当当四平八稳地坐在沙发上，他扫了仿佛屁股长针的我一眼，不以为然地说道：

“你好紧张……”

“为什么会这样呢……嗯？老爷爷为什么要对尹湛这样呢?”

“……该死的，居然死了……”

“尹湛到底犯了什么错呢……老爷爷要那样对待他，每次有点什么都不放过他……嗯?”

“……哔涌……哔涌……让你们吃枪子，让你们吃枪子……”

“喂!! 江天空!!!”

……那家伙这才扯开粘在游戏机上的视线，呈痴呆状地看了我一眼。

“……今天可是你弟弟的生日啊!! 你不知道吗?! 你是真的什么都不知道才这样吗?!”

“生日又怎么样。”

"……你呢，你不仅什么都没有送给他，连一句祝福的话都没有……这还不说，现在尹湛他饭也没吃，就这样被爷爷拖到房间里训了一个小时，你居然还表现得这样!!!"

"生日……每年都有一次。"

"……－O－……哪有人这样说的，死人……"

"不准加'死人'两个字!!"

"死人！就是'死人'!!!"

"不准加，就是不准加!!"

"这是我的口头禅!! 我的口头禅，你管得着吗?!!"

"生日每年都有一次。"

"……哈……真是被你这个家伙气死了……对猪说都比对你强……"

"有些东西，一辈子只有一次，一辈子都不会再回来了……所以……生日……什么都不是……"

"是!! 可是!!"

"……?"

"也有人，一辈子都没有听过生日祝福的话……就死掉了!!!"我压抑地叫出声，忍不住带着悲伤。

天空那家伙抬起头，怔怔地看着我，似乎想看透我话里的意思。

该死的……只要看见他那双眼睛，我就什么脾气也发不出来了。……我该怎么做才好……我前辈子肯定是被他下蛊了。

一个突然升起的想法，让我头也不回地走上二楼，打算回到自己的房间。老爷爷怒气冲冲地斥责声，一刻也不曾停歇地充斥着家里每一个角落，连我走上楼梯也逃不过那魔音穿脑，这不，又一句夹着棒子吓死人的声音扎扎实实向我后脑勺劈来。

"你以为我把你送到学校去是为了什么，整天和女生打打闹闹、拈花惹草地纠缠不清吗?!! 你究竟什么时候才能懂事啊!!! 嗯? 看到你这张脸我就气不打一处出，一肚子火!! 我真是越看你越讨厌!!"

……句句都可以把人烧成灰的声音，我可以想象老爷爷肯定是一边吐着火焰星子一边说着这些话的……究竟爷爷为什么要对尹湛这么苛刻，为什么对尹湛这么冷漠严厉呢……究竟是为什么……他收到蛋糕时，那张如昙花般短暂绽开的笑脸不经意间又浮现在我眼前，虽是那么短暂，却动人心魄，艳丽得惊人……再也想不下去了，我加快脚步，捂着耳朵冲回自己房间。

从抽屉里掏出笔和信纸，展开来，就那么站着写起来……应那个家伙的要求，复写一遍被他吃到肚子里的信。

还是祝他生日快乐，还是要求他说对不起，不过省略掉了那个疑问……这个，留着以后再问吧……我奋笔疾书着，对了，还有这个，我在信末尾加上一句自己都觉得不好意思的话，“差点忘了对你说，刚才，你有一点点小帅!!”

我把这封信折成美美的船形，捧着它，大步大步向二楼另一头尹湛的房间走去。可千万不要被人看见才好，我决定给他一个惊喜，所以跳进房间，把信放在桌子上就要转身出去，可突然，他床上堆着的一堆东西攫取了我的注意力。

短暂的……非常短暂的一刹那……

我的视线静止了……手和腿也静止了……从没有像现在这样嗔怪过爷爷的冷酷。

床头一角，尹湛的生日礼物堆得像座小土坡，而我送给他的小蛋糕，那个被称为一堆堆起来的狗屎的巧克力蛋糕，不知什么时候被他用纸盒好好地装了起来，醒目地放在床另一边。我缓缓地走近床边，想看得更清楚些，只见，那个不怎么美的小蛋糕上，不多不少，刚好插满了十八根蜡烛，一把勺子，孤零零地放在一旁……

蛋糕上的巧克力有些化了，蜡烛也分明有被点过的痕迹，可以想象，退掉同学所有的邀约，满心欢喜地回家只盼能得到爸爸一声生日问候的他，刚才是多么的难受……一个人插上蜡烛，点上，吹灭……没有父亲关切的笑容，也没有兄弟亲热的祝福，只有自己为自己庆祝……眼睛有些模糊，该死，肯定是进东西了，我拿起放在一边的火柴，小心地，一根一根点亮了蜡烛……不知道这小小的烛光，能否照到尹湛那冰冷的内心……能否照亮那谁也不曾在意的黑暗一角……我颤抖着手，小心地点亮了蜡烛。

20

现在，是凌晨六点零九分。=_=

怎么看都觉得我房间里像有鬼的样子。

因为我们家那只小笨狗，突然毫无来由地扑向房间一角，

警惕地对着某个地方低吠不已，

呜呜～！谁来告诉我，这究竟都是为什么呀。ㅜ_ㅜ

#当天晚上。

身体翻来覆去的烙烧饼，想到天空和尹湛两个家伙怎么也睡不着……我干脆起身走到窗台边，坐在窗台上俯视着外面宽广的庭院发呆。

真大，真不是一般的大……越看越觉得这个家大得惊人。可你说，这么好好的一个庭院，这么好好的一个家，生活在这么幸福的地方的两个人为什么就跟固执得十几头牛、三十几只羊都拽不回的骡子似的，每天杀气腾腾，剑拔弩张……

尹湛那家伙，我估计他还是有心吃掉我那个“水平超常”的巧克力蛋糕的吧，只是，后来，老爷爷又抓着他训了两个多小时……

我这么乱七八糟东想西想着，脑袋瓜里尽是些垃圾，就在我掰下手里最后一瓣橘子漫不经心地塞进嘴里的时候……

这时候……

“呜……呜……呜呜……”

……天，这是什么声音!!! -0-房间外突然传出淅淅嗦嗦的异声，忽远忽近，忽强忽弱，诡异得让我全身汗毛都忍不住竖了起来。我屏住急促的心跳，执起桌上的水果刀，一点一点向房门边摸索而去。

“呜……嗯……”

乖乖呀……七不隆咚……八不隆咚，我的一颗心敲得像打鼓一样。-0-……这呼吸声听得越来越清晰了……不对，不是呼吸声，

是哭……声!!!

是谁在哭呢……尹湛?要不……天空?拜托,该不会是老爷爷吧!?! -0-可怜我这颗心脏哦~!! 来到这个家之后就没有好好歇过,可以说没过过一天安生日子。

又开始了,那让人听了全身长毛的声音在平息了一阵之后又以更揪人心肺的姿态展现,一声,一声,挠着你的心,抓着你的肝。我一分一秒也忍受不了了,我飞快地拉开房门,也顾不上什么害不害怕,只想赶快找到这个声音的主人,看看他的庐山真面目。

不行,我不能这样,我突然产生了一种不好的预感,感觉在我拉开门的那一瞬间,那哭声和它的主人仿佛也会同时从人间蒸发掉一样,这声音……太伤心……太哀怨……太、太凄厉,一切都太不真实了……

结果是,我哧溜哧溜钻进了被子下面,把自己捂得严严实实像春卷不说,还同时两手一张,把四周的小缝隙也塞得密不透风。

不知什么时候,那怕人的哭声变成了如狂犬病发作般的尖叫声,就仿佛是自己最心爱的什么东西突然死在了自己的眼前。那种震惊,难以置信,毛骨悚然,血肉模糊……

"啊啊啊!!! 啊啊啊!!! 啊啊啊!!!!!"

不是单纯的惊叫……不是单纯的哭泣,也不是……怎么说呢,百般滋味在心头……

不行!!!

说不定那人身上发生了什么惨绝人寰的事情也不一定!!

老天,该不会是天空或尹湛……该不会是他们俩出了什么事……!!

一股不知道从哪儿钻出来的勇气,我猛地一声低啸,猛虎出山,同时这只虎还扯掉了裹在身上的厚棉被,迈着坚定不移的步伐向房门走去。

这次,我不再迟疑,我毫不犹豫地唰地拉开了大门……

"呜啊啊啊啊啊啊!!!! 呜啊啊啊!!! -0-"

"啊啊啊啊啊!!! 啊啊啊!!!"

“呜啊啊啊啊!! 呜啊啊!!!!”

“雪儿!!! 是爷爷，是爷爷!! 不要太吃惊，镇静一点，镇静!!”

“-0-……爷，爷……”我惊魂未定，喘着气，使劲地拍着胸口，没错，不要慌，不要怕，看清楚了，虽然门口站着的那个人，青青白白着一张脸，很吓人地说，但他是爷爷没错，是爷爷，是爷爷，这个房子的主人。

这么说的话……刚才哭得吓死人不偿命的那个人，那个诡异飘忽如幽灵一样的声音的主人是……爷爷!?!

我抬起眼睛，小心翼翼地打量起爷爷那张惨白的脸，努力想把他和刚才的声音划上等号，可是……那远处，又小声地飘来，一声一声，缥缈如云烟，却真实得不容否定的抽泣声……

爷爷肯定也听到了，他的脸更加惨白了。

“是天空……还是尹湛……?!!”

“……这个……我们等会儿再谈，雪儿。”爷爷走进我房间，轻轻带上了房门。我不知不觉把颤抖的两手背在身后，静待着爷爷的下句话。

“……不要把这件事放在心上，……那个……什么也不是……”

“可是，明明有人在哭啊……是谁呢?”

“……”

“究竟是谁在哭啊……! 爷爷……”

“求你了……求你不要再问了……不要再问了……”老爷爷表情异常痛苦，好像有什么不可告人的苦衷。

这家里究竟是怎么了……它到底有什么不可告人的秘密呢……看着眼前双眼紧闭的老爷爷，我的心由张皇到惶恐，由惶恐到恐惧，背后的双手颤抖得更加厉害了。

老爷爷察觉到我的恐惧，用手轻轻抚摸上我的头发。

“……尹湛吗……是尹湛吗……因为刚才的事，所以他现在哭得很伤心?”

“求你了……雪儿，不要再问了，求你了……”爷爷依旧沉沉地叹息着，还是刚才那句话，表情因痛苦而抽搐。

“为什么……您……一定要那么冷酷地对尹湛呢?!”知道这不是自己该问的话，自己也没有资格质问，可我还是忍不住问了出来。

“……”

“今天可是尹湛的生日啊，这个您也知道得很清楚……”

“我就是因为这个才上来找你的，我有话要对你说……”

“……?”

外面的哭声戛然而止，就像假的一样。老爷爷这才安心地吁了一口气，继续他刚才的话。

“……明天……我们打算在家里为尹湛开生日派对。”

“什么?”

“本来想今天就开的，可孩子他妈说今天没时间，这才改到了明天星期六。”

“孩子他妈？尹湛和天空的妈妈……?”

点头点头，老爷爷一下一下点头。

“她不和你们住在这个家里么?”瞧瞧我问了什么傻问题，答案当然是不，否则我来了这么多天怎么都没见到这个家女主人的影子，她又不是透明的。

“是的，但是明后天她可能会待在这个家里。”

“哦……”

“她不知道你的存在……知道的话估计又得闹出什么事来……”

“……那……我是不是需要出去躲一躲?”我立刻意识到老爷爷说话的重点。

“不用，那个倒没必要，你待在二楼自己的房间不要出来就好了，这两天你待在自己的房里就好了。”

“这么说……您真的要为尹湛举办生日派对了……?!”我惊喜地再一次确定。

“当然，他毕竟是我的儿子嘛！这是当然的。”

“哇哇～！帅呆了!!!”我拍着巴掌简直要拔地三尺。

“总之……被那个女人知道了就没什么好事，她总是不把事情闹个天翻地覆不罢休。我知道非常对不起你，雪儿，不过请你原谅，拜托了……”

“没问题，爷爷!!”我答得眉开眼笑。

“这也值得你这么高兴……？要知道你可有两天不能出房啊?!你还这么开心？就因为两天不用出房间?”

“……不是的，不是的，爷爷。^-^”我依旧乐得眉开眼笑，不想和爷爷多做解释。

“好了，那就拜托你了，雪儿。”

“包在我身上!! ^_^”

听见我答得这么脆亮，老爷爷阴云密布的脸上终于射出几缕阳光，他安心地笑了。可惜好景不长，原来老人家也是极其擅长变脸的，这不，下一秒，他老人家又晴转多云，仁慈和蔼的脸转瞬被怒气冲天取代，爷爷转过身，大步大步地朝我房外走去。

爷爷没有下楼，反而是朝走廊的另一头，也就是尹湛和天空房间所在的方向走去……这是我在背后偷偷观察的结果。

爷爷为什么突然又生气了呢……还有，还有，刚才哭的到底是他们俩中的哪一个呢……这完全和看恐怖悬疑电影没两样嘛……不过想到明天爷爷特别为尹湛举行的生日派对……嘿嘿嘿嘿!! 棒翻了！棒翻了!!!

单纯小白痴韩雪，听到说要给尹湛开生日派对，什么神秘恐怖的哭泣声啊，要被关在房间里禁闭两天啊……全被抛在了脑后，她乐得忘乎所以地忽悠一下把自己抛在大床上，翻啊滚的。呵呵~！嘎嘎~！明天就是快乐的星期六了，我快乐得不得了……我唰地扯上被子蒙住脑袋，把自己从头到脚捂得严严实实，会周公去也……

嘎吱~吱……

又是一阵开门的声音。

妈呀！这次我算是真正的从头寒到脚了。

“……谁，谁啊……?”我缩在被子里不敢探出头，哆嗦着嘴唇，颤声问道。

半晌没个人声，我更怕了，死活也总该知道是怎么回事吧！于是，我悄悄撩起大被一角，露出个眼睛大小的窟窿，偷偷往外看。

是尹湛，他穿着睡衣，顶着那张圆不隆咚肿得像猪头的脸，怀里抱着一个枕头，正悄悄向我的床接近。

“喂!! 你想干什么呀!!”是他我就不怕了，我猛地掀开被子，从床上跳起来，活脱脱一副三八架势。

完全没有人理会我，那小子心安理得地放下他的枕头，在我……房间的地板上，躺下身，找了个舒服的姿势蜷缩在一起，眼看这就是打算……睡了。

“喂……刚才是你在哭对不对……”

“我没哭……”

“你知不知道明天爷爷为你特别准备了一个生日派对!! 你听说了吗?!”

“……没那个必要，这种东西……”

“7……臭小子，你就别装了，现在心里一定高兴得要死吧?!”

“……”

“对不对？对不对？我猜得对不对？现在你心里一定在偷偷乐，偷偷乐，偷偷乐得活蹦乱跳。”我跳下床，心情大好地围着他一阵乱踢，腿上、背上，我都突突踢了个够本。

尹湛那家伙唰地支起身子，火大地喊道：

“你这个乞丐臭丫头!!! 谁高兴了?! 我一滴滴都不高兴!!!”看样子被我惹出了脾气。

“……别不承认了你，发什么火呀!! 还有啊，你跑到别人的房间里来是什么意思，看你还打算在这儿安营扎寨了，连枕头都带来了!! 你给我回你自己的房间去!!!”

“……”这一句话果然就击中要害，尹湛那家伙顿时像泄了气的皮球，目光嚅嚅地垂到地板上。一_一

我于心有丝不忍，想到刚才很有可能是他那么伤心地哭过，于是，——

“那个你……我做的巧克力蛋糕绝顶吧……你是不是吃得停不

了嘴啊……”

“……谁吃了……”

“吃了就是吃了，又不认账了，贼……”

“那种一堆狗屎一样的东西，谁咬得下口啊！”

“照你这么说的话……刚才你可是吃了不少狗屎啊……到现在嘴上还沾着狗屎渣渣呢。—__—”我寒心地看着某人的嘴角，真是，睁眼说瞎话之前都不知道照照镜子。

“……什么……？”那家伙慌了神，在我一脸不耻眼光的注视下，伸出手来噗哧噗哧猛擦自己的嘴，企图毁灭罪证。

唉呀呀……笨死了……在这边啦，在这边，白痴……实在受不了他这份笨，我伸出手背使劲地帮他揉沾着巧克力点的嘴角。那家伙坐在地板上，表情愤愤地瞪着我，不出一分钟，他猛地抓住我手腕，拿开我还在他脸上继续造难的魔爪。

“啊啊啊!!! -0-”他的手劲好大，痛得我哇哇叫。

“脏爪子往哪儿摸呢你！谁给你的胆子!!”

“我的手……再脏也没有你嘴脏!!! 混蛋!!”我气竭了，啪的一下甩掉他的手，口不择言地开骂。

那混蛋居然有脸骨碌一下又重新躺回了地板上，也不想想这是谁的地盘。

“喂！你快滚回你自己的房间睡去!!!”我也不和他客气了，心情无比恶劣。

“……”

“你这混蛋究竟是抽什么风啊?! 羊癫风还是牛癫风?! 自己好好的高床软枕不去睡，跑到我这儿来睡地板！真不知道你这颗脑袋是怎么长的。你故意来惹我生气的是不是!! 羊癫风脑袋!!! -0-”

“……很害怕……”

“—__—什么？”我小愣了一下下，不敢确定他刚才说的。

“我说很害怕啊白痴!!!”

“哈……—__—花样翻新翻得很高明啊！这种借口都被你想出

来了。”

“……别吵了，我明天一大早还要值日呢，迟到了你负责任呀?!! 你那张脏嘴不准再张开了。”

“什么你……你这人简直太可笑了!! 这么大个小伙子居然说什么害怕，还死活要赖在女孩子房间里睡，有没有搞错啊你??!??!!”

“我睡了……你也去睡你的安生觉吧，乞丐! 我们在梦里千万不要碰上。”

“喂!! 你给我出去，出去! 我讨厌你!!!”我出离愤怒了，有事求人家居然还敢这么嚣张，一句“乞丐”让我抓狂。

“……”

“我让你滚出去睡，混蛋!!”

“……”鼾声响起。

这个脸比地球还厚、比金鱼吐的泡泡还不如的家伙，我真是气啊~! 怎么可能一闭上眼就睡着打鼾的!!! 前一秒钟还清醒得像神仙，下一秒钟就睡得不省人事，猪也没这么快吧~!

我踢，我踹，我抓，手脚并上，掐、拧、揉、戳，能想到的招数我全用上了，甚至包括把闹钟塞到他耳朵边，可睡得像虾米的他就是大罗神仙也叫不醒。当不幸的我认识到这个事实，已经是大半个小时之后的事了。他在地上倒是躺得舒舒服服，呼呼大睡，可怜的我哦……累得小命去了半条。

算了，由他去吧，谁让他这么死猪不怕开水烫呢……我先忍耐到明天早晨，明早在天空起床之前把他赶出去就好了，—_—……这么七想八想的，目光最后不自觉又落在了他的嘴角上。

还是有些巧克力渣渣留在上面，笨蛋，抹了那么半天的嘴都没抹掉，你打算留着明天做早餐呀。—_—……可以想见他之前真是发了疯似的吃掉了我做的巧克力蛋糕，有点感动，又觉得有点可笑。看着他漂亮的嘴角在睡梦中微微露出弧度，接着又胡乱抹了抹嘴角，老天，他该不会是做梦还在很开心地接着吃吧……睡梦中的他少了平时的飞扬跋扈，多了几分稚气，几分纯真，我呆呆地看着，思绪游离在外太空……看看这干掉的眼泪印，黑黑的一条从眼角一直淌到嘴边，还说刚才不是他哭……唉～！这就是一小屁孩嘛，小屁孩，小屁孩……虽然他每天逮住机会要么骂我白痴，要么骂我乞丐，不是什么好人……可他还是一个孩子，一个孩子……看这昭昭然的泪印，恬然的睡脸，还要牢牢粘在嘴角“准备明天用来做早餐”—_—的蛋糕渣，不证明他是孩子是什么，心中柔软的一角悄然被他触动，于是……恻隐之心顿起，我这个乞丐做了个极其愚蠢的举动，抱起自己柔软蓬松的羊毛被盖到他身上，自己则哆哆嗦嗦地缩在床角，“咬牙切齿”地熬过了一个晚上。

#第二天早晨。

“嗯唔～!!! 啊，啊啊～！睡得真！舒！服！啊！”擦擦嘴角流出的口水，我伸了一个大大的懒腰……呵呵，真舒服！睡衣往上跑，露出我小小圆圆的肚脐眼。

“……”

“……”

一张僵硬的脸愣在我身旁。

这么说……这个死皮赖脸的家伙……昨天晚上真的在我房间……不是我在做梦……

“喂！你怎么还没走啊?!!”

“唉～！我对你剩下的最后一点感情也没有了，最后一点感情也没有了……”那家伙一边摇着头，一边一脸惋惜地感叹着。

“我才不需要你的什么感情!! 出去，你快给我出去!!!”

“你睡觉的时候，牙齿磨得像拉锯一样，嘴还一开一合的……这是人睡觉的表情吗?! 你又不是鳄鱼……哎哟哟，还有，看看你这口水，脏死了，呃……都流到床下面了，真把我恶心坏了……”

“你，你这个混球，说够了没……还不给我自动熄火!!”

不行，冷静……冷静，现在不是和他逞口舌之快的时候，要是他和我同睡一房的事情被天空或者爷爷知道了……!!

我简直要疯掉了，思绪到此戛然而止，我飞快地站到镜子前，开始扎自己的头发。

“呀……把头发放下来，放下来……”尹湛那家伙在我身后哇啦哇啦乱叫着。

顾不得细细咀嚼他的话，我扎好马尾辫，三步并作两步地跳出了房间。

“啊……早安……天空……”这么巧，其实我想说怎么这么倒霉……—_—……一出门就碰到了正要下楼梯的天空。

“睡得好吗？”

“嗯，哈哈……-0-天空，你呢？”

“我也是。”天空一身校服穿得干净利落，看见我头上梳起的马尾辫，他露出清爽的微笑。

没错，就是这种笑容和沉稳的斯文气息。T_T

我又一次感到心头小鹿狂跳，差点没撞死，被强迫疏理的感情再次迫近，该死，我到底该怎么办才好啊……

“我可就惨啰~！她昨晚的睡相简直令人发指，我差点没被她吓死。>_<”

“……-0-……”

这就是我的痴呆样。而那让我痴呆的原因，只见他好整以暇地缓缓步出我门外……（而且，手里没忘了抱着他老人家的枕头）五月飞雪啊……！我真是比窦娥还冤，没见过这么大的屎盆子往人家脑袋上倒的。可恨江尹湛那小子，冤枉了人不说，比我还拽，他扬着他那颗花岗石脑袋，板着脸，腾腾从我面前走下了楼梯……

“不，不是这样的，昨天晚上是那个小子说觉得害怕……”我急急忙忙冲着天空说道。

“……”

“我和他真的没什么，真的，我和他真的没什么。”

“……”

“喂，我说了我和他真的没什么的！臭小子他睡地上，我睡床上!! 真的什么都没有!!!”我着急地辩解，却仿佛打到了一团棉花上，不见任何回音。天空，还是他的招牌表情，那让人发疯的漠然，冷冷地瞟了我一眼之后，提着他微瘸的左腿，转身走下了楼梯，只留下一阵清风。

……现在……一切都很明白了……我对天空，分明就是自作多情，一厢情愿……剃头担子一头热……

……天空……天空……天空……

“江尹湛，你这个世纪大死人!!!!!! ┬0┬”

#平昌洞家前。

呼……呼……啊……呼……辛大叔站在一旁不住地瞟我眼睛。

刚才天空没有吃早饭就冲出了家门，尹湛那混球在爷爷面前不敢怎么招惹我，只是看着我一个劲地嘻嘻贼笑。现在，他冲出家门就跑不见了，看来是不打算和我一同坐车上学了，也好，免得我有想杀了他的冲动。

“哇呀呀呀呀!!! 看见那混小子我就生气!!! 昨天晚上该不会是他早就想好的诡计吧!!!”

“……那个……雪儿呀……你再不上车会不会要迟到了?”

“大叔……!!!”我悠长而哀怨地叫道。

“……啊……啊，我在这儿呢。”

“你说我要是杀了江尹湛的话，会有什么后果!!! -0-!!”

“这……这个……可能……照我的想法……我看……可……可能会去……监狱……吧……”辛大叔紧紧张张，结结巴巴，好不容易说完了一句话。

“哇呀呀!! 第一次见到那小子我就觉得他不顺眼!!! 我居然还觉得他可怜，还巴巴地做了巧克力蛋糕送给他，我是白痴，一定是!! 要不也是得了临时疯癫症!! 没错，临时疯癫症!!”

“……今天是星期六……你打算干脆不去学校了，是不是啊，雪儿?”

“不……不是的……要去，当然要去……”我慌忙从懊悔中回过神，对上学这件事我还是很热衷的。

“那……你就赶快上车吧，都已经八点五十分了。—_—”看到我总算正常了点，辛大叔松了一口气，飞身跳上驾驶座。

呼……你给我等着……臭混蛋……咱们学校见……

看我见到了宜兰怎么说，何止添油加醋啊……我要把你不为人知的丑行，添鸡加鸭子，一件一件都抖出来……我狠狠地下定了决心，老巫婆般地狞笑着，正要跨上车……

突然间，就是这么突然，一个扔在家门口的黑色塑料袋吸引了我全部的视线……当然，我趣味再恶俗也不会被一个黑色塑料袋吸引住……吸引我的主角是那个塑料袋口露出的白色衣服……确切地说，是一件白色的蕾丝礼服……

“雪儿……你又怎么了……？雪儿!!”大叔打开车窗，诧异地喊着我。

不知是何种神秘的力量攫住了我，心头秘密的彩河流淌着，我缓缓走向那个塑料袋，掏出了那件白色礼服……

老天……太漂亮了……

只见眼前白光一闪，一件漂亮的乳白色蕾丝礼服横空出世，是我只在电视上见过的那种豪华结婚礼服……精致的袖口刺绣，坠满无数亮片的下摆，完全用蕾丝点缀的胸口，我的全副心神立刻被它吸了进去……老天，谁来救救我，我不能呼吸了，它一定是有魔力的。

于是，我就这样，失魂落魄地捧着这件礼服，完全呆掉在原地。

“呀，雪儿!! 你不去学校了!?!”

这么漂亮的东西为什么要把它扔掉呢……？是爷爷扔掉的？

老天……这么美丽的东西，我又一次痛心疾首，要是放在以前，我摸都不敢摸一下……是谁这么暴殄天物……

“哎哟哟，雪儿啊!! 学校都要放学了，放学了!! ㅜ0ㅜ”

“大叔，稍等一下!!”

“什么，还稍等!!! 你这是要去哪儿啊!!”

“五分钟!! 不……就一分钟!! 不不，三十秒之内我就出来!! 就一会会儿大叔!!!”

……我头也不回，向疯了一样地往屋里冲，我知道这有些愚蠢，知道这样不合道理，我知道得很清楚，但我就是忍不住，于是我把所有这些明白的道理放在身后，抱起蕾丝礼服就向玄关门飞奔而去。

“哎哟，雪儿学生，你怎么又回来了啊？”

惟恐大婶发现我手上的礼服，我拼了命地把它塞进书包，然后哐哐哐哐大步向自己房间冲去……疯了……你真是疯得不轻，韩雪……我默默在心里对自己哀吟着。可我知道，如果我就这么扔下它放在原地不管，我一定一辈子都会做梦梦到它，一辈子都生活在悔恨之中的。于是，你说这是滑天下之大稽也好，说我被女巫施了魔法也好，总之不管怎么样，这件美得冒泡、美得很伟大的礼服就是用一阵无法言喻的力量征服了我。

当我发现这件美得伟大的礼服背后部分居然被撕开了一个比我脑袋还大上几分的口子的时候，它已经被挂在了我衣柜隐秘的一角。

“搞什么呀……这个讨厌劲儿……”

我厌恶地看着这个大窟窿，直到礼服被挂起的时候我才发现它，正当我准备凑近了仔细研究一下的时候，辛大叔车喇叭的声音在屋外轰隆隆轰隆隆响了起来，真不愧是高级轿车，连喇叭都这么厉害，小鸟被震飞一打。没时间多想，我拍上衣柜，撒起脚丫子就往外跑。

……

那件礼服……好美好美哦!!

就像是从童话故事里硬生生拽出来的那样……

美得非人类语言可以形容……

就这样，星期六上午的宝贵课时，1，2，3 节课一秒没浪费。

我魂不守舍的。心脏，随着那件礼服痛苦地跳动着……

21

一天的时间总算就这么平安无事地过去了。

我飞快地冲到尹湛那小子的教室，发现那个神人早就脚底抹油，溜得无影无踪，连打扫卫生都翘了。—_—

我只好又转身来到天空的教室，枉费我这么小心翼翼地溜进去，天空就是天空，那小子也早回家了。现在耸在我面前的，只有那头大象，不怀好意地上下打量着我。

“你跑到这儿来干什么?!!!”

7……我还没问你呢，这又不是你班上。

“……天空……走了吗?”

“我的白马王子才不要见你!!!!”

“……该死……真是要疯了……这两个家伙感情都是背上长翅膀的……怎么我每次要找他们两个他们都消失得无影无踪。”

“你找我天空哥干吗?!!! =O =”

“……—__—呼……”懒得理这头大象，我哀悼地转过身，甩掉在我身后奔来走去的大象，默默朝校门走去，心中好不郁闷。

看着人家两个三个、开开心心地成群结队放学，我心中好是羡慕。最后，我的思绪又飘回挂在衣柜里的白色礼服上。

“没错……礼服……!!”我重新找回了活力，脚下加速度，精力旺盛地大步向校门外走去。

“天空天空!! 我们又遇上了!!”

一阵嘈杂的喊声，一个熟悉的名字，不安的预感紧紧包围住了我。我小小心地转过身。

果不其然……

又是那个橘红色头发女孩，她娇嗔地挽住天空的胳膊，嘟着嘴好不让人爱怜地嘟囔着，另一只手啪啪转着车钥匙。天空无语地看着她。

那两个人，没给我任何插嘴的机会，直接跳上了停在路旁的红色跑车，像是嘲讽我似的，直直从我面前开走……

…… ……

TMD……我想骂人……┳0┳……还有，想哭……

“江天空，大坏蛋!!! 开吧，开吧，最好来道闪电劈死你!!!”

“…… –0 – ……”

本来就对我戒慎万分的学生现在更是像避瘟疫一样地躲着我了。

……该死的……

纯……花心大少……不折不扣的美味花心大萝卜……还有那女人，怎么回事呀……总是这么冷不丁地在学校前面冒出来!!

江天空，你这个卑鄙无耻加三级的家伙……为了你，我从不扎起的头发也扎起来了……

还有那美丽的礼服，现在也没心情做梦了，换你想啊，自己的心上人和别的女人在一起你情我侬的，你还有心情做白马王子的白日梦吗……?!

于是这一路上，我噘着小嘴，达到可以挂油瓶的标准程度，然后把自己所有知道的骂人的话都复习了一个遍，——路人纷纷侧目自不在话下，指指点点差点没把我脊梁骨给戳断了。我脚底生风，威风凛凛地走着，对这万千“宠爱”完全不管不顾。

快到家了，想到马上可以见到“自己的”漂亮蕾丝礼服，我这才觉得心里舒坦点。

“叭叭！叭叭!!”

呃……！这是干什么呀?! 我好不容易爬上家门前的小土坡，立马被这眼前的车水马龙吓了一跳，一溜的汽车停在家门前，我数了数，不多不少，韩国产轿车七台，进口轿车七台。

“呵呵呵呵，谁说不是啊！上次见到尹湛的时候他才五岁，那仿佛才是昨天的事……”只见两位浑身包金裹银、就差没用钱贴上标签的贵妇人从一辆复古的轿车里走了下来，一边聊着，一边不急不缓地按下了门铃。

……客人们已经都来了吗……!?! 这么说尹湛和天空的妈妈也已经来了!!! -0-

想到这儿，我简直要疯了，飞快地晃过那一大溜汽车，脚底抹油，抢在那两个大婶前面冲进家门……

接着，只听到，——

“哎哟哟……刚才那个是什么?!! ……不会是黄鼠狼吧?!! -0-”那两个大婶吓得一阵尖叫。

7……黄鼠狼哪有我快……我以十倍于黄鼠狼的速力，哐啷哐啷冲进屋里。

“-0-……嘘……！雪儿学生……快点，快点……上去……”大婶压低嗓门，用矮趴趴的嗓音冲我喊道。

“是……-0-”我使出吃奶的劲，手忙脚乱地往楼上跑，总算是没被人发现。

吧唧……呼……呼，我颓然地倒在自己房间的地板上，一颗心差点没吐出来，眼看着房门锁上我才安了心……

“哇……哇……要死人了……!! -0-”一口气总算是接了上来，我挣扎着从地板爬到床上，然后就躺在床上挺尸。……呼……真的以为……自己会死掉呢……呼……呼……又深吸了几口气，眼角不自觉就瞟到了衣柜上。

明知道房间里没人，我还是很傻地、偷偷摸摸冲四周警惕地张望了一番，然后……仿佛要揭开什么珍宝似的，小心翼翼地打开了衣柜……

我伸出手，缓缓地触摸着礼服柔软的面料，心里忍不住一声叹息……太妙了，幸福的感觉就像泡泡浴，这礼服周身散发的光华都是有魔力的。

“笃笃笃笃，笃笃笃。”

不能回答，说不定是那些大婶。

“我……我不是坏人，能把门开一下吗……”一个二十来岁年轻女人的声音，分明是已经很肯定房间里有人了，我到底是开还是不开呢……

犹豫沉吟之间，身体好像有它自己意志似的，自动自发地打开了房门，可见我的潜意识里对这个女人也是很好奇的。

“啊……我们……见过一面的!!”那女人高兴地看着我，我和她之间只隔着一道门坎儿，可是，我的表情却和她天差地别，我傻愣愣地盯着她，一颗眼珠子都快掉出来了。

“是你!! 你怎么到这儿来了?!”比起疑问，我更多的是吃惊，忍不住就大声叫了出来。

“哇~！我听说收养的女孩住在这边……哇……我也……”

出现在我面前的女人并非别人，而是刚才还被我视作情敌的那个橘红色头发，她不是和天空在一起吗，现在怎么……？她跑到这儿来干什么……？

“你为什么……为什么会到这儿来？你不是和天空一起出去玩了吗？”我这问题问得敌意明显，不用解释都透着浓浓的醋意。果然，那女孩把短短的头发俏皮地往后一拨，仰天哈哈哈大笑起来。

我一张脸差点都变绿了。江天空，你这个该死的家伙，外面玩还不够，现在居然都带到家里来了……真它 XXX 的……完了，完了，刚才好不容易降下去的血压又开始往上升了。

“我和这家的爷爷很熟……”女孩敛住大笑，带着几丝神秘的笑意冲我答道。出乎我意料的回答。

“什么？”

“虽然呢……可能天空的老头讨厌我讨厌得要死……但不管怎么说……我确实和他很熟。^-^”

“……这样啊……”

“听说……你要是被天空的妈妈发现就……咔!!! -0-这样了……？”女孩夸张地做了一个抹脖子的动作。

多嘴多舌的厨房大婶……—_—

我一声不吭地看着那个比我大上好几岁的橘子脑袋（不知什么时候改叫她橘子脑袋了—_—）……她可能也被我看得没趣了，躲开我利刃似的视线，再次满脸灿烂地笑着对我说：

“我没什么恶意的，只是好奇，所以过来看看。这么说，有人真的不知道你的存在。^-^”

“是的，我也做梦没想到有人会到我这边来。—_—”

“那……这两天就辛苦你了，^^估计今天晚上院子里会吵吵嚷嚷一晚上。^-^”

“那么……再见!! —_—”

哐!!

我大力送走了那个一直坚持笑到最后的女人，真有点佩服她了，不过这点小小敬意，并不妨碍我坐在床头，把刚才路上骂人的话又拿出来噼里哐啷、噼里哐啷复习了一遍。

外面果然渐渐喧嚣了起来，我悄悄把头探向那椭圆形的窗户，够着脖子往庭院里瞧。

好家伙，庭院里，敢情是把饭店里的厨房整个搬过来了，只见三台饭店餐车浩浩荡荡地停在那里，一流的大厨戴着高高的白帽子正在下面忙东忙西，就像是变魔术似的，本来空荡荡的庭院现在摆满了白色餐桌，一溜服务生忙着在桌上摆盘子。

“嚯嚯嚯，尹湛你这个家伙!! 这下你开心了吧!! 看这阵仗，可不是闹着玩的!!”

我大脑袋枕着窗沿，虽然已经爬到了上面，但还是只有在窗外偷窥的份。还好，还好我已经习惯了偷窥，偷窥那些永远不可能属于我的一切。

我眼睛滴溜溜地转，寻找今天宴会的主人，终于被我找到了。只见江尹湛那小子，很正式的晚礼服打扮，紧紧地站在一位我从没见过的大婶旁边，脸上挂满笑意。

……这个臭小子……枉费我昨天还觉得他那么可怜……什么一个人的生日啊，孤单的巧克力蛋糕啊，弄半天全是作秀……看看今天这辉煌灿烂的生日宴会……—_—

呸……我狠狠地冲窗外吐了口唾沫……最好用唾沫星子淹死他……

视线又一转，居然……猜我看见了什么，只见天空和橘子脑袋肩并肩地站在一块，两个人正向爷爷行礼问候。

-0-……这……这个丫头……只见橘子脑袋恬不知耻地红着脸（这好像是个病句，—_—不管了，总之我气急了），低着头，眼睛冲站在一旁的天空一瞟一瞟的，仿佛儿媳见公公似的再自然不过。

天空也穿着一身晚礼服，他若无其事地回视着橘子脑袋。

TMD!!!!

你去死吧!!! 纯……花心大萝卜!!! -0-!!

……可……可是……哐……

我有一下被击中的感觉……

那身晚礼服穿在他身上真是再合身不过……

非常非常的帅……臭小子……

我也好想跑近点去看……

我也想吃那些看起来好好吃的烤肉……

……唉……你少痴人做梦了，能生活在这么漂亮的房子里，能每天去上学，你就应该谢天谢地，感恩戴德了……可怜的韩雪，眼神忍不住黯淡下来，痴痴地盯着窗外的帅哥、美食，直到太阳落山，眼睛一刻也没舍得从窗户上挪开。

真的，他们就像生活在另外一个世界的人一样。那些大腹便便、悠然自得的大叔；那些笑意盈然、优渥阔绰的大婶；那些华美精致、如流水般不断端到桌上的见所未见的美食；还有不时爆发出朗朗笑声的爷爷，对着五层高的蛋糕、被人群簇拥着的江尹湛。

还有……

从刚才就……从刚刚刚才就……没见到人影的…… =_=^

江天空……和橘子脑袋……

……

……果然，天空还是不喜欢这种场合的，他和那个女孩单独约会去了……

也好，我纳纳地想着，与其将来受到更大的伤害，不如今天先给我一脚，即使这是恐龙踩的一脚……让我只留下一个恐龙脚趾甲般大小的小小伤痕吧~!!!

心有千斤万斤重，我丧气地甩下支在窗台上的双手……

"尹湛，快来吹蜡烛了!!"

"哎哟哟，你蜡烛插错了!! 不是十七根，是十八根!!"

"哦呵呵，瞧瞧我这做姑妈的，我真是没长记性了，对不起啊!尹湛，姑妈记错你生日了。"

"哎哟哟，你别在那啰嗦了，快点再放上一根蜡烛。"

窗外一阵哄笑。

我缓缓地转过身，靠向床边。

……讨厌这样的自己……

……有了一个，巴望着有两个……有了两个，又巴望着有三个……

完全是一个贪心鬼……真的很讨厌这样的自己……

一个……一个就已经足够了，雪儿……

原来你可是只有一个大鸡蛋啊！现在你至少有一个了，这就足够了。

心情渐渐平和，我的身体也逐渐放松，终于可以踏踏实实坐到床边了。

还是那件蕾丝礼服……默默地挂在衣柜里，无声地诱惑着我的眼睛，好不容易坐下去的身体又站了起来，我情不自禁地把手伸向那件礼服。

……可是，那个讨厌的大窟窿大刺刺地闯入我的眼睛……

……要穿上吗……？

可能是因为破了这么个大洞才被人扔掉的……我要穿上看看吗……

就一次……就穿一次……？……

窗外喧哗刺耳的笑声在我耳边盘旋，好像是赌气，又好像是一心要反抗外面的浮华笑声，我毅然决然地用两手抓过那件礼服。接着，一股庞大的幻觉牢牢罩住我，我想象着这件礼服是特别为自己准备的，缓缓地，缓缓地，如同一个备受宠爱的公主，套上自己银色的魔法羽衣，从头到脚，十二万分地贴合，蕾丝裙摆缓缓垂地，珠光裙边细细颤动着，我提起裙摆，走到化妆台前。

“……好美……”

我陶醉在自己的影像中，厚着脸皮吐出这么一句话。

但是……是真的。

在我过去无数的照镜子的岁月中，今天绝对是最棒的一次。

真的好棒!!! 我就像是喝了一打的马格利酒一样，快乐地在镜子前转着圈，宽大的裙摆高高旋起，感觉自己就像童话故事里的灰姑娘，还有比这更幸福的事情了吗……我醺陶陶地沉醉在自己的梦幻里，双颊陀红。

真想让天空看看我现在的样子，哪怕就一眼……

可是下一眼，我就扫到了自己后背上的那个大窟窿，拜它所赐，我整个后背光溜溜地露在外面，特别是那不算白的肌肤尤其刺眼。

得找个东西遮一遮，这么想着，我向衣柜走去……

“是真的，奶奶，这儿真的有乞丐。”

“不要再说这些不着边的话了，美娜，奶奶一点都不觉得好玩，快去找你叔叔，祝他生日快乐去……!!”

“是真的!!! 我说的都是真的!!! 就在这里面!! 我以前还和她说过话呢!!”

“呵呵，你这孩子!!”

“喂，乞丐!! 乞丐!! 我知道你在里面，快开门!!”

当当当当!!

“……快开门，乞丐!! 你跑不了了，今天!! 躲也没用，快开门!!”

……马咪马咪哄……真希望自己是听错了，我屏住呼吸，侧耳倾听。

江美娜那小丫头的拳头敲得嘎嘣嘎嘣脆巴响，容不得我自欺欺人装疯卖傻了。

“我们走吧，美娜，爷爷会找你的。”

……是啊，是啊，快走吧，吐血狂求……

走吧，走吧……求你了……拜托你快走吧……ㅜ_ㅜ

“您等等，奶奶，我去拿钥匙来!! 一会会就回!!”

……妈妈呀……我的心瓦凉瓦凉的，再一次被击到了山沟沟里。

糟了糟了，这下该怎么办，耳边明明白白传来美娜渐远的脚步声，我急得像个没头苍蝇似的在屋里乱转，身体瑟瑟地抖，完全忘了眼下的第一要务应该是把蕾丝礼服脱下来。

我搓着手，转来转去东瞅西瞅，就希望能找个地方藏起来。

床下面?!!

……TMD……居然都被抽屉堵死了……T_T

那么衣柜?!!!

用脚趾头想美娜那丫头都会打开它……

门后面??!

……拜托……怎么可能藏得住那么大一砣人嘛，三流电影里才会有的剧情……

这时，门外又丢来一句，我本来已经绷到极限的神经这下是彻底疯了。

"奶奶，钥匙!! 是这个吧?!"

……吸……这个小吸血鬼……她今天不吸干我的血是不甘心了……

"哎哟，你这个小顽固呀，真是拿你没办法。"

咔嚓咔嚓……钥匙亲吻门的撞击声，欢快可恶的声音，好像嘲弄我的歌声……

"喀嚓咔嚓 &&& -0- 你好你好，我是咔嚓咔嚓小姐!!!"

歌声越来越欢快，离我越来越近。

怎么办……不能就这么坐以待毙啊!! 我心一横，牙一咬，发挥自己乞丐本性，一个无比狂野灿烂的 action 动作……

嚯嘿……!!!

妈呀，听天由命了!

我什么也不知道，我什么也不知道!! T_T

"哇呀呀!!! 这是什么呀!! -0-!!!"

"尸体!! 呀呀呀!!" 旁边那人立马发挥其卓越的想像力。

这人……

闻言，院子里大婶的尖叫声顿时响成一片。

"还穿着礼服呢!!"

"哎哟哟，丑死了!! 后背到腰全看见了!! 老天呀!! 这都是些什么啊!!"

哈……真是……我算是无力了……

完全被这间有鬼的房子弄疯了……

我索性自暴自弃到底，转过脸，一脸惨烈地看着下面那一堆人。

院子里的人集体倒吸一口气，瞪圆了眼看着我，没错，我好似电影里的邦德女郎，一丝不差地把电影场面移植到这儿来了。

向各位介绍一下我现在的情形。

我现在，整个身体悬挂在窗户的外沿上，一晃一晃的迎风招展，就好像……就好像，马戏团里的粉、红、色、猴、子。

“喂!! 你疯了!!?!!”刚才还在很开心地吃着蛋糕的尹湛见状立刻匆匆忙忙奔了过来。

我可怜的双手抖啊抖，忙着用力抓住窗沿。接着我又看见了随后奔至的天空和橘子脑袋，吐血，我算是没脸没皮了!! 我懊恼而绝望地闭上了眼。

“喂!! 快点爬到窗户上面去!!!”尹湛那小子喊得像打雷，突突吐着西瓜籽。嘁……说得倒轻巧!

“不行……”

“我让你爬上去你没听到啊!!!”

“你妈妈!! 等着吧，你妈一会儿就要登场了!!”

“什么!?!”尹湛不可置信地抖着声问道。

似乎等了好久，似乎又是眨眼的功夫，只听哐~的一声，房门被打开了。

完了，我死定了，这就是我的下场吗……穿着件破了一个海大洞的蕾丝礼服，光溜溜的后背凿壁借光地让天空、尹湛，还有这家所有的亲戚看了个一干二净，而前面，悬挂在窗沿上忽悠忽悠的样子，就要贡献给这家的女主人和美娜那臭小妞看了。

……现在，我毫不怀疑……我完全有资格可以装饰报纸的一大版面了，标题就叫：精神病之路。

“女孩韩××，因无家可归，而被某财阀因神秘原因秘密收养，近日被发现其悬挂在窗沿上晃悠晃悠，身上还穿了件有个大洞的蕾丝礼服，据消息灵通人士称，这件礼服是她在一个可疑的塑料袋里捡来的，以上，完。”我嘴里念念有词，像蔫了的茄子无精打采地苦笑着，耳朵里全是房间里越走越近的脚步声。

死了……死了……

突然，天空大叫了一声。

“跳下来！”

……什么……天空说什么……

现在……你说……让我怎么样……巨大的震惊，狠狠敲在我光溜溜的后背上。

呃啊啊！！两只手简直像要断了一样，我咬紧牙，再一次用力死命抓住窗沿，豆大的汗珠一滴一滴往下淌。我斗胆往下一看，只见天空张开双臂，又重复了一遍，——

“相信我，跳下来！”

……噢……老天……他还不如叫我直接在这儿撞死了合适……这个臭小子……

22

女主人和美娜的脚步声越来越近，我依稀可以看见她们的脸。

“跳下来！！”

“爬上去！！韩雪！！”

天空和尹湛焦急的喊声合而为一，粘粘地交织在一起。

跳下来……爬上去……

爬上去……跳下来……

恍惚间，似乎觉得我的人生就会因此而决定。

在这人生的岔路口上，我是该听尹湛的话爬上去呢……还是按天空所说的，跳下来……

我的人生，会因为我做出的选择，而100%的不同……

呼……深呼吸，我再一次看向下面。

尹湛疯了似的跺着脚，平时没看出他这么关心我，而天空，是我看错了吗，他的脸上隐隐噙着一抹笑容。

“我让你爬上去你没听见吗？！！！”尹湛火大发了，喊声尖锐到顶点。

美娜臭妞和这屋女主人的呼吸几乎要飘到我的鼻尖上了……

“啊啊啊啊啊!!!”

我双眼一闭，紧抓的双手一松，整个人像石头似的直直往下落，死了！这就是蹦极的感觉吗?!可惜没有人给我系绳子。我蜷曲着身子，等待着自己咕噜咕噜掉到院子里。

没错，一切都发生在电光火石之间，相隔也就0.001秒到0.1秒吧……

“啊啊!!!”和着橘子脑袋的一声惨叫，天空一屁股坐到了地上，因为我的冲量过大。—_—

“天空!!! -0-”我抱歉地看着整个人被我压在身下的家伙。一身贵公子打扮的他此刻好不凄惨，差点没被我压扁捻碎，化作花泥。

“啊……”身下的家伙痛得呲牙咧嘴。

“你没事吧？没事吧?!”我紧张地抓着他东看西看，完全忘了当务之急是把我这个千斤顶从他身上挪开。

悲惨的爷爷在不远处目击了这一切，还好他老人家心脏够坚强，不过现在也只有后怕得哆嗦，出气比进气多的份了。

“真不知你那颗木瓜脑袋是怎么长的!?!”尹湛又惊又气，围在我周围滴溜溜转着破口大骂。

天空总算缓过劲来，他支起上身，弹弹身上的草屑，无言地盯着还赖在他大腿上，慌慌张张不知该如何是好的小冒失鬼。

这时，时间真的是很绝妙啊……一位大婶不急不徐地从窗户里探出头来。

“……完了……我算是彻底地走到头了……”我扭回头绝望地看了自己背上的大窟窿最后一眼，自暴自弃地低下了脑袋。

天空，在这极短的时间他仿佛一下子下了决定，他猛地抓起我的手腕，从地上牵起我就朝大门口跑去。

天空……O_O?!

“天空!!! 天空!!!”

"雪儿雪儿!!! -0-"

爷爷急切的呼喊和橘子脑袋尖锐的叫唤震得我耳膜轰轰作响，让我不由得回过头张望，没想到却一眼看到了江尹湛那小子。他火急火燎地推开那三三两两交头接耳的大婶，紧随我们之后一路狂追。我打了个寒战，不明白他的用意，依旧转过头，紧紧跟在天空身后。

"啊啊啊!!! -0-"我痛得嗷嗷叫，光着脚丫子啪嗒啪嗒踩在庭院里的鹅卵石小径上，能不痛吗?

"……忍耐一会儿……一会儿就好了……"

"啊啊啊啊……"我悲鸣得越来越大声，痛得眼泪都快出来了，天空这家伙还算知情识趣，稍稍放慢了脚步。

噢，老天。T_T

虽然这场面，曾经是我小时候看电视时异常羡慕的英雄美女大逃亡的场面之一，可是这……光着一双脚，穿着一件破了一个大洞的礼服，还有那从窗户上扑通一声落下来的狼狈样……噢噢，老天，T_T实在和我想得大不一样。渐渐地，我几乎忘记了脚底板那痛死人的痛，就在所有的鼎沸人声都被我们甩到脑后时，天空大力地就要把我拽出家门的时候……

"哎哟哟，你们这又是唱的哪出戏啊!!! -0-"辛大叔好巧不巧地正站在大门边擦他的宝贝车，瞪圆了眼睛看着飞奔而出的我们。

天空似乎不觉得有说明的必要，拉着我就直接跳上后座。

我也顾不了那么多了，坐在天空身旁，拼命地揉着我那双快烧掉的脚底板，脑袋里全是浆糊。

"这到底是怎么回事呀?!! 你们究竟搞什么鬼，倒是和我说明白啊!!"

"大叔，快开车。"还是天空特有的酷酷声音，这种情况下他还能这么镇定这么帅，冰山真不是盖的。

我……我，说来惭愧，有那么一会失神，真的是忘了刚才和现在的处境，盯着那家伙一溜猛看……

“去哪儿啊!! -0-生日宴会不参加了?! 你们这到底是要去哪儿啊!!”

“快点走。”天空加强语气又重复了一遍，完全是压倒性的气势。大叔被震得忘记了要说什么，呆看了我们一会儿，终于扭扭捏捏地坐到了驾驶席上，带好车门。这时，——

“TMD，魔鬼，小魔鬼!!”

就在汽车颤颤巍巍正要出发之际，一位不速之客哗地闯了进来，这车里又多了一位乘客。

“喂，你来干什么!!!”

“你这小崽子，我说你是不是真疯了!!! -0-”那个讨厌的家伙一座上车就扯着我的礼服衣领晃来晃去，除了尹湛那疯子还有谁。

“哎哟我的妈妈呀，佛祖保佑，佛祖保佑。”辛大叔被尹湛突然冲上车的动作吓得心惊肉跳，不住地拍着脑门叫佛祖保佑。

看着车轮终于飞速转起，天空这才吁了一口气，轻松地靠在车窗边。

不错，现在不是我这种路人甲花心思的时候，重要的是天空因为我……

“呀，江天空，你没事吧？该死的，你有没有哪儿伤着了？”

“该死的……去掉。”

“……”

“不准用那个词。”

呼……—_—……

好吧……这次随你了……谁让错的人是我……

“……好吧……你没事吧？—_—”我不乐意地换了副语气说着。天空那家伙却一声不吭地看着我穿着礼服的身体。

“哈哈……这个呀……这件衣服……”我打着哈哈，苦闷地想着该怎样解释身上这件礼服……

啪……!!!

“啊!!! -0-”我艰难地拧回头，一回头就看见江尹湛那小子竖着一对兔子眼看着我，刚才我头上狠狠吃的一记就是这混球的杰作。

“你怎么还活着!! 你怎么还活着!!!”

这臭小子，真是……!!

“你为什么打我!! 你为什么打我!! 你是谁，凭什么打我头!! -0-”

“你……还不止一下呢，你还该打!!”尹湛那小子深吸一口气，猛地脱掉他西装外套。

“你才莫名其妙呢!! 你干什么要跟着来!?! 我讨厌见到你，我看到你这张脸就觉得讨厌!! -0-”

“你闯了那么大祸，我怎么能一个人留在那儿!!!”

总是这样，我和他，就像两只好斗的公鸡，只要在一起就会吵得面红脖子粗，红红的鸡冠高高竖起，声音也一声比一声高亢。

辛大叔一忍再忍，终于忍不住了，哔涌的一声按响了喇叭……

这时候的我们，狠狠地互相瞪着……

“……杀千刀的家伙……”

“不知道是谁穿着件满是窟窿的衣服到处乱晃，刚才我的脸真是被你丢光了!!”

“哎哟哟，我居然把你这位贵公子这么贵重的脸都丢光了，真是抱歉哦!!! 你去死吧你!!”

“算是大叔求你们了好不好，别再吵了!! 再吵大叔真打算打开车门跳下去了……!! -0-”辛大叔是真的被我们吵烦了，他一点也不夸张地正色哀叫道。

我和那混球同时气呼呼地转过身去，背对着背。

辛大叔这才平静了些，他小心地向天空问道：

“我们要去哪儿呀天空……?”

“……”天空依旧默默地注视着窗外，不知道外面有什么这么吸引他。

“要不……我们就在外面兜一圈，然后再回家?”

“南洋洲。”

"什么??"

"我们去南洋洲。"

"-0-……这，怎么突然想到要去南洋洲别墅，尹湛的生日宴会怎么办?!"

"南洋洲。"

……天空做出的决定很少有人能更改。

南洋洲别墅……?

尹湛和我都无言了，呆呆地看着天空的侧脸，他那愈来愈苍白的侧脸。

没过多久天空就觉察到我俩的视线了，似乎是嫌恶地，又似乎是厌倦地，他静静地闭上眼，也把我俩热情如炭烧的视线隔绝在他的世界之外。

……居然……这样……

就剩下我和那个行动像老鼠一样讨厌的家伙在车里折腾，我们俩还不得把这车里煮了又焖了呀……想到这儿我简直要疯了，我既不想和他炒菜，也不想和他煮汤，于是我也飞快地闭上眼，都忍了!

可那个没眼力见儿的家伙，一路上不断挑战我忍耐的极限，刺激得我翻江倒海的怒气差点没把车给震塌了。

"你说，你那件花里胡哨的礼服又是怎么回事?? 该不会是你把我家的窗帘给裁了做的吧?"

"和你没关系，睡你的大头觉去。—_—^"

"你，说实话。"

"……什么……"

"你将来志愿是不是希望做一个女疯子……?"

"……你还不给我滚下去……你!!"

"这又不是你的车，你知道吗?"

"我真的真的很讨厌你，你知道吗?"

"你现在是个丑八怪，你清楚地知道不?"

"如果你不是老爷爷的儿子，你早被我揍晕打死一百次了，你知道不？”

“还不都给我闭嘴，你们这两个榆木疙瘩！！ =O =”

……—_—……面对瞬间爆发的辛大叔，我乖乖地收声，搞不好他真会把我们两个扔到车外面去，至少他脸上写着“我很认真”四个字。

我和尹湛那厮仿佛约好似的，同时闭嘴，嘴巴紧得像上了万能胶。

这之后，我们的车，以辛大叔他特有的方式飞驰着，快得不可思议，不到一个小时我们就到了今天的目的地。

“起来，雪儿……起来啦……”

“……嗯……”我迷迷瞪瞪地睁开眼，后脚踩着前脚爬下了车。

23

“哇，这真是你们家的？简直酷毙了！！”

“小心点，台阶上都结冰了。”

“哇～！！！”我一边新奇地四下张望着这栋木质结构的别墅，一边光着脚丫哧溜溜往上跑，才不理会尹混球的话呢。

又看到了一个好漂亮的东东，我不自觉地就要回过头兴奋地指给他们看。

“哇～啊！！！ －0－”

赞叹变成了惊叫，都怪尹湛那张丧嘴，我一不小心就踩空了一步，结结实实摔了个大马趴。

“……我就知道会这样……真受不了……”

……—_—……我真是想死的心都有了，不过好在我脸皮够厚，硬挺着若无其事地站起身，不声不响地继续爬剩下的台阶。终于爬到了大门前，大大的密码锁亮晶晶地冲我眨巴着眼，惨了，怎么忘了这茬，钥匙，我顿时傻了眼，转回头，无可奈何地看着台阶下面的天空和尹湛，还有一脸哭笑不得的辛大叔。

没错，这里是老爷爷在南洋洲的别墅，四周山峦叠嶂、秀峰重重，典型的有钱人家的休养地，方才来的路上几乎间隔十米就会看到一幢别致的二层别墅。可能是时间太晚的关系吧，我们来的路上连个人影都没有见到，也是，这种地方，谁十点多钟还会在外面乱晃呢。

好了，说明就到此为止了，我重新凝神看着下面的人，

先是尹湛那臭小子，他用恨不得我死了算了的表情一脸寒心地看着我，—_—

更让我感到伤心的是，天空那家伙居然也用一张老 K 脸看着我，—_—

最后上场的是辛大叔，他一副不可救药的样子冲我吐吐舌，然后开口对天空说道：

“会长刚才说，最迟明天晚上五点夫人会离开……让我们六点钟的时候再带她回去……这样可以吗?”

“你……告诉爸爸了?”

“是啊，否则还能怎么样。你们就这么跑了出来，我开车的人也不见了，事情都是明摆在这儿的……ㅜ_ㅜ”

“那就这样吧，那么。”

“夫人好像什么都没有发现，你们大可以放心。”

“知道了。”

“要我去买点吃的东西过来吗??”

“里面有水也有碗面。”

“那好吧，那么，我明天下午来接你们。”

“……”天空无言地点点头。

辛大叔尴尬地拍拍天空的肩膀，接着仰起头，依旧用一脸寒心地表情看着我。

大叔也要教训我了吗……光着脚披着一件破礼服的我……可是，这种眼光，有尹湛那一个混蛋已经很足够了，大叔。—_—

“明天见，雪儿呀，如果可能的话，我尽量帮你买件正常点的衣服带过来。—_—”

“……好……—_—”

“不要再和尹湛吵架了……”

“……—__—……”

大叔不放心地看了沉默不语的我一眼，又突突拍了几下尹湛的肩膀，终于一步一步走向了他的车。

大叔还是很担心的样子啊……一脸愁容……

尹湛那家伙踩着结了冰的台阶，一级一级，扑通扑通地走了上来。

而天空呢……

他似乎来到这之后就很开心，整个人的表情明快了不少，在别墅周围转了一圈之后，他也跟着尹湛走上了台阶，最后直直立在我身后。

“刚才，摔伤了没有……？”—__—……天空多情地（那家伙什么时候这样过？—__—）问我，我慌忙遮了遮其实早已摔得皮开肉绽的膝盖，纯属多此一举，礼服下摆那么长，他能看到才怪。

“呃……摔得不是很重，没事，没事。”

“我早就说了台阶滑让她小心，结果呢……白痴。”尹湛那讨厌鬼隔着几级台阶冲我吼道。

“你，能不能，给我闪远点？—__—”

“这儿是!!!”

“我知道我知道，这儿是你们家的别墅，够了没??”

“……—__—……”尹湛一张脸臭得像刚吃了屎，气得不知该说什么好，只能扯着自己的衣领抖啊抖，努力克制自己的手不要“温柔地”伸到我身上来。

这当儿，天空已经掏出自己的手机，对着密码锁的孔开门了……他啪啪啪啪按下四位数字。

“呃……换密码了？原来不是爸爸的生日吗?!”

“我……换了。”

0309。

0309，这个号码有什么特别的意义呢……我分明看见了，尹湛那家伙的面容徐徐僵住，接着，在他可以开口说出任何话之前，门哔的一声被打开，天空率先走了进去。

而倒霉鬼尹湛，现在换我叫他倒霉鬼了，因为他在上最后一级台阶时走得太凶狠，啊的一声惨叫，随后咕噜咕噜向台阶下滚去。

我没太注意身后惨绝人寰的叫声，只是满心欢喜地飞快跳进别墅，迫不及待欣赏这满眼的美丽……

“……哇……这儿……真的，真的是……帅呆了……”

#别墅里。

别墅里也是全木质的结构和装饰，大大的壁炉几乎占据了三分之一的墙面，可惜火灭着。在它前面，极其恐怖地摆了一个和我身体差不多大小的熊娃娃和二十来只小兔子。

“搞什么飞机呀，这么多玩偶?!”我一声怪叫，飞快地转身寻求答案。

天空，看着窗户的窗帘发呆，尹湛给壁炉点上火，抬起头来，也无声地看着我。

“—_—我才不求你们呢，你们两个家伙，我最讨厌玩偶了。”

“没错，想得不错，你要是真带着一个娃娃到处乱晃，保证只会听到一片叫变态的声音。”

—_—……因为是你家的别墅，我忍了，尹混球……

那些玩偶看起来不怎么欢迎我的样子，我暂时放过他们，收回视线，狠狠地搓着自己的手和臂膀，不知怎么搞的，觉得这儿特别的冷。最后，我很会享福地找到暖炉前的躺椅上，小心地坐了下来。

“你们真不错，就因为投胎遇到了好父母，什么可以享受的东西都享受到了。”

“你不也是我们家的吗。”

“什么……?”

“啊!! 没听见就算了。”刚才还乍乍呼呼怪叫了一声的尹湛接着专心地烧他的壁炉了……

臭小子……走着瞧，要不是我不愿意离开这么温暖的地方……

天空依旧站着，缓缓注视着四周，陌生的神情我从未见过，他看着那些画框，那些装饰物，就在我以为他会被自己陌生的眼神淹没之时……忽然，很突然的，他走到尹湛身边，轻轻地坐了下来。真令人吃惊……

“我也要，我也要……”我很没眼力见儿的，硬生生地挤进他们两个之间，为我的小屁屁争取到方圆之地，眉开眼笑地坐了下来。

三个人第一次这样肩并肩地坐在一起，不知为什么，就是有一种很幸福的感觉，吸着温暖而令人微醺的空气，让人恍惚间觉得这是一种约定，是的，是一种约定……

壁炉里的柴火噼噼啪啪炸得响，我们就这样看着它，看着它身体孕育出的火焰娃娃们欢快地跳动着。火焰娃娃们跳得好开心哦，红红的裙火一高一低，忽明忽暗投射在两张俊朗的脸上（虽然我极其不愿印证尹湛那家伙也还算俊朗的事实），我偷偷地观察嘴巴闭得像千年化石的他俩，再一次由衷感叹到“兄弟就是兄弟”，他们俩是真正的亲兄弟，无论这两个人再怎么闹别扭，再怎么扯扯打打老死不相往来。他们都是血脉相连的兄弟，就像照片里那对亲密无间的好兄弟……

“……气氛……不错嘛……”也许是和我有同样的感受，尹湛那小子眨巴着眼，双手抹过他乱糟糟的头发，仿佛自言自语地说道。

也不知从哪里来的灵感突然刺激了我的大脑，我突然有一股想使这兄弟俩和好如初的冲动，坚冰能否消融在此一举了，我扯着嗓子这样说道：

“我们来玩大实话游戏好不好，说出你心中的每一个‘最’。”

“这又是什么鬼东西？”

“比如说你最开心的时候是什么时候，你最生气的时候又是什么时候，就这样不停地说……”

“你是不是脑子受过什么刺激？”

该死的，不要破坏我的融冰计划好不好，这个木鱼脑袋，我真想拿木鱼敲他的头……

我祭起‘杀死你’的眼光狠狠瞪着坐在我左边的尹湛，那家伙一脸硬邦邦的表情算是回答。我无奈地又看向坐在右边的天空……算了，连他的名字我都懒得叫了……这小子又不知把自己的视线投向了何处。

我不知他目之所及的那个地方在哪儿，也不知他巡礼的对象是谁，总之，我就是知道，那个能被他看在眼里的主人公很幸福……我缓缓张开了嘴。

“最开心的时候，对我来说，就是现在，现在。”

……

心里的想法就这么扑通扑通说了出来，尹湛和天空两个人同时转过头看向我。

……—_—搞什么呀……虽然能同时集两大帅哥的视线于一身是一件很幸福的事情啦，可是这种眼光……我看不要也罢。—_—

我万分尴尬，抖了抖身上的破礼服，又向壁炉里扔了一根木柴，打定主意不再说这些冒傻气的话了。可能觉得这样的我过于可怜，这次尹湛那家伙终于开口了。

“四年前……在那天到来之前。”

“你的答案也太暧昧了吧。”我不依，搞什么呀，听得人一头雾水。

“那么就是四年前，在她出现之前。”

“她是谁啊？”

“四年前，从那天开始。”妈呀，一直惜言如金的天空居然也缓缓开口了。我看向他，他也看向我，我又不自在地把视线别到尹湛身上。

这两个家伙，他们现在是在耍着我玩对不对……—_—

“四年前，从她出现的那一天开始，直到她消失之前。”天空幽幽地又重复了一遍，说话来来回回含糊不清一向是他的拿手好戏。

“我能问问那个‘她’是谁吗？你们口里的‘她’是同一个人吗？”

“……”

我果然高估了这俩兄弟，他们俩瞬时间都牢牢闭上了嘴，瞧那架势，你就是拿匕首也撬不开。

我就像是只可怜的被灌醉了的大头鹦鹉，只好傻不隆咚地赶快转换话题。

“那最，最讨厌某个人的时候呢……嗯……我……”

“四年前那个家伙。”我话还没来得及说完，性急的尹湛已经抢在我前面斩钉截铁地抛出了他的答案。

讨厌，臭小子，我要说的才对…… -0- 我正想借此机会大显身手，痛诉一下我被江美娜那小丫头陷害的血泪史，顺便洗清那时候的污名，可没想尹湛那小子抢在了我前头。

“那个家伙到底是谁啊?”我哀悼一声，怎么又是这样。

“……你不认识……”

呼……忍耐，忍耐……—_—

“……那么……天空……你呢?”我毅然决然地把头转向天空，问道。

可这家伙，还是那副死德性，死死地盯着壁炉里跳跃起伏的温暖火苗，我都怀疑他是不是有心扑上去掐死那些火苗，—_—……到底是什么人让他如此痛悔啊!! 早知道这问题这么敏感的话…… -0- 我还是挺识相的，决不会开始这个游戏。

可有这么纤细的神经的人就不是我韩雪理了，我愚钝地根本没意识到空气里的冷冽因子，仍在拼命地想下一个问题，开动那好几年未用、早已放得霉掉坏死的脑细胞，真是“胞到用时方恨少啊!!”

嗯……嗯……究竟什么才好呢……强迫小胞们跳一遍体操……

到底什么才好呢，能消除天空和尹湛之间的隔阂……小胞们很痛苦地又跳了一遍体操……

你最喜欢的哥哥是谁……—_—?

诶……这也太明显了吧……

你弟弟最缺德的时候……—_—?

不行，尹湛那小子肯定又会把我当疯女人看待。

就在我翻来覆去地考虑这些重大抉择的时候……突然，天空伸手抓过旁边那只蓝色的大熊，他紧紧地抱着它，若有似无地呢喃道：

“最……悲伤的时候……”

确切地说，他并不是对我说的，而更好像是对怀里那只大熊说的。我最不希望的提问，还是被天空说了出来。

……瞬时间……

幽灵飘荡，好不容易才被暖暖的壁炉驱散的寒气又重新回到房间的上空，沉默啊，沉默，四周静得连丝呼吸声都没有，我大脑停摆地看看尹湛的脸，又看看天空拨弄大熊胳膊的颀长手指……

为了展现我最坦诚率真的一面，给他们做个表率，我不顾一切地坦承自己最心底的答案。

“爸爸，妈妈，还有幼民出交通事故死去的时候……”

“……”

“天空!!?!!!”

我尖叫一声，一切都太突然了，本来在我身边坐得好好的天空突然一下把怀里的大熊扔进了熊熊燃烧着的壁炉。

24

天空……

我不知道该说什么，强压住心头不断狂涌的透明恐怖，那种只有天空才能带给我的恐怖，呆呆地看着壁炉，看着刚才还很温驯的大火就要把那只大熊吞噬殆尽。

尹湛先是一惊，接着就恢复了常态，他扬起下巴，面无表情地看着这场火焚，从牙齿间吐出一句话：“该死的……交通事故……”低沉肃穆的声音，根本不像是他会说出的话。

“江天空……你干什么要这样……”我忍不住大声问他。

“……对不起……“

“……到底发生什么事了？你究竟有什么不对劲的地方？”

“对不起……对不起……”

天空似乎现在才回过神来，他呆呆地看着已经被烧掉大半个身子的可怜大熊，最后，无力地靠在了我的肩膀上。

又来了，又是这种呼吸声。

虽然我极不愿印证这呼吸声就是天空的，可事实就摆在眼前，断绝了我的一切奢念和妄想，由不得你不信。

越来越急促的呼吸…… ……

我提议的倒霉游戏，让本来还算平静的气氛变成了这样，我沮丧不已，感到深深的挫折感。不行，我本来已经够倒霉，够丧的了，决不能让这样一个宝贵的晚上也添进我的血泪史里去，我一定要让它为我人生画上浓墨重彩的一笔（拜托，这样说是不是太夸张了一点了），我扬起拳头狠狠地下了决心。

于是，我费劲心机地挤出灿烂表情，猛地支起身子。

“这儿!! 积了这么多雪!! 我们去看雪景怎么样!! 嗯?!”

“……”两个人一致用看疯子的表情看着我，无言。

我就知道他们会漠不关心，于是我再接再厉，发挥自己的城墙功（脸皮够厚的功夫）。

“在汉城里可是很难看到这么漂亮的雪景的!!! 而且啊，这儿看星星也好清楚的，我们出去吧!! 嗯?! 嗯?! 出去吧!!”

“你不怕雪来观赏我们，把我们冻成冰棍吗……”

“就出去一会会嘛，嗯? 那就不用怕冻僵了啊。”

“……”

“去一会会就回，去一会会就回嘛!!!”

“……”

嘁～～! 这两个顽固得像石头的家伙，一点情调都不懂，只好让本美女我身先试足啦……于是我穿上室内拖鞋（没忘记护着自己的光脚丫子），悲壮而昂然地向玄关门走去。

那两个男人，那两个穿着很帅气的西服套装的男人，一直目送我到门口，眼睛不忘上上下下在我破了一个大洞的后背上打量。

……—_—该死的…… =_=我就当作他们觉得我的背部线条很优美好了，于是我彻底无视两个人的视线，挺直背，唰的一下拉开了大门。

妈呀，真是不一样……

再加上我又是从很温暖的地方出来，更觉得外面是冻死人的冷，凛冽的寒风毫无防范地扑向我的后背，三秒钟不到，我的牙齿就开始咔嚓咔嚓响了。

一切都是你自找的雪儿!! 大话既然已啪啪扔在前面，我只好都忍了，集中全副心神应付眼前的台阶，都结冰了，刚才的错误可不能再犯第二次……

刚才一级，哐啷~!

……

……

各位，不要把我想得那么蠢好不好，我才不是又摔了，只是一件黑色的西装外套一下披在了我背上，让我一惊……坏心眼的大风瞬时被挡在了外面。

"江天空你!!"我嘴角噙着笑容，仰望着推门而出的天空。

紧接着，又一件外套舒舒服服地落在了我的背上。我疑心地偏过头，发现尹湛那小子不知道什么时候也出来了，他不自然地干咳着。

"呀，你的就不用了，一__一拿回去吧，嗯!!"

"给你穿你还拽什么拽……"

"让你拿回去啦!! 我有天空的这一件就足够了!! -0-"

"我是不小心才让这件衣服掉到你身上去的!!! -0-TMD，看你挪得像只跳蚤一样……!!!"

啪嗒!!

尹湛惨叫一声，一失足在台阶上摔了个大马趴，……一会儿之后，他很冷静地爬起来，穿上了原本属于自己的西装外套。一__一

原来你一直说自己很帅就是因为这个啊……早上和他斗嘴的情形又浮上了我的脑海，一__一^这仇报得还真快，我又狠狠地瞪了他一眼。

我异常沉着的，其实是紧张得要死，几乎屏住了全部呼吸，一步一步，安全走下了这要命的台阶。

结果，情形不坏。

我在两个身着黑色套装帅哥的护卫下（其实是屁颠屁颠跟在我屁股后面—_—），向离别墅不远的一处小土坡进发。

如果现在有人出来的话，如果这时这附近的某个居民也心血来潮地跑出来看雪景的话，肯定会被我们吓死，不是把我们当幽灵就是把我们当精神病患者，胆大一点的有可能追上来踢我们的屁股。

你想啊～！

在这开始大雪纷飞的深夜，

穿着白色蕾丝礼服的女人和两个身着黑色套装的男人，

月华如水，他们周身反射着清冷的月光，正在爬着一个小山坡……

你说一般人能接受这种场面吗??

#小山坡上。

这儿的情形和壁炉前的几乎没有什么区别……—_—

我究竟是为了什么呀……

叉着一双拖鞋，踩着冻得我一双脚几乎毫无知觉的大雪，固执不通地坚持要跑到这儿来……—_—……

要赏雪嘛……这儿雪倒是积得足够多，可就我们仨现在这样，蹲坐在一棵瘫倒大树的树干上，活生生迎着呼呼的寒风，不出二十分钟我们都可以直接变成速冻饺子拿到超市里卖了……

“早就和你说很冷了嘛!!! -0-!!!”尹湛那家伙也真算有毅力的，一直跟到小山坡上。

为了堵住他进一步挖苦我的嘴，我赶紧抬起头，仰望着繁星坠满的天空，好像一堆芝麻在上面哦……

“好美啊……我在汉城时只见过三四次这样的天空……这么多星星，一定……一定像人们鼻子上的皮脂粒那么多……”

“你一定……要把它们比作那个么……”

“—_—对不起……我的形容词不怎么丰富，形象比喻力也不怎么强……”

“可是……怎么突然下这么大的雪呢，真他妈的。”尹湛嘴里不

老实地嘟囔着，脚下的雪被他蹂躏得咯吱咯吱响。

……真的……

星星真的好多哦……

这么多星星里……爸爸妈妈是不是也在里面呢……？

还有，那时太小，连星星是什么都不太清楚的幼民也……？

“我现在很幸福，巨大的。”

“……什么？”

“没什么，只是觉得，能这样和你们在一起……非常非常好……”

我是发自真心的，自然而然就说出了这样的话。尹湛这家伙这次嘴巴倒是闭得紧紧的，没有出来抢白我。

所以呢……我获得了勇气。

我猛地抓住了并排坐在我两边的尹湛和天空的手。

然后……再一次鼓起勇气……

三个人的四只手，被我轻轻地叠放在我的膝盖上。

“……”

两个男人同时看向我，眼光里的询问明明白白……这疯女人又想干什么??! —_—

“今天，就今天，我的心愿……按照我说的去做，好吗？就今天。”

……就在两个男人根本不甩我的话，要收回自己的手的时候，我再一次死命拽住了那两只温暖的手，死死地抓住它们，那两只给我温暖的手。

“趁我现在穿着蕾丝礼服……就一次，拜托给我一次当公主的感觉，好吗？”

“有穿着破这么一个大洞的礼服的公主吗？”

“所以天空才给我披上衣服挡住嘛……”

尹湛挠挠额头，半晌无语。

仰望着远处白雪皑皑的丘陵，膝盖上的两只手为我带来温温的体热，再酷的严寒也被驱得无影无踪。没有比现在更幸福的时刻

啦，喜悦之花在心里不断绽放，我嘴角扬起的笑容天下无人能阻……

……天空和尹湛呆呆看着我的笑容……噗嗤……两个人同时笑了出来。如果能把这一瞬间拍下来的话，这两个家伙的笑容简直是一个模子里刻出来的。

不久之后，手从我膝盖上滑落了下来。

“雪真的好漂亮……对不对？”

“呃……”

这次出声的是失声好久的天空。

“我的名字里也有雪……”

“雪儿……”

“嗯，韩雪，因为我出生的时候下了一场大雪，所以我的名字才叫雪儿。可又不知道为什么，长着长着皮肤就变得越来越黑了，我爸爸和妈妈的皮肤都可白了。听说我奶奶的皮肤很黑，可能是遗传了她老人家的不良因子……”

“看起来是这样的……”

“可是天空。”

“嗯……？”

“你一次也没有叫过我的名字，你知道吗？”

“……这样子的吗……”

“是啊，尹湛每次都韩雪、韩雪地叫我，虽说我讨厌他那么大大咧咧、不文雅地叫我的名字吧，可你却一次都没有叫过我的名字。”

“……”

=_=……讨厌……我这是怎么了，我这是可怜巴巴地在求他叫我的名字吗?! 露出落寞的表情，可怜兮兮地说着。

气氛有点僵……不行，为了把我幸福得快要爆炸的心情原封不动地维持在怀里，我猛地站了起来……向背后那一片干巴巴的树林呼啸奔去。

“喂!!! 你肚子饿了?!?!”犹豫再三，尹湛那家伙不安地从树桩上站了起来。

为了避免那家伙说出更多的废话，我飞快地挖出埋在雪里的一根粗树枝，抓在手里，挥舞着冲他们喊道：

“我们来滑雪橇!!!!”

……又是瞬时间的寂静，对这个我已经很习惯了……—_—

“—_—……这又是什么东东?”

“雪橇你不知道?”

“……好像，听说过。”

“哎哟哟，可怜的家伙，活着连这个都不知道，孤陋寡闻，你说你们活着还有什么意思!! 让让!! 让让!!”

踏，踏!!

我抖了抖两只手，夹着树枝，大摇大摆地从那两个呆若木鸡的家伙面前走过。

然后，我来到了土丘的斜坡旁。

“拜托，你该不会是想坐着那个玩意滑下去吧……—_—?”

“为什么不!! 猜对了!!! -0-”

“…… -0- ……”

扔下诧异得像个木头桩子的尹湛那厮，我兴高采烈地跳上了那根树枝，嗖的一声向坡下冲去。

“呀嚯!!! 喂!! 你们也快去捡根树枝来玩呀!!!”

“这……就是雪橇!!!”

“是啊，这就是雪橇!!”

这就是我和云影曾经最喜欢的雪橇游戏!!! 每次星期六见面，我们俩都会跑到小区附近的小土坡上玩得不亦乐乎，骑着沙包，玩着我俩的雪橇游戏……

我的嘴一张一合，兴奋地狂呼着，可是……

最大的失误在于……—_—那根讨厌的树枝没有我想象得好使，不够光滑，

“呀嚯!!! -0-呀嚯!!!”

真吃力呀！我一脚一脚地蹬着，最后，我吭哧吭哧，费死劲儿

地，终于勉勉强强滑（不如说走—＿—）到了山坡下，更说不上什么姿势优美了。

“喂！你们两个也滑下来啊！！真的很好玩！！好玩死了！！！”我挥舞着双手，在坡下欢快地蹦跶，蹦跶。

一直双手抱胸，眯着眼注意观察我的尹湛……终于，不知从哪儿捞了根树枝，悄悄放在了斜坡边……

“没错，没错，就是那样！！天空，你也来坐啊！！一定比你那个打着眼睛痛的电子游戏好玩几百倍！！”这次我主攻对象改天空了，为了网住这条大鱼，我对着他拼命地喊。

天空笑了，笑得很开心、很畅快，两只眼都笑成了小小的半月牙儿，从没有见过笑得这么开心的天空。

可是分明，——

我以我超好的2.0的视力发誓，那眼睛里，弥漫着如云的薄雾。我捕捉到了，是眼泪……

我当下举起自己的手背，把自己的眼睛揉了又揉……不用怀疑，不用狡辩，那就是眼泪，天空的眼睫毛上沾满了眼泪。

“TMD，怎么偏偏选了这么个坡！！！该死！！！这，这，这，究竟是搞什么鬼飞机呀呀呀！！！－0－！！！”

……老、老天……

为什么我滑的时候死活都不肯挪一下的雪坡，到了尹湛这儿，怎么就像疯了一样地把他往下滑，而且是翻着跟头地向沟渠里颠……

－0－……我惊了，收回放在天空身上的兔子眼，惴惴不安地看向尹湛，可怜的家伙正哇哇大叫地冲向沟渠，又滑稽又狼狈。

好了，总算是立地成佛、往升极乐了，尹湛那家伙“如愿以偿”地滚进沟渠，砸碎了上面的冰层，掉进了水里，很新潮的半冰冻型落汤鸡。

我捂着肚子笑得不行……哎哟哟～！！不行了，好痛！！！

“噗哈哈哈哈！！－0－样子很帅！！很帅的一只跳蚤！！噗哈哈哈哈！！－0－！！”

"该死的!! 是谁说快点快点来的!!! 你给我记住，韩雪!!"

"噗哈哈哈哈!! ┬0┬" 穿着件破了个大洞的礼服，我笑得不行，眼泪都出来了，这是我生平最开心的笑容。

倒霉鬼江尹湛。看看他暴跳恼火、外加哆嗦发抖的惨样，平生第一次坐雪橇，还是在过生日这天，却被摔到了沟里。现在的他，还是那个躲在夜幕里伤心哭泣、被不知名的痛苦包围的自大狂吗？

现在的他，只是一个被娇宠坏了的别墅小主人。

太好了，一切都变得太完美了，这是我住到爷爷家来之后最畅快的夜晚。黑夜的黑，可以包容一切，天空和尹湛的笑脸，还有那曾经留在他们脸上的悲伤，以及我心头那个和礼服上的大洞不相上下的大窟窿，一圈一圈，密密实实，都被包在了黑夜里。

25

哐！哐！哐！

…… ……

太阳大哥带着暖暖的阳光来向我们问候了。我由甜甜的梦中醒来，刚醒来就听见一阵主体不明的钝击声。

"……呃……" 我支起身子，使劲地揉揉眼，有丝疑惑地扫视着四周。我记得的，昨天晚上我很得意地嘎嘎大笑着，直到凌晨才和那两个家伙回到家，然后呢……我低下脑袋继续沉思。

天空躺在我身旁，还睡得香，他一只手臂冲着壁炉放着，比较醒目的是，那只手上，我分明看见了一根应该属于我的长长头发……而我身上，还盖着尹湛的外套……

-0-这……!! 这家伙!!

我急匆匆地推开了玄关门，连拖鞋都忘了穿。

出乎意料的，江尹湛那家伙居然拿着一把铁锹在铲台阶上的雪。这家伙准是属狗的，他很快就觉察到我的存在，飞快地转过头。

"喂!! 我怎么被那个家伙抱着睡在那儿?! 是不是你搞的鬼?! 是你是你，是你做的，对不对，臭小子?!"

“我搞的鬼……?”尹湛拖长了语气，满脸不置信地指着自己。

“是啊是啊，除了你还会有谁!!! 你做的!!!”

“要我一点一点说给你听吗?!”

“赶快给我从实交代!!! 臭小子!!! -0-”

江尹湛那小子冲着我把铁铲狠狠往雪地里一插，勉强挤出几滴比哭还难看的笑容，然后就舌绽莲花地说开了。

“昨天晚上你、我、我哥，我们三个明明是间隔一米的距离，在壁炉前一字排开睡着的……你还记得吧?”

“是啊!! 我记得!!”我叉着腰理直气壮地说，所以我才来问是不是他搞的鬼嘛!

“那时我睡中间，你在最里面，江天空睡在靠门这边，这个你还有印象吧?”

“我说了我都记得!! -0-”

“那后来呢，几个小时之后呢，你从我身上吧嗒吧嗒滚过去，一直滚到江天空那儿，还死死抱着他不放，这个你也记得吗?”

“-0-……我……?”

“就是你。”

“我真的这样?”我死活不愿相信，是不是他老兄发梦啊!

“就是这样。”尹湛那家伙很肯定地点了点头。我的幻想破灭。

“……-0-……哦嘿嘿嘿嘿!”我脸上有些挂不住了，只能摸着脑袋一个劲傻笑。

江尹湛寒心地看了我一眼，一脸吃了大粪的表情，他不再理会我的傻笑，更用力地铲起雪来。

砰砰砰!!!

—_— — —_— — _— ……— _—

“你要告诉天空吗……?”

“白痴……”

“你不会告诉天空吧?”

“你现在非常妨碍我的铲雪工作，我命令你给我赶快闭嘴，然后消失不见。”

“你要是把这个告诉天空……我就把你掉到沟里的事告诉宜兰……—_—……”

“我在铲雪!!! 你妨碍到我了!!!”

“……你，你生气了…… -0 -”

“我在铲雪!!!”

哐!!! 在他说下句之前，我飞快地闪人不见。留下他一个人在外面刻苦铲雪，我关上大门重新回到了屋里。—_—

吧嗒吧嗒!! 我脸含娇羞，一步一步地蹭向壁炉……天空躺在地板上，蹙着眉，用手枕着头，一副活色生香的美男图刺激着我的眼睛。

“搞什么鬼呀，外面……这么吵……”天空眉头蹙得更紧了，会说话的眼睛射向我。

呃，不好，不会呼吸了……我飞快地掉转开眼睛。

“……你怎么了?”觉察到我的异常，天空奇怪地摸着自己的脸。

“早晨好!! -0 -不，不，已经是大白天的了，白天好!!”

“……尹湛呢?”

真稀奇，我还是第一次听到天空不连名带姓地叫尹湛的名字，一时不由拿着诧异的目光盯着这家伙。

“尹湛呢……?”天空又问了一遍。

“在铲雪……”我痴呆愣傻的表情还是没收回去，死死地盯着他看，难道……昨天晚上开始，已经有小小、小小的变化在我们身上发酵了。

#别墅前。

灭掉壁炉里的火，牢牢锁上门，我们仨并肩站在别墅前，等着辛大叔的车……只有尹湛比较惨，昨天晚上湿透的裤子还没有完全干，抖得像只蚂蚱似的。

“喂!! 那么老老实实地去铲雪，可不像是你会做的事啊……”我本意是好心地想转移他的注意力。

“骨碌碌骨碌碌。—_—”那家伙故意装作没看向我这边，坏心眼地发出怪腔怪调。

我就知道这个该死的家伙会这样。

“江尹湛，你这个小心眼的家伙……”

“韩雪，昨天大半夜里有了变态行为……”

“还不快给我闭嘴!!”

“从我身上，骨碌碌骨碌碌!!”

“……—_—知道了，知道了，我们都不要再说了……休战，休战……”

“骨碌碌骨碌碌，啊~！向着某男的怀抱，骨碌碌骨碌碌!!”

这个混球~!! 真是要疯了，他居然还唱起了RAP!! ┬_┬

在天空闻出更多的不对劲之前，我大步大步向那混球跨去，只为堵住他的嘴。

这时……

“哎哟哟!! 这不是江家兄弟嘛！好久不见了!!”一位身子骨看起来相当硬朗的老奶奶夹着一捆干草，恰巧从别墅门前经过，看到尹湛和天空，她立马停了下来。

和一声不吭的天空不同，尹湛看起来相当高兴，热情地打着招呼：

“啊!! 奶奶是您啊!!”

“是啊是啊，怎么这么久没见到你们了呀!!”

“奶奶，您最近还好吧!! 这是什么呀？做菜用的……？”

……—_—^……

这种白痴家伙都有，没吃过猪肉还没见过猪跑呀，居然说干草是用来做菜用的……

“不是的不是的，是用来垫在冰上，防止滑倒的。噢呵呵，这个漂亮的小姑娘也来了?!”

“—_—……嗯？您说我吗？”由不得我想不是了，那位满脸褶褶的老奶奶一把抓起我的手，脸上笑得像朵花似的。

“都一年没见到你了，你那时候送我的糖果，到现在还放在家里呢。”

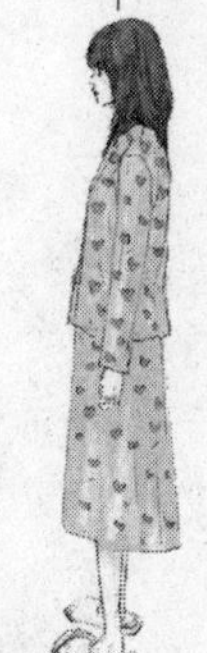

“……您说什么……?”

“对了，你的名字……你叫什么来着……?”

“韩雪理……您认识我吗?”

“韩雪理……?”

“是啊，大家都叫我韩雪。”

“奇怪了，我记得好像不是这个名字来着……”

“……您说什么……?”

“朴……好像朴什么……”老奶奶偏着头，使劲从记忆里淘腾着某个名字。……啊!! 就在老奶奶一拍脑袋之时……

叭叭!! 叭叭叭叭!!

辛大叔开着他的车雷霆万钧地出现了，一到屋前就是噼里啪啦一阵狂按喇叭，—_—呼……有时真受不了大叔这火山之子的个性。

尹湛急急忙忙向老奶奶躬身道别，天空那家伙，一言不发地迈着大步，嗖的一下钻进了汽车。

……真是没礼貌的家伙……

“哎哟哟，这么就要走了?”老奶奶一脸受伤的表情。

“是的，奶奶，下次过来再去看您。”尹湛笑眯眯地安抚了一下受伤的老人之后，冲我招了招手，也紧随在天空之后钻进了汽车。

啊……那么……我也……

“奶奶，我也走了，下次见……”

“嗯，嗯，慢走，云影啊!!”

“……什么……?”

“慢走啊……^O^”

“不，不是的，后面那个，后面您说什么，奶奶……”

叭叭……叭叭叭叭……

老奶奶又紧紧地握了我的手一下，一边往身后的地上撒着干草，一边乐呵呵地看着我，终于走远了……

……云影……就在我因为这晴天霹雳的两个字而完全呆掉在原地的时候，辛大叔，因着他独有的急躁性格，拎起我的衣领就把我扔上车。

#车内。

朴云影……

……虽说是常见得不能再常见的名字……

可为什么……偏偏是……朴云影……

“怎么样，过得还有意思吧?”就在尹湛和天空那俩小子在车内打盹睡觉的当儿（或者说装着睡觉的当儿），辛大叔异常温柔多情地向我问道。

我急忙从化石状态中回过神来，打起精神，一脸迷茫地看着大叔。

“怎么这副表情？尹湛这小子又欺负你了?”

“大叔……”

“怎么了?”

“……和我……算了，算了，没什么。”

“这算什么事，话说了一半又不说了，你这不是存心吊人胃口吗?! -0-”大叔不满地大声抗议。

“没什么，真的没什么……”

“快点说，我让你快点说，哎哟哟，急死我了!! -0-”

“我口误，没什么。”

“快点说!! 快点说嘛!!!”

……—_—……真是一大冲击事件，和他老人家年龄一点都不相称的撒娇，震得我浑身鸡皮疙瘩狂落。

“真的没什么，真的!!!”我又一次提高嗓门回答。

“……”

这下辛大叔不做声了，换成他特有的开车风格，憋着气，铆足了劲地一路飞驰。

妈妈呀！又来了，我怕怕地抱住自己的肩膀。你说如果我告诉他昨天晚上的雪橇故事，他老人家会不会消消气，心情好点……

一路无话，即使是到了家门口，那三个男人也像约好了似的，一张嘴粘得比鸭子还牢。该死的，我真是衰到家了，都遇上这些喜怒无常的家伙。

#平昌洞家前。

走下车，发现已是暮色四合的光景。看来大家都累坏了，一个个都像死鱼似的。我仰起头，呆呆地打量了会天空，然后歪歪斜斜地向大门走去。

“现在才回来啊?!”

……一个声音从耳边掠过……

“尹湛!!”

……又一个极其熟悉的声音从耳边掠过……

就在我条件反射性地想躲在天空的身后时，不远处的橘子脑袋，不错，就是橘子脑袋，还有宜兰，两个小妞兴高采烈地向我们这边飞奔而来。

“呃?! 你!! 你怎么在这儿……?!”眼尖的宜兰一下就发现了我，吃惊地指着我说道。

即使是尹湛那家伙见机快，看见她俩就飞快地往天空身边靠，企图挡住我，可还是已经迟了……

“这身礼服又是怎么回事? 啊，尹湛!! 你的裤子怎么都湿了!!”宜兰尖叫一声，发现了更令她在意的事情，立马撇下我，冲上来就把尹湛搂在怀里。尹湛不自在地撇开视线，刚要抽身，却立刻又被宜兰恶狠狠地按进怀里。

宜兰泪眼婆娑地、哀凄地把尹湛的头搂在怀里，一边轻轻地抚摸着他的头发，一边哽咽着呢喃道：“怎么办，我亲爱的小宝贝，怎么弄成了这副样子……电话也一直不接……知道吗? 我等了你足足五个多小时。噢噢~! 我的天呀……这么漂亮的一张脸蛋……怎么消瘦憔悴了如此许多……”

噢噢噢噢呃!! -0-心头一阵作呕，好想吐啊!

“对了，你……你怎么会穿着这么奇怪的衣服出现在这里?”宜兰忽然又记起了我，用奇怪的眼神看着我。

托她的福，我终于能止住那一阵狂呕了，可该怎么回答呢，我尴尬地冲她笑笑。

“她是我女朋友，怎么，有什么不对吗……？”天空漫不经心地甩出这么一句话，立刻使我所有的难题都迎刃而解。

噢噢……不愧是我的天空!!

帅气的家伙。T_T

我迅速地捕捉到橘子脑袋那一瞬间的失色，不过这女人可不是盖的，我胜利的微笑还没维持到三秒，那女人立刻脸色恢复正常，二话不说地一手挽住尹湛，一手挽住天空，踌躇满志地笑得好不温柔。

“不管怎么样，宜兰和我，我们可是等你们好久了。我还是第一次见到尹湛的女朋友呢，这么一个水当当的女孩，美得简直冒泡……”

“那还用说，也不看看是谁的女朋友。”

—_—哼~！我还是天空亲口承认的女朋友呢，我喜气洋洋翘到半空的鼻孔到现在还没收回来。

这时，橘子脑袋咬咬牙，抛出决定性的一击。

“我们四个人去泡吧吧，就算是庆祝和尹湛的女朋友初次见面好了，我请客。”

嘁~！别好笑了你这女人，你还想像以前那样把天空劫持上你那辆红色小破车么……也不想想我现在和天空是什么关系……我和他可是昨晚刚刚在别墅里度过了一个晚上……

“好。”

……扑通……

……-0-……什么，天空居然这么爽快地就答应了，我简直怀疑自己的两片耳朵。

这下橘子脑袋满意了，嘎嘎笑得像偷鸡似的，她万分得意地看向我，毫无恶意而又极其亲切地问道：

“这边的也去么……？”

“……—_—……”

“这边的这位也一起去吧，昨天在窗户上辛苦你了。^^”

“我不去……”

“喂，你也一起去吧。”一旁的尹湛用他湿乎乎的手肘一个劲戳我，这讨厌劲儿的～！

天空还是笔挺挺地站着，一句话也没有。

“是啊，一起去吧。”宜兰也加入了劝解的行列。

“不去!!”

“我们要去的可是非常非常有情调的酒吧哦……我已经成年了，所有还可以点好喝的鸡尾酒。^-^”

“我最讨厌最讨厌什么有情调的酒吧了，非常非常讨厌!! 鸡尾酒也是世界上最最!! 世界上最最!! 最让我讨厌的东西了……这个理由够充分了吗?”

“那……我们就没办法了……”橘子脑袋很无辜地摊摊手，奸计得逞的惬意怎么掩也掩不掉。

“喂……你这又是闹什么小脾气!!”一点都不懂得女孩家心事的笨蛋尹湛，我狠狠地拐了他一记，转身气呼呼地就要往家里走。

我承认我是白痴好不好，这时我仍对天空抱有一丝期望的，偷偷侧过头往回瞟……

可这不看还好，一看我更是气不打一处来，只见天空那家伙已经多情地挽起橘子脑袋的手，更可恨的是，他居然还毫无愧色地用命令的语气冲我说道：

“你给我老老实实待在家里，哪都不许去，我每隔一个小时就会打电话查勤。”

“……什么?”

“我说你哪儿也不准去。”

“我是你养的宠物吗臭兔崽子!! -0-!!”正好这时大门打开，我飞快地闪身进人，临行前恶狠狠地扔下这么句话。在那家伙来得及回应我之前，我哐的一声甩上了大门，吭哧吭哧跑进了家里。

“哎哟～! 昨天那一场阵仗，我真是要减寿十年啊!!”我刚踏进玄关门，家政大婶就长吁短叹地迎面冲我而来。

实在不想花时间满足大婶的好奇心了，我径直穿过大婶，向客厅中间的电话机走去，一边走我一边恶狠狠地想……你以为我就没人可见了么，这么毫不犹豫地就答应跟着橘子脑袋走了，还手挽着手……我也是有朋友的……我也有周末可以聚会的朋友……!!!

……朋友……朋友……

……—_—……动物家族？

……上帝保佑……我终于发现自己还是有点自虐狂倾向，食髓知味之前一定要赶快刹住……

娜娜姐……我连她的电话号码都不知道……

没有……真的……一个都没有……我陷入没有朋友的绝望之中……

就在我抓耳挠腮即将抓狂时，突然……

詹英!!!

对了，还有詹英!!!

那份高兴劲儿，就像一个在角落里挂了一年的香蕉终于又被你找出来似的（—_—这么说好像有点不太对得住詹英）。

是詹英的话电话号码我也知道!！好，好，真是太好了!!! 我乐呵呵地抓起电话机，正要拨电话……

叮铃铃!！叮铃铃!！叮铃铃!！

那电话自己闹腾腾地响起来了，吵得我差点忘了自己好不容易记起来的詹英的电话号码。

非常、非常的吵……

26

是谁呢……

我接没关系吗……？

看着大婶进了厨房忙得四脚朝天的样子，我带着几分紧张，小心而拘谨地按下了通话键。

"……"

"你要是敢出去就死定了。"

—_—……绷紧的神经瞬时松懈得像牛皮糖，原来是江天空那区区小人，还特意打电话来威胁我，这混蛋，我气炸了肺，强压着怒火没把电话给扔出去。

“你出去就死定了!”凶险万分的声音又一次在耳边响起。

开玩笑，这家伙有没有搞清状况啊!! 贼喊捉贼也没有这么过分的。

“那就试试看你有没有这份能耐!!! -0-!!”我一根筋地对着话筒狂吼，哐的一下就挂断了电话。

赶在电话再响起之前，我手忙脚乱地按下了詹英的电话号码，就像迟了一秒詹英的电话号码就会飞掉似的。

……叮铃铃，叮铃铃，叮铃铃……

这么久才给他打电话，那小子该不会一听是我声音就给我吃个闭门羹吧……

或者……以他的个性，很有可能劈头盖脸把我臭骂一顿……—_—

嗯，这样也不错……打是亲骂是爱，至少证明他对我“旧情未了”……

#烤五花肉店。

“你这该死的哥斯拉!!! 没血没泪，残忍至极，该千刀万剐炖着吃了的哥斯拉!!!”

—_—^……早知道这家伙这么小心眼的话……居然把我和那怪物相提并论，我不是都说了一百来遍的对不起了吗……

我和詹英对坐在一张烤肉桌前，那家伙举起眼前的一杯烧酒啪地一饮而尽，然后双眼含泪，无限怨恨地看着我。妈呀~! 搞不好今天晚上会梦到怨灵……

我满怀歉意，真心地夹了一块烤熟的五花肉放到他面前。可就这样那家伙还是没能消气，一双绿豆小眼狠狠地瞪着我。

“你是临死之前突然想见我一面，这才记起给我打电话的?”

“哎呀，不要这样嘛!! 我不是说了因为条件不允许吗……”

“那到底都是些什么条件不允许，你给我一条条说清楚!! -0-!!”

“说了你也不会相信的。—_—”我说的是实话，我自己都觉得自己这段时间的经历听着像梦游，不具任何真实性。

“你倒是说些有说服力的理由出来啊!! 怎么这么没想像力的你!! -0-!!”

这个死小子……—_—敢情他就是想抓住我这次的小辫子不放了……—_—我一言不发地盯着他因激动而潮红的脸，托天生就不会说谎的福，只好一五一十地向他叙说起自己这段时间的遭遇。

这当儿，铁板上烤好的美味肉肉都吧唧吧唧不翼而飞了……我一边痛诉着那些坏蛋的滔天罪行，一边狠狠地嚼着烤肉，仿佛嘴里嚼的不是烤肉，而是那些导致我一系列不幸的罪魁祸首。詹英张大着嘴，看着又是酒又是肉的我，整个人完全呆掉。

“你是不知道啊!! 那个小儿子说有多不像人就多不像人，哈~! 他以为他是什么贵族呢?! 看见我就嚷嚷着脏啊脏的!! 还说死也不和我吃一样的东西!! 就这样一个家伙，这么大一砣人啦，大晚上的还嚷嚷着害怕跑到我房间地板上睡了一夜，你说可笑不可笑!!”

“到目前为止，你说的一切都是真的!! =P=!!”詹英那家伙受不了这份刺激，扯着嗓门喊道，他酒也喝得不少了，这下又连饮了两杯。

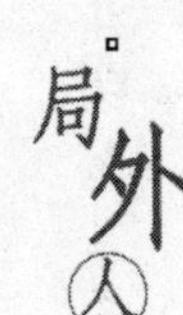

我更是醉得不在话下，不知不觉中已经灌下了两瓶烧酒，于是开始指手画脚，舌头打卷。终于，借着酒劲，我获得了生平惟一一次勇气，我叨叨地数落起那个没道德、没水准、狡猾得像狐狸一样的大混球来。

“还有那个哥哥，那真叫不是一个人啊!! 都不想提他。你知道他每天说话都是什么语气吗?‘吃饭，安静点，你死定了，头发扎起来。—_—^’”我直起身，指指点点的，脸上还费死费劲地模仿着天空的扑克脸，“你说这都什么人啊，他凭什么每天对我命令来命令去的，这还不算，他明明答应和我玩的，可是一看见那块橘子脑袋就咻……的一下飞走了!!”

“什么，居然有这种人渣存活于世间?!”

“唉，提都不要提了，他自己跑出去花花地玩不说，临走前还命令我待在家里一动也不准动，要我像个钉子似的钉在家里。你说说，他又不是做援助交际的，干吗成天和那个看起来比自己大那、那、那……么多的女人在一起，我看那家伙就是有病!! 就是有病!!”

“嗯，这家伙真不像话!! 要是撞在我手里，我一定好好地教训他一顿!!”

嘻嘻~! 看着比我还要激动的詹英，我虽然有点点奇怪，可迟钝的我并没有多想，只当作他是热心地为好朋友打抱不平了。

詹英说话的舌头越来越硬了，最后干脆端着一杯酒就冲了出去……

“雪儿啊!! 你不要哭了!! -0-我，我，不是还有大哥我在吗?! 来，干，干杯!!”詹英冲着外面的电线杆子如是说。

……—_—……

出了烤肉店，詹英又吵着要续摊，跌跌撞撞地拖着我四处找啤酒店。我真是替这家伙害臊，才喝了这么点酒就醉成这样，转身看见眼前有幢建筑物，于是我不管三七二十一地拖着他就往里跑……

“我……喜欢……你，知道吗……还是不知道……”在通往三层啤酒店的电梯里，那家伙，用讥讽的眼光看着我迟钝的眼神，突然，他晴天霹雳地说道。

“什么……—_—”

“噗哈哈哈哈，不知道!! 不知道!!”詹英拼命捶着电梯四周的铁板，轰轰声中，终于抖掉了浑身的不自然。

“你……没事吧你……—_—”

他又要开口，似乎要对刚才的告白解释些什么，我飞快地掩住了他的嘴。就这样，我们俩一言不发地直直走进了那家啤酒店。

“啊，怎么办好……没位置了……”服务生很歉意地冲我们摊开两手。

没位置了，还能怎么办，打道回家呗!! 其实我心中是暗暗叫好，慌慌张张又重新和詹英回到了电梯里。

詹英没有按下一层的键，反而按下了地下一层的键。

“呀，你怎么……”

“这地下一层有个吧，保证惊得猪想飞，你请客，怎么样!! 我让你好好见识一下!! -0-”

“我没有钱……”

“雪儿呀!! 雪儿!! ㅜ_ㅜ”

-0-我话还没说完，詹英那家伙已经张开着双手如老鹰一样向我突进。想当然啰，我送给他的是我随时都为他准备好的两个大拳头目标直指他那张大脸。

效果不错，詹英立即收回双手护住脸。

惊得猪想飞的酒吧，我倒是要见识见识一下。这么想着，也没有追究那家伙太多。

#S吧。

干吗到处都弄得这么一闪一闪的，要命……—_—……

我跟在唧唧歪歪说个不停的詹英身后，在服务生的带领下，找了一个靠里的位置坐下。

黑色大理石镶嵌和装饰的地板，透明琉璃似的天花板，这里每一样东西都在挠着我的神经。那些从骨子里透着奢侈的典雅装饰品暂且不提，就说这里的人，由远及近，一桌一桌，哪一张桌子上的客人不是透着华贵，与我和詹英分明就不是一个世界的人……我深深一个呼吸，屏息凝神翻开服务生递过来的菜单。

新挞莫里卡拉贝拉沙拉文-67000元（译者注：约合人民币640元）。

……

……什么……新挞那家伙想对莫里卡……还有一个叫什么沙拉文的家伙怎么样……?

更过分的是就这样一个“怎么样”居然还要67000元……—_—?

……

“唔~唔……我好想吐……雪儿……唔~唔……”

“那我们走吧。—_—”我对这家伙没什么好气，正好借机

离开。

“唔～唔～唔……”

我费死力地搀扶起连连作呕的詹英，好不容易才冲服务生挤出一丝微笑，那服务生不太高兴地撇撇嘴，转身径直去了。我挺了挺腰，尽量显得威风凛凛地向门口走去。

都是身上这白痴家伙害的，受了服务生的白眼不说，现在这家高档酒吧里的所有客人似乎都在看我们的笑话，交头接耳，欣赏着我们的穷酸样。这时，就在我伸出手要抓住那转得乱七八糟的转门时……

“哎呀?! 这不是珠艳姐姐吗!!!!”

詹英那小子像脱笼的兔子似的，眨眼的功夫就冲向了与我们刚才落座的地方相反的酒吧的另一头。

“你要干什么呀！臭小子!! 还不给我站住!!! －0－!!”

真是让人看笑话了，所有人的视线都集中在我们俩身上（又—__—），我硬着头皮，拼命在后面追那个浅薄的疯子。

…… ……

……

……我哧溜一下躲到旁边桌子上那个块头看起来很不错的大叔身后……

“哇～！真的是珠艳姐你!!”

“天啊……詹英……!!”

……居然有这种杀千刀的偶然……

“呃～！这不是那时候在酒吧里做事的大哥吗?!”

“你认识詹英啊，宜兰?”

“嗯，上次我被一帮坏蛋带到酒吧里，当时这位大哥就在那里做事……你怎么认识他的姐姐……?”

“啊，以前我上大学的时候做过他的家教……”

－O－……他的家教……?

詹英似乎真的很高兴见到这位姐姐，也就是橘子脑袋，干脆啪的一下在她身边坐下，恶心吧拉地向她撒起娇来。

……坐在他对面的……当然就是刚才出去的那几位成员了，尹湛和天空背对着我坐着，只能看到他们的背影……天空举着手机放在耳边，不时烦躁地敲着桌面，当~当~！一下一下……拜托……-0-他该不会是往家里打吧……?!

我小心翼翼地观察着他们的一举一动，特别是詹英那个专门制造危险的家伙……

“哎哟哟，你能不能离我远点，小姐!!”

我拼命地忍耐着那个挡在我前方的大叔的推推搡搡，誓死不挪窝……

“我可喜欢姐姐你啦!! 你不知道吧，姐姐!!”

“-0-……呃呃，詹英……你醉了?”

哎哟哟，这个小冤家……T_T

“那时候姐姐你可是我们之中的偶像，是我们所有一起学习的孩子们的偶……唔~唔，好想吐……唔~唔唔……”

“……詹英……-0-”

“你还是和以前一样漂亮，珠艳姐……这位是……你对面的这位是你的男朋友?”

“呃……不是，不是这样子的……”

不是你个头啦!! -0-!! 那为什么每当天空和我在一起时你就想方设法把他拽开!?! 我气愤至极，唰的一下站起身子，然后想起了状况，又嗖的一下重新蹲回块头很好的大叔身后。

詹英，这个疯子，他真是语不惊人死不休啊!! 就在这时，说出了比任何时候都要疯的话。

“呵呵!! 我也是和女朋友一起来的!!”

“噢噢……真的啊?”

-0-……不是我，我真的不是，我发誓，我不是这个疯子的女朋友。

“哎哟哟，说起我这女朋友啊……她可不是一星儿半点的惨，她被一位老爷爷带到了有着和我差不多年纪的两个儿子的家里，小的那个是胆个小鬼，每天晚上都嚷嚷着害怕闯到她房间里睡，还自以为很帅很了不起，说他有王子病都不为过，学校里没一个同学喜欢他!!! -0-我女朋友说他长得就像猴子屁股似的，见过动物园的猩猩没有，他比里面最丑的那只还要丑!!!”

-0-……我什么时候说过……詹英啊……

我什么时候……变态，王子病之类的……还有猴子屁股，猩猩……我什么时候说过这些…… -0-你……你……我真的很想杀了你…… -0-青天白日的这样借我的名誉胡说八道。

天空那家伙还举着手机，不停地给某处（很有可能是家里—_—）打电话，一边打一边不时地踹那可怜的桌子儿脚，看得我心惊肉跳，想象天空真心想踹的很有可能是我……

“天啊，居然有这种人！你女朋友真是不幸，太可怜了……”宜兰一脸惋惜地看着詹英，完全没有觉察到对方嘴里的这个坏蛋就是自己的男朋友。

詹英从大家的反应中获得了力量，压下自己想吐的欲望，大嘴一张一合地又接着说开了。

“这还不止呢，你们知道吗？那个大儿子，整个一花花公子，好色之徒，同时和一打女生交往!! 他还装作喜欢我女朋友，实际上啊，据我女朋友说，他还在做援助交际!!!”詹英这家伙说到这里简直眉飞色舞了，两眼贼亮贼亮的。

啊啊啊啊啊!!!

“你说援助交际?!”

“是啊，我听说之后也不是一般吃惊!! 听说他和一个比自己大好些岁的外号叫橘子脑袋的女人成天混在一起，经常跑出去玩!! 你说不是那个女人做他后台出钱给他花是什么?! 唔~唔~唔……”

“哎哟哟，你没事吧?!”

拜托，大爷，你就出去吐得了!! 不要再在这里让我吐血身亡了好不好?!! 我可不想成为什么美美的泣血杜鹃。

“唔~唔~唔……我没事……┬_┬还有啊……那个大儿子!! 每天都往家里打电话查勤!! 如果发现她不在，他就要把我的女朋友用绳子绑起来，然后倒吊在天花板上狠狠地打!!”

"我的妈妈呀……他该不会真的是变态吧……!?!"

"谁说不是啊!!"詹英激动地狠狠一拍大腿，"刚才我女朋友就是因为这个来找我，在我面前呜呜哭个不停呢……T_T咦~!说到这，那小妞跑哪儿去了……？唔~唔~唔唔……"

……这时……那位一直拿着手机的天空……突然放下了手里的手机，上身前倾，似乎想仔细看清詹英的脸。

我……

在我的精神还没有被詹英折磨得完全崩溃之前，强持着一口气，决定把自己的身家性命孤注一掷……再晚就没有活路了……

没错……就是这样跑，笔直笔直向前冲，在他们发现我之前，我应该就能冲到门外了……我的速度还是很快的，没错，韩雪，你是最快的，你一定可以完成这项艰巨的历史使命!!

我只要拼命地往前跑，很快就能平安无事地逃离这个地方了……

然后呢……詹英，我们可以说拜拜啦，我们俩的缘分算是到此为止了……

短短的几秒钟时间，我已经飞快地计划好一切……为了跑得万无一失，我还特意重新系了一下鞋带。

嗯……不错，很结实了……5……4……3……2……

"你的女朋友叫什么名字?"

我的屁股已经翘得很高了，一直不曾开口的天空却第一次打开了金口。

"小姐你究竟想干什么啊!!!"一直免费充当我防护罩的大叔终于忍无可忍了，一下从位置上站了起来。

我讪讪地放下屁股，只听耳边传来詹英那小子一片雀跃地叫声：

"啊!! 那里我女朋友!!!!"

……

……那里……就是……我……女……朋友……

27

那里……

是我女朋友……

“雪儿!! 雪儿!! 在这儿!! 在这儿!! -0-!!”詹英欣喜地冲我挥舞着双手。—_—

我完全僵硬在原地，背过头，一动也不敢动，甚至连大气都不敢喘一下……我平生第一次如此虔诚地祈祷，可临时抱佛脚的行为似乎遭到了佛祖的唾弃，詹英那沉重的脚步声一步一步向我逼近。

啪嗒……

拜托……

啪嗒啪嗒……

我不担心尹湛那个家伙，可是……

啪嗒！啪嗒！啪嗒！

只担心天空，只担心天空……ㅜ_ㅜ

“你好。”

……

这个……这个……ㅜ_ㅜ

“……你……你，你好……”

“有件事我想确定一下……能不能请回一下头。”

“啊～哈哈……我……因为我刚做了双眼皮手术……所以眼睛都肿成了包子……”

“韩雪。”

“嗯？不，我不是的，我不叫韩雪，我的名字叫白雪……”

“韩、雪!!”

“我已经说了，实际上我的名字……”

“韩雪!!!”

天空雷劈一样的声音猛地在我身后响起，震得我浑身一哆嗦。

完了，什么都完了……一直盼望着能从天空嘴里听到我的名字……结果却是在这种情形下，以这种灰头土脸的样子……原来世界末日就是这种心情么……

我转过身，绝望地面对着他，

“……是我……你杀了我吧……”我闭上双眼，毫无对策之下只能吐出这么一句话。

可是……对面却没有任何动静。

这么恐怖的沉静谁忍受得了，我悄悄睁开一只眼打探情况。

只见，天空死死地盯着我，一动不动，一声不吭，仿佛要用眼睛击穿我……桌子旁的尹湛，他老人家算是乐坏了，坐在椅子上发了疯似的笑着，还有没搞清楚状况的宜兰，摇晃着橘子脑袋拼命想问出个所以然，橘子脑袋只是默不作声地摇了摇头。

最后，最后……

“雪儿！雪儿!! 这小伙儿很帅吧!! 和我们一样大呢!! 唔~唔~唔唔……T_T”

整件事情的元凶依旧笑得灿烂，完全不知道自己犯下了何等滔天罪行。

……

“呀……其实事情并不是你想的那样的，这个我一定要给你解释清楚!! 尹湛那小子，不是，是尹湛他长得并不像猴子屁股，还有你和橘子脑袋……”

老天 -0-!! 橘子脑袋!! 我都在说些什么啊……简直疯了!! 我不安地把视线转向他们那张桌子。

这下尹湛那家伙也不笑了，拧过脖子，睁着一双牛眼拼命瞪我，橘子脑袋也看着我，一脸微妙的表情。

……我的乖乖呀……真是应了一句老话：种什么瓜，得什么果！这下我该吃果子了，祸从口出可不是说着玩的……

“重要的不是这个。”天空终于缓缓开口了。

“嗯?? 这么说……你原谅我啦!?!”我惊喜地睁大双眼，很能顺竿爬。

“……”

“……对不起……—_—……真的对不起……可是，你确实也说过要用绳子把我绑起来!!”

“你没听到我的话吗。”

“嗯……什么?”

“让你老老实实待在家里哪也别去。”

“喂!! 讲到这个，说实话这个是你不对!! 这种情况你扔下我就出来了，你难道就一点没觉得对不起我吗?”

“男朋友呢。”

“你……你……现在这话你也相信? 你该不会真的以为我和这个家伙在交往吧?! 你看看，你看看，他现在浑身上下还有哪里是清醒的，分明就是醉得满口胡话!!! 醉得不能再醉了!!”

“可你们见面了。”天空的声音变得越来越沉重，越来越别扭。

“……因为是朋友嘛……”

“那还是见了。”

“哎呀，真是被你弄疯了，说了因为是朋友嘛。”

“你见了……别、的、男、人。”

“喂……说实话，我……和你，我们俩并没有真正在交往对不对……这样的话……”话我突然说不下去了，因为天空脸上的表情忽然阴晴不定地剧烈变动起来，我没有勇气继续理直气壮地说完我想说的话，只有一种我必将死无葬身之地的强烈预感。

终于，天空把眼光从我身上挪开，他的眼刃直射詹英，那家伙还在唔唔呕个不停，蔫蔫的要死不活……天空顿了顿，再一次用可怕的目光看向我。

“喂!!!”

几乎是在尹湛出声大叫的同时，天空那家伙已经抓起桌上的鸡尾酒杯，毫不留情地泼向我……晶莹剔透的液体顿时溅了我满脸。

…… ……他居然……

甜蜜而苦涩的鸡尾酒微微渗进我的嘴唇……我任它们淌着，直到占领我的脖子……直到占领我仿佛要裂成两瓣的心脏……

“……对不起……”我双目失神，轻轻地呢喃道。天空没有回应，一言不发地走出了酒吧。

……

这之中，我算是明白了一件事……没有谁胆敢阻止天空，不管是脚步踩得咚咚响从远处赶来的服务生，还是千方百计想把我从他身后赶走的大叔，不管是喝醉了酒，到现在走路还东倒西歪的詹英，还是惊诧得用手抱住脑袋的橘子脑袋，他们谁也……没有胆量……阻止天空……也……不能阻止……

“喂，喂!! 那小子怎么回事啊!! 居然对我的女朋友!!!”

詹英总算恢复了一些神智，不过这个混球，到现在也没忘了叫我“女朋友”，大言不惭地叫得这么顺口……这么想着，心里的怒火与沮丧，还有混合着的千万种复杂的情绪居然奇异地平复下来。

“哈……”我歪歪斜斜地靠向身旁一张椅子，讥讽地笑了一声。

“说得有点过分哦!”橘子脑袋凝视着我，意味深长地吐出这么一句。

“这个……惭愧，我无话可说……”

“叫我橘子脑袋这也许是你个人说话方式和习惯，不过你说援助交际还有什么做后台出钱之类的，这真的很让我讨厌再见到你。”

我没吭声，用手背狠狠抹了一下自己脖子上的鸡尾酒。

“我明年满二十八，这种年纪找男人做援助交际似乎还早了点，不是吗?”

“我说话……是冒失了些。”

“是啊，我也很失望……”

“这么说……刚才这个男生说的变态精神病兄弟……就是指尹湛和天空啰!!?”

现在你总算明白过来了……祝贺，祝贺你宜兰小姐。

总算不再一头雾水的宜兰，一脸的震惊和不相信，哗地从椅子上站了起来。她身旁的尹湛依旧一动不动，除了盯着我身上的鸡尾酒淅淅沥沥嘀嗒个不停之外，没有任何行动。

“尹湛! 你从来没有对我说过这样的话!! 要和我一起住! 要和我待在一块儿!!”

“……”

"太不像话了你!! 我才是你的女朋友不是吗?! 只有我才有这个资格!! 我至少也应该有这个资格!!"

"……吵死了……"

"还有……韩雪! 真没看出你是这种人，我还以为你是一个不错的家伙，你居然说尹湛是变态?! 说学校没一个同学喜欢他?! 说实话，学校里没一个同学喜欢的人是你，不是吗?!!"

……在宜兰更加充分发挥自己完美的造句能力之前，尹湛忽然推开椅子，出其不意地站起了身。他从桌上扯下几张纸巾，大步大步走到了我身边。

拜托，他该不是打算把那几张东西塞进我的嘴里吧……—_—……想象自己即将面临的悲惨下场，我又一次绝望地闭上了双眼。

出乎意料的，尹湛那家伙居然就拿着这么几张纸巾，温柔地擦拭起我的脸来。

这种情况说这个可能有点可笑，不过我还是忍不住想到那时天空为我擦嘴唇的情形……完全相反的感觉……外表和内心完全不同的两个人，外表和内心完全相反的两个人，我迷惑了……

"对我跑到你房间睡地板，你就这么不满?!"

"……"

"说我有王子病，被同学讨厌孤立，这个是不是太扭曲了点。"

"不要再说了……我取消我说过的话……"

"还有，那个猴子屁股到底长什么样……—_—?"

沙……沙……尹湛手里的纸巾不仅擦掉了我脸上的鸡尾酒，更是引发了我不知如何是好的羞耻心……这时，——

"江尹湛!! 你给我过来!!" 宜兰充满愤怒，夹杂着哭腔高喊道，她每一个毛孔都写着遭到被叛。

……

"啊~! 对了，还有，你居然能分辨出猩猩的美丑，能告诉我什么样的猩猩是最丑的吗? 我倒真想和它们比比看。" 尹湛根本把宜兰的话当耳边风，很是一本正经地要求和猩猩比美，见手上的纸巾全部湿透了，想也不想地就抽出上装口袋的丝质手绢继续给我擦，脖子上粘粘的鸡尾酒随着体温的蒸发渗出甜甜香味，我有些醉了。

“你马上到我面前来，江尹湛……”宜兰尖着嗓子悲壮地喊道，这应该是她的最后通牒了，看这气势!!!

我低下头，从尹湛手上抢过手绢，使劲地用手推他……

“这次真的是最后一次了!!! 你再不过来，我们马上分手。”

我担忧地看着他俩，可是尹湛那个死人居然还杵在我面前一动不动，宜兰忍无可忍，终于吐出了我担心的话：

“这次我们是真的完了!!! 这么分了又合，合了又分，反反复复，你说，我们是不是至少来来回回折腾了五次!”

尹湛还是一声不吭。

真是急死人，我都替他们着急，他什么时候和天空学啦!! 正当我毛毛躁躁地想说些什么缓和缓和他俩的关系的时候，尹湛用眼神阻止了我，然后转向宜兰，缓缓开口说道：

“这第五次是最后一次了。”

“什么意思?”

“我是说不会再有第六次了。”

“你倒是说清楚啊，究竟是什么意思!!!”

“我是说这次我们彻底分手，不会再回头了。”

“…… ……你……开玩笑……?”

“我是真心的。”

……

不可以……这都是些什么事啊……就因为我的妄言和冒冒失失，一时之间居然发生了如此之多的事情，宜兰整个人完全哭倒在桌子上，橘子脑袋看我的眼神更是彻彻底底充满了敌意。

“你不要到处乱放箭好不好，错的人是我不是宜兰。”我明明白白对尹湛说得很清楚，可这家伙，不仅没有回应，反而抓起我的手，大步流星地向门口走去。

“喂!!! 就在这儿解决吧!!! 你这样子我更为难了!!!”我急着甩脱他的手，着急地大声嚷嚷起来。

江尹湛那家伙丝毫不为所动。

“我已经腻味透了被人讨厌了!!! 你不要再添加人头数了好不好!! 我也不指望被人爱!! 但你至少不要再让人讨厌我了行不行!!!”

“你比看起来力气要小……”

“尹湛!!!”

“生气的人不只哥哥一个。”

“这是这，那是那，一码事归一码事，这是我们的问题!! 那是你们的问题!!”

“我也非常非常生你的气，现在……”

“那你为什么要把怒气转到无辜的宜兰身上呢!!!”

“说不定!!!”

“……”

“我比那个家伙还要生气也不一定!!!”

……

尹湛一掌劈开旋转门，似乎压抑着……又压抑着什么，比刚才还要凶险万分的神情。我低着头，一言不发地跟在他身后，不完全理解这小子的情绪，不过我能肯定一点，他所以这样的原因全部是因为我……

回家的路上我沉默不语，衣服上清晰的鸡尾酒印时刻在嘲笑着我……你还妄想这是在做梦么……把你踹一边去!!!

28

“那件礼服怎么会穿到你身上？雪儿!!!”

#平昌洞家里。

我刚进玄关门，老爷爷似乎早知道我要回来似的，劈头盖脸就冲我一顿暴吼，也不想想他老人家都老天没见到我了。

这会儿功夫尹湛也没闲着，他大步大步上到二层，正眼也没有瞧老爷爷一眼，更不用说问候了。

“江尹湛!! 还不快给我滚下来向我问候!!”老爷爷火大地扭头

冲二楼喊道。

“……爷爷……”

“江尹湛!!!”

“……您原谅尹湛吧……”

“原谅他?! 哎哟，你这衣服上粘得都是些什么啊?”

“……鸡尾酒……”我老老实实地回答。

“是那臭小子干的对不对!!! -0-”

“……是我自己……”

“什么? -0-”

“天空呢，天空他回来了吗?”

“在二楼房间里呢……你说是你自己干的?! 这次你又闯什么祸了!!”

“……是的，闯了非常大的祸……非常大非常大的祸……”

“哎哟哟……我的天啊……”

“对不起。”

“你来了之后，我算是没过上一天安生日子……”爷爷长长叹了一口气，我更加觉得无地自容了。

老爷爷对我似乎充满了深深的无力感和挫败感，也懒得继续再问下去，转身向自己的卧室走去。

还算走运，比我想象得能更快见到天空。

咚咚咚咚……

我小心翼翼地敲着天空的房门。

咚咚咚咚……

门紧闭得像铁板，哪有丝毫打开的迹象。

不在里面吗……? 这么想着，我小心翼翼地把眼凑向门缝……

“十分钟之后过来……对，不是现在，十分钟之后出发。”

-0-……他说让谁过来……? 明明在屋里却装作没听见我敲门，他分明是故意不想见我。刚刚还泼了我一身鸡尾酒，想到这，我不禁热血沸腾，怒从心起，一时恶向胆边生，停止敲门，唰地就踹门进去了……

"…… ……"

正在换衣服的天空瞪大着两只眼看着我……

"对不起……"

明明，我该马上出来，狼狈逃窜才是正常的，—_—羞涩的红云飞上脸颊，再配上一声尖叫，腾的一下关上门，这才是正常的……可是，那只满布伤痕的手腕牢牢吸引住了我，我一时失了魂……

"出去。"

"呃……呃，对不起……"

在那个短促有力的单词变成一连串咒骂之前，哐!! 我慌慌张张甩上门退了出来。

扑通扑通……呼~！我长长了吸了一口气，安抚自己快要跳出来的心脏，呼……呼…… -0-一下不够，我再接再厉又深呼吸了好几下。

和我想象的身体（你是说已经想象过了—_—）一点都不一样，不是应该很瘦弱纤细的吗?！为什么那样魁梧……为什么那样伤痕累累……还有……为什么身材比我想象得要好得多—_—……—_—……现在衣服应该都穿上了吧……不对，说不定还没有完全穿上……我一时忘了身处的情况，想着确定他到底有没有完全穿上衣服，唰的一下又推开了房门。

"…… ……"

很遗憾，天空的衣服已经完全穿上了，正在关抽屉，他凉丝丝的眼神射向站在门口的我，似乎在询问我为什么又来了。

面对如此嫌恶自己的视线，我紧张地咽了咽口水，……拿出勇气来，韩雪，你不是一直风风火火地闯了过来吗！

"我……我是……来说……对不起的……"

"没必要，出去。"

"你应该先听听我说什么才下判断不是吗……"

"……" 天空看都不看我一眼地向房外走去。

怎么可能就这样让他走掉，我张开双手，飞快地挡在他面前

……

“让开……”

“你要去见谁……”

“橘子脑袋。”

……—_—……又一次觉得无地自容……

不过该说的东西还是要说的，不说清楚的话我和他之间永远乱七八糟。

“好吧！那话就从这里说起，你是不是经常经常去见那个女人!!!”

“和你的不一样。”

“我的?? 我的什么?? 詹英?! 我说了不是的了!! 我和他真的只是朋友!!”

“我和她也只是朋友。”

“那我呢?!”

“不相信。”

“我问你我对你来说到底是什么……?”

“我不会再相信你了，所以，让开。”

“我到底什么时候做过让你不能相信的事情了?! 我真的背叛过你吗?”

“现在，我讨厌见到你这张脸……”从我进房间之后一直没拿正眼瞧过我的天空，突然猛地把我抵到墙上，他死死地瞪着我，仿佛要证明自己说话的真实性。

“我有说错吗？我们根本没有在交往!! 我没有对你说过喜欢你，你也没有对我说过喜欢我!! 那我们到底为什么要为这种事情吵个不休!?! 你不觉得我们现在这副样子很可笑吗!!!”

……喜欢他的话，以前没有说过，到我死，只怕我也没有勇气说出来，我嘴里蹦出一连串完全违背我心意的话。

“不一样。”

“……什么?”

“我今天总算彻底明白了。”

“什么……”

“死也不会是你。”

……哈……

“我也一样……死也不会是你……”

可笑的谎言，出自我低水平的粗制滥造，天空居然接收到了，他怔了怔，喃喃又低声自语了一遍，“死也不会是你……即使是死……”

即使是死……即使是死……轰轰然的语句一下接一下在我脑海里轰鸣，我泪流满面，像个傻瓜似的，浅尝着自己苦涩的泪水。

终于，天空离开了，去见那个他自称不是女朋友的橘子脑袋了，自始至终都没有再看我一眼……

该怨自己傻吗?！对爱情如此的生疏笨拙，青涩得连一个幼稚园小孩都不如，哈，哈……我居然忍不住笑了起来。

任脸上泪水四溢，再不像样又怎么样……我静静地凝视着天空的房间，他的床，他的书桌，他的一切，没有任何痕迹，没有任何味道，更没有任何感情，第一次见到，应该也是最后一次了，我以近乎绝望的心情，缓缓地抚摸着它们，从喜欢上天空的那天起就产生的不祥预感，终于，在我来得及放进全部感情之前，就已经百分之百的命中了。

天空，以后我还会像喜欢你一样喜欢上别人吗……!！我该醒悟的，即使是我继续待在他身边，他能带给我的也只有哭泣。我一点一点扫视着天空的物品，忽然……

一本大大的相册闯入了我的视野，它巍峨地插在书架上一大堆书之间。

我没有一点罪恶感的，也没有感觉到任何良心的鞭挞，缓缓从书架上取下那本重得可以压死人的相册……

……相册四角磨损得厉害，有些部分已经翘了起来……

我用手背擦擦眼泪，揉揉眼睛，翻开了相册的第一页……说不定我潜意识里是希望发现这个家庭隐藏的秘密。

五张相片整整齐齐地排列在第一页，好像全部都是一个女人的相片，我说好像是因为每张照片的主人公脸部都用火熏黑了……看看这身材，我又仔细观察了一下发型，肯定不是橘子脑袋，不知为何，翻第二页时，我的手竟忍不住颤抖起来，还是……摆得整整齐齐的七张照片，全是那个女人脸部被熏黑的照片……

接着……

第三页也是，第四页也是……所有的……全是一个女人的照片，也许……我怀着一丝丝的期许翻到最后一页……依旧一无所获，每一张照片都无一例外的熏黑了脸部，就是这个女人，牢牢占据了我永远无法拥有的天空，天空的内心，除了她，哪还有一分一毫的余地给我。

“……原来，这个就是答案……”我合上重重的相册，把它放回原处，跌跌撞撞走出了房间。

……那个女人……就是答案……让我死也得不到天空爱情……的女人，她就是答案。

我怀着这个绝望的答案，悄悄掩上门，全身无力地靠在墙上。我好后悔，我简直后悔至死，为什么我的初恋会给了天空这样一个无心的人，而他，为什么明明无心还要强求着成为我生命日益扩大的一部分……

不要再爱天空了，雪儿；

和天空在一起你会受伤的，雪儿；

你会很辛苦很辛苦的，雪儿；

风中飘来心灵的声音，我强迫自己，催促自己，甚至是胁迫自己，

可是……

迷恋得无可救药的韩雪，

顷刻间泪流满面……

神啊！如果现在能有一个人来安慰我就好了，不管是谁，哪怕是和我说说话也是好的。虽然我早已满身伤痕，对苦痛习以为常，可这不曾经历过的陌生心痛，还是让一向坚强的韩雪摇摇欲坠，仿佛下一秒我就会忍不住张口嘴放声大哭。

咚咚咚咚……

我敲响了就在隔壁的房间。

咯~吱……我推开只是虚掩上的门。

屋里静静地流淌着舒缓悦耳的轻音乐，尹湛那小子坐在窗台上，正举着一瓶洋酒给自己斟酒，突然看见我垂着脑袋进来，顿时有些惊惶失措，一个没抓牢，手里的洋酒瓶险些从窗台上掉下来。

"喂……喂，这个你可不能对爸爸……"

"…… ……"

"哭了……?"

"……"

"你……哭了……?"尹湛讶异地看着我不同寻常的脸，把手里的洋酒瓶急匆匆往窗台上一扔，猛地跳了下来……

噗嘟噗嘟……我凝视着这像我的眼泪一样不住流到地面、散发着刺鼻气味的液体……一种报复的快感让我忍不住咧开了嘴……

"为什么哭!!! 哎呀，真是要被你弄疯了……是因为刚才的事吗……嗯?!"尹湛不知什么时候已经走到了我面前，他不知该如何是好，急得手足无措地在我面前团团转。伸出手想替我擦眼泪，未想又收了回来……

"该死的……你一点都不适合这样……真的，哭一点都不适合你……"

"……"坏小子，这个时候还是讨论适不适合的时候吗?!

"好，我承认，我是猴子屁股，我是王子病，我也被同学讨厌，还有……对不起……刚才冲你大喊大叫，对不起……"

"……"

"我真的一点都没生气……所以，求你了，不要再哭了……韩雪……千万不要再哭成这副德性了……"

"我……喜……欢……"

"…… ……"

"我喜欢……"

"…………"

尹湛不知什么时候往后退了退，两边两片小脸蛋唰的一下红彤彤。接着，这家伙用手背遮住了泛着红晕的脸蛋，视线不自然地挪向窗边，嘴角浮出一丝丝笑意，就像我上次送他巧克力蛋糕时那样……似乎不想被我发觉他嘴角裂得太开，他伸出手不停地扯着自己的脸皮。

我一动不动地接着说道：

“天空……我喜欢他……我喜欢……天空……你帮帮我，尹湛……你帮帮我……”

一瞬间，就仿佛是世界级大师变成的魔术那样，尹湛脸上的笑意消失得无影无踪，灰色的阴影主动来敲门。

29

“不行……”

半晌之后，尹湛终于能发出声音了，他一动不动地盯着我泪水哭干的双眼。

“……为什么……”

“江天空不行。”

“为什么他不行?!”

“你会受伤的……你会受伤的，傻瓜……”

“受伤也没有关系……”

“……我早就告诉过你了……江天空绝对不可以……他绝对不可以的知不知道……”

“不知道。”我倔得像头牛。

第一次见到我这样，尹湛一脸混乱的表情，最后干脆转过身去。

“我真的是第一次这样爱上一个人，我不知道该从哪里开始，也不知道该如何和他相处，我非常非常茫然，什么都不知道……真的是第一次这样，我不知道自己该怎么做。”

尹湛的背影还是静静的，没有动静……

不要这样，这不是我希望得到的回应，你千万要帮帮我尹湛

……

“你有信心决不会后悔吗?”似乎感应到了我心中千万声的呐喊，尹湛，终于缓缓地转回身，短促有力地吐出这句话，可他并没有看向我。

我使劲地点头。

有那么一会儿，尹湛脸上露出苦苦的笑容，非常短的一瞬，我几乎要怀疑自己是不是眼花了。

“即使是哭，即使是伤心，即使是死，我也决不会后悔。无论是眼泪还是痛苦，只要是为了天空，我都能承受，都能忍耐。”

“……可能……比你想象的还要痛苦……”

“更痛苦几万倍我都不怕……”

“……那小子……忌妒心很强……”

怎么突然蹦出“忌妒心”这么个单词，我仰头不解地望向尹湛，可那小子又把头转向窗边，避开了我的视线。

“利用……我……”

“什么……?”

“我说利用我。”

“你疯了，说什么疯话呢你?!”

“江天空那小子忌妒心奇强无比，如果他看见你老是和我在一起，一定拖也要把你拖回去的……”

“算了，请你帮忙的话就算我没说，我自己看着办吧。”

“让你利用你就利用……”

“这么卑鄙的手段我使不出来，对不起，天空，也对不起你，最重要的是，我讨厌这样贬低扭曲自己。”

哐!!!

……-0-……

江尹湛那小子也不知发什么疯，一拳狠狠地击向半开的窗户，这不过是转眼间的事情，吓得我一下失去了言语。

“……我已经习惯被利用了……你就不用操心……让你做就做……”

……

别墅的一夜也就在昨天，可今晚，看看杀气腾腾的我们三人，多么可笑的鲜明对照。

一切，太容易就沉没了，

一切，太悲伤地沉没了，

天空和尹湛悲伤的脸庞交替在我眼前出现，

又是一个不眠夜。

#早晨。

“你眼睛这是怎么了……昨天发生什么事了？”我刚刚小心地坐到餐桌前，老爷爷盯着我的脸就发话了，他老人家总是坐在正中央的位置上，不过特别留意我的脸。

我悄悄侧过脸，偷看一旁的天空，他老人家正面无表情地喝着自己的水……

奇怪，怎么没看到尹湛……我担心地扫视着厨房四周。

“甜心!!! 睡得好呀!!!”

…… -0 - ……就在这时，尹湛突然啪嗒啪嗒神采飞扬地踏进了厨房，他边走边甩着自己湿湿的头发，说话的声音也和他的人一样精神奕奕。

“甜……甜，你说甜心…… -0 -”估计爷爷开始怀疑自己的耳朵了，他有点结巴地冲尹湛问道。

尹湛走近我，拍了拍我僵挺挺的肩膀，飞快地扫了天空一眼。

“没别的意思，开个玩笑，开个玩笑!!”尹湛开怀地笑着，安抚似的又拍了我肩膀几下，看他吊儿郎当，唧唧歪歪的样子，你哪里还能找到昨晚的影子。

“还不快把手从雪儿肩膀上拿下来!!! -0 -!!”

“睡得好吗？”尹湛才不理爷爷的大喊大叫，他转过我肩膀，冲我一笑。—_—我面无表情地继续坐在椅子上。

天空转了转手里的杯子，从位置上站起身，从头到尾没往这边看一眼。

……该死的……

“中午一起吃午饭。”

……=0=就在天空走出厨房的那一刹那，尹湛那小子赶忙抓紧时间十分多情地冲我说道，顺手递了我一把汤勺。

“我为什么要？—_—”

“我给你买你最喜欢吃的肉包子。”

“我什么时候说我最喜欢吃肉包子了？—_—”他丢不丢人，哪有女孩子喜欢这么没品味的食物。

“昨天晚上在我房里。”

“-0-……昨天晚上……我……”真糟糕，我飞快地掉转头，厨房里哪还见到天空的影子。

好了，从那个恶心吧拉的甜心开始，这下算是彻底丧失食欲了，我扬起锋利的眼刃狠狠射向尹湛那个坏蛋。老爷爷慌慌张张在我俩中间挥了挥手，刻意隔开我俩的视线互砍。

“江尹湛!! 不准你对雪儿胡说八道!! 也不要有什么乱七八糟的想法!! 如果你要是有了这份心，你就等着户口本上我给你除名吧!!”

“喂……大婶!! 雪儿不吃海鲜的，你在汤里放了虾仁她怎么吃啊!!!”尹湛大喊大叫，瞪着正在厨房那头刷碟子的大婶。

-0-……这次算是彻底了，完全无视老爷爷在一旁叫得又气又喘，我要是老爷爷也得吐血。

“-0-……啊，我不知道，以后我不放了。”大婶张皇地回应道，同时脸色不太好地看了我一眼。

再也受不了这种奇怪的氛围了，我匆匆扒了几口饭，啪的一下从位置上站了起来。

“……去哪儿呀，雪!!”

#平昌洞屋前。

“雪!! 雪!!!”

“呼……”

“喂!! 等等我!!!”

推开大门出来，老远就可以看见辛大叔在一辆车里冲我招手，我加快步伐向那儿走去，才不管后面的跟屁虫。

天空坐在车前面的座位上，他来回看了我和跟在后面的尹湛一眼，漠然地收回了视线，我的心漏跳一拍，赶紧深呼吸一下重新整理好自己的情绪。

我费力地拉开后车门，

“大叔，你们先走吧，我和雪儿坐公车去学校。”尹湛按住了我的手，开玩笑似的对辛大叔说道。辛大叔的眼睛顿时圆溜溜得像葡萄。

“喂！谁答应说和你一起坐公汽了!! -0-!!”

“能和我一起坐汽车去学校是你的荣幸，会有一大帮邻校的女孩子羡慕你的。”

“哈，拜托!! 这种羡慕不要也罢，也我们学校那帮家伙羡慕就已经足够了。大叔!! -0-”我呼救。

“大叔，你送哥哥去学校就好了。”

“……你真的要我和你坐公车去学校?! -0-”我疯了，看他不像开玩笑的样子。

“嗯。”尹湛很认真地点点头。

“呀，别好笑了你，谁要和你!!!”

“快点跑，快点跑!! 我值日要迟到了!!!”

尹湛最恶!!! =O=!!! 我拼了命地坚持不动，可他终于还是把我拽离了汽车，拖着我在下坡路上一溜小跑。

我慌慌张张回头去看，只见天空还是那张冷漠的脸，而辛大叔，嘴巴张大得可以塞进一个鸭蛋了。

“够了!! 我说够了!! 我不需要你的帮助了!!!”

“一会儿和我一起值日。喂喂，你看见江天空的表情没有？完全痴呆了，对不对?!”

“谁痴呆了谁痴呆了!!! -0-你哪只眼睛看见他和平时有不一样了!!!”

“你的事情要是顺利解决了，一定要记得请我大吃一顿知不知道?!”

“不要再帮我了!!! 我自己一个人解决! 你有这份心我已经很感谢了小子!!”

“你手不凉吗?”

“我是心凉……心凉啊!! -0-^!!"

可是尹湛是听别人话的人吗? 从昨天晚上到今天早上他已经展现得很充分了，所以任凭我又是扭又是跳，使出浑身解数想顿在原地，还是被他拽到了汽车站。

我的手冻得像根冰棍，尹湛想也不想就把它放进了自己的校服口袋。

接着，他把自己的双手放到嘴边呵了呵气，放到我脸上，使劲揉搓着我冻得红彤彤的小脸蛋。

“把你的手赶快拿开，在我用牙齿咬你之前……”

“喂，我手这么放在你脸上，你不会有因激动而颤栗的感觉吗?!”

“……嗯，有……因愤怒而颤栗……—_—”

“以后你不要太感谢我，白痴!! 你不知道自己有多幸运。”

“天空好像一点都没有反应，一点都没注意我们……”

“这汽车怎么还没来啊……”

“你……最好……不要想转移话题……”

“呃呃，是不是这辆?! 草绿色的汽车?!”

“你不知道坐几路汽车吗臭小子!!!”

“这儿这儿!! 这儿有要上车的乘客!!!”

“你不用这样!!! ┳_┳不用你叫它也会停的!!!”

看来这家伙对坐公车也不是那么在行。他疯了似的挥舞着双手向即将靠站的汽车冲去，司机大叔也吓傻了，居然没等完全靠站就给他开了门，托这傻瓜的福，我们俩提前上了车。

车上的乘客吃惊地看着我俩，咂着舌头，赤裸裸地流露出不屑。

“滋滋滋滋……—_—都这么大两个人了……”

“滋滋滋滋……—_—就这么点都不能等……”

……—_—……我羞得满脸通红，无地自容地低下脑袋。

尹湛一上车就往投币箱里投了几枚代币。

“喂……你在干什么啊……”

“不是投到这里面吗?!”

“你投的这个是什么东西啊!! 要投钱，投钱!!”司机大叔气得全身长毛，气急败坏地喊道。

我赶紧低着头一路急走到车厢后，我不认识这个人，大家千万不要认为我和他是一伙的。

江尹湛才不会这么轻易屈服呢，他倔脾气上来了，叽哩瓜啦叫得比司机大叔还大声。

“我不是投了代币吗!!!”

“哪有人投这个的!! 投700块钱!! 700块钱!!”

“我刚才不是已经投了好几个代币了吗!!!”

“我这儿不收代币，不收!!! -0-!!!”

“你这大叔忒可笑了点了，什么大叔啊!!!”

“快交钱!! 钱!!!”

这个疯崽子……他拖着我来坐公车，分明存心想让我吃苦头……耳边传来一帮女学生吃吃的嘲笑声，我更想跳车了。

我悄悄抬起头，观察还站在门口和大叔纠缠不清的江尹湛，那家伙气得满脸通红，哗地投了张万元纸币，没好气地嚷道：

“找钱。”

“-0-……你，你这……”

“啊，要零钱!!!”

“居……居然有你这种臭小子!!!”大叔算是倒了八辈子的霉了，碰上这种乘客，被气得够呛。

“你等着!!! 我去要了零钱马上就回来!!!”

……谁……谁答应借给他零钱的……我好恨啊，为什么他手指方向指的人偏偏是我呢……

我侧头，正好看见辛大叔的车从窗外驰过，我呆呆地看着，眼神迷茫了起来……

结果发现我也没有零钱，就这样，一直到学校前面……我们俩就站在门口收硬币，活活上演了一出真人戏剧秀。

就这样，在实在让人承受不起的江尹湛的帮忙下，缓缓落下了第一场帷幕。

30

“喂，你这个疯子，离我远一点!!! 离我远一点!!!”

“妈的，硬币多得简直让人想自杀……该死的……口袋这么鼓鼓穰穰的很难看吧，嗯~对不?”

“滚那边去，我说让你离我远一点!!!”

“这臭妞!! 喂! 汽车都可以被你烧着了!!”

“史上最丢人史上最丢人!! 刚才要是有认识的人和我们坐一辆汽车，你说，以后我们还有脸出现在学校里吗?!”

尹湛那小子才不在乎我要裂开的脸，哐啷哐啷拍拍自己几乎要被硬币撑破的口袋，兴高采烈地向校门走去，顺便也没忘了强行把我的手重新塞进他老人家的口袋。

“喂~! 你说实话江尹湛。”

“什么?”

“你是存心想整我才说要帮我的对不对? 你存心要看我吃苦遭罪的惨样?”

“你把我看成什么人了臭妞……?”

“哈……看成什么……?!! 呀呀~! 宜兰在那边……等等……喂……等等……”我一眼瞅到带着袖章站在校门口的宜兰，吓得赶紧缩着身子想躲到尹湛背后。

尹湛那个坏小子，嘲弄地看了我一眼，故意往一旁一闪，让我的存在明明白白暴露在宜兰面前。

“…… ……”

一定，要这样么……

宜兰千年雪妖似的冷冻视线一根一根全砸在我脸上……好痛!!

—_—

"你……你好……"

"你好。"

宜兰的问候听得我耳朵生痛，隆冬腊月的冰淇淋也不过这么硬吧。

"值日迟到了，江尹湛。"宜兰挡在了笑得阴险狡猾的江尹湛面前，强忍着哭意，一张脸要有多可怜就多可怜。

"迟到了，对不起。-0-"尹湛没心没肝没肺地说道。

"我有话……要对你说……"

"对不起，我没什么时间。"

"……你……真的这么绝情……天空还是那个天空，怎么才一天你就变得如此……"

"天空是我哥哥的名字也。"

"尹湛!!!"

气氛越来越险恶，旁边德风高的家伙们也越来越愤愤不满了，我偷偷闪过那两个面对面站着的人，腿脚利索地向中央玄关门跑去。

"喂?!?喂，快帮我抓住她!!!"

背后传来江尹湛急得叽哩瓜啦的大叫声。

0~!老天啊!!!我昨天晚上到底是被什么鬼附身居然去求他帮忙，这小子存心不把我逼疯不罢休……我都对他说了些什么疯话啊!!

#教室。

"……嚯嚯嚯嚯……好吧，我们去吧!! -0-!!"

……啪嚓……我一推教室门进去，教室里顿时就安静了下来，班上所有的家伙都打住话头，眼睁睁地看着我。

这些我早已经习以为常了，我甩甩书包，怏怏地快步走到后排自己的位置上。

狐狸、猴子、大象骑坐在我前面的课桌上，见我进来，仿佛故意似的提高了声量。

"你说我把学生证送给天空哥，他一定会答应的对不对?"

“嗯，他最近看你的眼光也不那么凶了，还有几丝柔情呢。”

天空看大象的眼光有几丝柔情……—_—&……我耳朵呲愣一下竖得老高，心不在焉地从书包里一本一本掏着书。

那几个女人的声音大得更露骨了，“另外在学生证里再夹一封信！”“不用信天空哥也会接受的！！ -O-”

为什么突然说到学生证……这种东西为什么要送给天空呢……？

三只动物结束了自己的高谈阔论，昂首挺胸地回自己的位置上自习去了。我终于受不了这份好奇心，小心地捅了捅自己同桌的胳肢窝。

我的同桌，正用心地抄着笔记，被我吓得一哆嗦，急忙抬起头。

“她们说学生证……什么意思啊？”

“……啊……那个啊，是学校的传统……”

“学校的传统……？”

同桌警惕地冲“动物园”那头看了几眼，然后小心翼翼地从课桌里掏出自己插在透明护封的学生证，放在桌上。

德风高和正轩中的学生证都是卡片式的，左上角贴着一张端端正正的大头照，放在透明护封里。

“……送这个……就表示……喜欢……”同桌神神秘秘地说道。

“嗯……？”我还是不明白。

“如果对方接受了……就表示同意了……”

“……啊哈……就等于是表白啊……？”

“是啊……所以，你看见那些在交往的家伙……他们都是交换着拿着学生证的……”

“哇……真不错诶………这样子……”

就在这时，——

本来安安静静的教室……走道墙上的窗户突然唰的一下被拉开了，一颗脑袋探了进来。

“哎哟哟妈呀妈呀！！！”坐在那头的同学被吓得够呛。

于是……江尹湛那混球又祸害了我一次，而且害得不轻……

“喂!! 肉包子还是泡菜包子!!?”

……噢……我的天……他肯定是有计划的……他肯定是有阴谋的……

我飞快地低下头，可已经晚了，那魔王已经发现了我，他才不管是不是所有人都在看他，再一次喊道：“喂!!! 肉包子!!! 还是泡菜包子!????”这次叫得更大声。

“……我的天，杀了我吧……”我痛苦地捂住脸。

…… ……

“哈罗，孩子们!! 好好学习，天天向上!!!!”

他最后留下这么一句话，在我们班男生的欢呼声中，被班导拎着耳朵带不见了。

……

而且……是真的，第四节课结束后，幸福的午休时间，他一手满满当当抱着肉包子，一手提着泡菜包子，用包子把我从动物家族的包围中救了出来。

#学校运动场的长椅上。

“戏弄我……很有趣吗?”我盯着眼前这个满嘴塞满肉包子、嚼得很起劲的家伙，沉声问道。

他没有回答我，反而旭日般灿烂地笑了。

“……我是很认真地问的，不是让你嘲笑的……”

“喂，想不想去乐天世界?”

“……你是不是很希望我被赶出家……一_一”

“诶……NND……萝卜干才给了一袋……”尹湛一边说一边撕开了一袋萝卜干。

“……渣子……人渣……”我深吸一口气，气运丹田地大吼道。

运动场上踢球的学生诧异地向我们这边看来，不知怎么搞的，我忽然恍恍忽忽产生一种错觉，如噩梦般的那一天又出现在眼前，记忆如潮水般打开。

“……在这儿吃午饭……”

"嗯……"

"我突然想起了以前的事……"

"什么……?"

"……关于云影的……"

"云影……"

"嗯,我的朋友,我惟一的朋友。"

"这个名字……很常见吧……?"

"也许吧……不过我知道的就这一个。"我扯了扯嘴角,落寞地笑了笑。

尹湛忽然不出声了,一口一口往嘴里塞着包子。

"……你怎么了……?"

"啊……没什么……"

"脸色看起来不太好。"

"一会儿你要是先放学就等我一会儿,有个地方我想去一下,我们一起去。"

"……喂……别再塞了,你会噎死的……快喝口水!!"

这家伙是怎么了,突然变得魂不守舍的……刚才还精力旺盛、活蹦乱跳的……从这之后,他一句话也没有说过,只是一个劲地吞着包子,真是用吞的。—_—

我有点担心那个家伙,所以放学之后很善良地留了下来,老老实实站在学校后门等他。

#德风高正轩中后门前。

大约等了二十来分钟吧,尹湛那家伙终于出来了。他说说笑笑地和同学走在一起,看见我立刻兴冲冲地挥着手跑了过来。

"等很久了??"

"呃?啊,没有。"

"咦~!那边那个是不是江天空?"

"……可能吧……"

"我们过去看看。"尹湛要牵我的手过去。

"不用了……已经看得够清楚了……"我往后躲了躲,其实从刚才我就已经看得很清楚了，在离我十来米远的地方，天空和橘子脑袋面对面地站着，他没有说话，只是静静地抚摸着橘子脑袋的头发。

尹湛强行抓住了我的手，看着远处那两人，非常非常坦然地向他们面前走去，我一张脸顿时皱得像丝瓜。

“呃……尹湛……”橘子脑袋轻快地冲他打招呼。

尹湛没有理会她，轻轻地挡在了我面前，两眼注视着天空，径直从他们面前走过……

“白痴……”天空低低地吐出了一句，不知道他在说谁，反正我是再也没回头，掩饰着自己的伤心，装出一脸幸福地跟在尹湛身后。

不知道目的地是哪儿，我只能紧紧跟着尹湛，在人潮拥挤的地铁内，我终于忍不住哭了出来。尹湛把我的头紧紧埋在他怀里，为我挡住失控的泪水和难堪，嘴里吐出一连串谁也听不明白的咒骂。

一路上，我们谁也没再说话，直到来到了此行的目的地，尹湛和天空妈妈居住的高级公寓楼。

尹湛把我带到这幢楼的停车场。

31

“你在这前面等着，我把钱交给妈妈就下来。”

“嗯……”我无力地回答，自己听着都费劲。

“嗯!!”江尹湛雄壮地纠正我大声回答道。

“是，嗯!!”

“嗯!!”

尹湛这才算安了心，大步大步向公寓楼里走去。我站在原地，蹲下身，茫然地看着公寓楼的入口。

突然，一辆车在公寓楼前停了下来，天空和尹湛的妈妈一身优雅地从车里走出。

……

我条件反射地想往警卫室里躲，可转念一想不对劲啊……这大婶又没见过我，我躲个什么劲，于是我重新稳住身形，施施然地抬起头。

大婶冲驾驶席上的人匆匆打了个招呼，手忙脚乱地就往公寓楼里跑。真是神奇，这辆车的牌号居然是0224，和幼民的生日一样。幼民那张苍白褪色的脸不禁出现在我面前，我飞快地摇摇头，以免自己又陷入那悲伤的回忆之中。

那辆车一阵轰鸣，扬起漫天的尘埃，消失在街道远处……

总算都清静了，直到尹湛出来，我可以一心一意好好把天空埋怨个痛快。

#平昌洞家里。

天空不在，大婶不在，连爷爷也不在家。偌大的家里只听见尹湛游戏机的声音，空荡荡的回音让人觉得这家是一个随时可以把人吞噬的怪物。

尹湛抱着游戏机玩了好一会儿了，起劲得连身体都跟着他的游戏左晃右动……我靠在沙发上，盯着他的背影发呆。

“你……听说过用学生证表白吗……”我靠在沙发上有气无力地问道。

尹湛猛地转回头来看着我，似乎在询问我什么意思。

“就是……把学生证交给对方……向对方表白?”

“喂！我说了我现在用的方法是最好最可靠的方法了!!!”

“那样也不用直接说出口……你说……天空也知道这种表白方式吗?”

“你相信我就对了!! 你的意思是现在不相信我!?!”

“……嗯……”

“你等着瞧，明天我就带你去乐天世界……让你见见立竿见影的效果。”

“……乐天世界……”

“我可是四年都没去那地方了!!”

……拜托……该不会是他老人家自己想去那儿玩吧……—_—……我怀疑地看着那个家伙，疑心又加重了一层。

尹湛手捧着游戏机，一屁股粘在我旁边坐好。

“喂，我们去那儿坐北欧海盗船，海盗船～!!”

“……—_—”

“第六节课的时候你就说不舒服向老师请假，然后去医务室，我那节刚好是音乐，开溜也没关系，记住了吗?”

“我好像没说我要去……—_—……”

“穿着校服去乐天世界……真的很有意思……对不对!!?”

“……我……打算给学生证……表白……”

“喂!! 你说明天穿什么去好呢如果不穿校服?!”

这家伙到底是怎么了……从昨天开始，每次我说个什么他就拦腰截断。他玩到兴头处，干脆把脑袋靠在我肩膀上，一对手指在键盘上狂按。

我伸出巨拳就要给他脑袋一拳……就在这一刹那，天空和橘子脑袋突然推开玄关门走了进来。

这下好了，橘子小姐干脆堂堂正正地登堂入室了…… ……

天空一脸疲惫地在门口脱掉自己的鞋，目光不经意地扫了我和尹湛几眼，跟在后面的橘子脑袋可不会这么轻易放过我们，她一脸灿烂地冲尹湛说道：

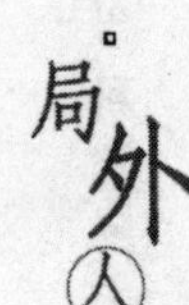

“我们俩一会儿要去海边。”

“我们也打算明天去乐天世界。”

“要对爸爸保密，知道吗?”

“我们的乐天世界也是秘密。”

“……知道了……好好玩……^-^”

这两个人要去海边干什么，我唰的一下抬起头来，希望是自己听错了。橘子脑袋冲天空宛然一笑，又对我笑了笑，晃晃自己的短发，巧笑倩兮地走出了家门。

太不像话了……说什么海边……他们两个人单独去海边怎么行?!!! ……心里很是气愤不过，看着天空缓缓向楼上走去，我忽地从沙发上蹦了起来，尹湛那小子赶忙伸出一只脚横在我面前，我才不管呢，踢开碍事的大脚，发挥自己独特的动物本能，冲上前一把抓住了天空的脚腕。

“等等!!!”

“…… ……”

“我有话对你说。”

“什么话?!”

我突地被天空的眼神震慑住了，半晌说不出话来……不行，决不能在这里倒下，否则天空就要永远被橘子脑袋抢走了。

“在这儿说有点……”

“……什么?”

“一会儿……一个小时之后……我们在家前面的小公园见面……”

“……嗯……”

……哈……他同意了……天空接受我的提议了……!!! 出乎意外的顺利，可天空他真的说“嗯”了……我欣喜若狂，抚住自己激动得快要跳出来的心脏，目送着天空走进他的房间。

天空的表情分明比昨天温柔了许多……

“成功了!! 我成功了!!! 没有你的帮助，凭我一个人的力量也办到了!!!”

我才不管天空会不会听到我的声音，挥舞着拳头高兴得又蹦又跳。

尹湛气得把游戏机往地上一摔，紧咬着下唇一个人生闷气。

“喂!! 你看啊!! 没有你的帮助我也做到了!!!”

“我不是说了我们一起去乐天世界就能成功的吗!!”

“可是我们没去他也接受了我的约会啊!!!”

“你知道那家伙一会儿之后会怎么回答你吗……你就这么不相信人!! 既然你求我帮助，就该相信我按照我说的做不是吗!!!”

哎哟~! 千万别提我求你帮助这件事了，我早悔得肠子都青了。

“……是，我知道你的好意，谢谢你……谢谢你一直以来为我所做的一切…… -0- 不过从现在该是我决定按照自己的方法来做……”

“我说了要去乐天世界的嘛……”

“去，去，我们去还不行吗…… -0 -”

“白痴……气死我了……像河马一样的家伙……”

…… -0 -看我僵在原地，尹湛又狠狠地把脚边的游戏机一脚踹飞，接身向阳台大步跨去……可怜的游戏机!!!

“喂!! 我不是都答应和你一起去乐天世界了吗!!! 真的去，我也没说不去啊!!”

“说好你要听我话的!! 谁让你自作主张和他定约会!!!”

“……可是他们说要去海边啊!!!”

“气死我了!! 不准吵，不准再和我说话了!”

“喂……你真的很奇怪耶?! 干吗总是这么别别扭扭的乱发脾气!!” 我紧跟在尹湛身后也想冲进阳台。

可那个小心眼的家伙，居然一转身就把阳台的门锁上了，气绝!!!

无辜的花盆成了他发泄的对象，他扯下一把叶子就往外扔，根本不看我一眼。

“你到底发什么脾气啊!! 对不起!! 我对你说十万次的对不起好不好!!”

“……”

“……-0 -……”

尹混球无声地冲我做了一个去死的手势。

算了，这个幼稚的奇怪家伙，管他去死，我匆匆忙忙跑回自己的房间找学生证去了。

一个小时哪够我准备的呢，算了，随便收拾一下吧。我从校服口袋里掏出自己的学生证小心翼翼地塞进身上口袋，照了照镜子，发现扎着的头发松了，赶紧用梳子重新梳了一遍。

心情很紧张，却也乐在其中。

“……呼……这个……你收下……不，不好……这个，你拿去……不好不好!! 让你拿去就拿去!!!”

还是什么都不说直接递给他好了……—_—

如果他不接受直接退回来怎么办……?!

我做的事真的不过余吧?!

不会不会！T_T一点都不过余，如果我不这么做，搞不好哪天他和橘子脑袋穿着结婚礼服就出现了……

呼……拿出勇气来，反正说了也不会掉一块肉赔什么本，撞上了也就撞上了……从此我就能和幸福地和天空在一起了，嘻嘻呵呵~！

我摇摇胳膊晃晃腿，在镜子里从上到下审视自己一遍，确定自己完美无缺之后，又最后一次确定学生证在口袋里装好了，这才小心翼翼地走出了房间。

天空的房门依旧关得严严实实，看样子他还没有出发……

我轻轻地走下楼梯，不由自主朝起居室左边的阳台看去……哪里还有尹湛那家伙的影子……唉，我自认为该做到的都做到了，对这个奇怪的家伙已经够仁至义尽了……

#公园。

我站在公共洗手间的镜子前，已经练习了好几遍自己的表情了，一点点风吹草动都让我大惊小怪，惊恐得离地三尺。

“哎呀呀！我要是有双胞胎姐妹就好了!! T_T”受不了这份折磨，我郁闷地仰头长啸。白日做梦也不是这种做法啊!!

我伸出脑袋，往洗手间四周探了探情况，还是不见天空的影子……真是，他属乌龟的啊，行动这么迟缓。

等等……

要是天空不知道用学生证表白的含义……

不会的不会的，连我这个刚来一周的转学生都知道，他没有道理不知道嘛……我赶忙在这个臭气熏天的洗手间里转来转去安慰自己。

现在该来了吧，我又一次朝门外探出脑袋……皇天不负有心人，薄薄的雾霭中露出天空逐渐清晰的形体。

喔喔喔噢!! 来了！来了！天空来了!!!! -0-!!!

我就像是烧着了尾巴的花斑鼠，紧张得在洗手间里上窜下跳，一颗心咯嘣咯嘣乱响。

天空在距洗手间五米不到的地方停了下来，向四周张望。

"……你能办到的……你能办到的……韩雪……！"我使劲拍了拍擂得紧锣密鼓的心脏，深吸一口气，向我迈出了关键性的一步……

可是……可就在这时……

"唔……"

一只大手突然紧紧地捂住了我的嘴，把我重新拖回了洗手间。

我眼前一阵昏黑……努力想转回头，可嘴上那只手的力道实在是太大了，让我脖子一动也动不了，十几分钟的时间只能眼巴巴地看着天空在原地转来转去。

"唔唔唔唔……唔唔唔唔!!! -0-"我当然不甘心这么束手就擒，手踢足舞地挣扎着，用尽全身气力想向天空呼救，那只手愈发加重了力道，让我出声不得。

这个混蛋……我决不放过你……

去死吧……我使出最后的气力，狠狠地咬住了那只手的手指……可那个男人还是坚守在原地，一动也不动。

……等等……

这香水的味道……这……个……味道……

时间一点点流逝，久候我不至的天空终于缓缓消失在公园出口……

大手放松了……我转过身，用充满憎恶的目光盯着那只手的主人。

……你……　……

"……　……江尹湛……"仇恨咀嚼了半响，我终于从嘴里吐出这个让我撕碎了又嚼烂了的名字。

踏啊!!!

我愤怒的拳头狠狠击向他的脸……混蛋!!

尹湛没有闪，也没有躲，他伸出手，呆呆看着手指上清晰无比的齿印，突然他从口袋里掏出什么东西，一下贴在我气得通红的额头上。然后，他恢复了和天空那张极相似的扑克脸，拍了一下我的肩，走出了洗手间。

…… …… ……

德风高中 2－4 班 江尹湛。

左上方贴着的照片，一张比现在要孩子气多得多的脸，头发也是和橘子脑袋差不多的颜色，尹湛笑得很开心，嘴裂得像青蛙。

江尹湛的，学生证…………

手一松，学生证啪嗒一下掉在了地上……

我低头看着它，衷心地希望这是一个一小时之后能醒来的梦……

32

掉在地上的学生证……尹湛那些奇怪而不能理解的举动悠悠浮现在我眼前。

“对不起……对不起，江尹湛……”

呢喃着对不起，对不起，一千个一万个对不起。

除了天空之外我不会爱上任何人，对不起，尹湛……真的，真的，对不起。

“……哎哟……吓死人了……!!”一对男女突然走进洗手间，看见蹲坐在地上的我，吓得一连后退了好几步。我这才惊醒，拾起地上的学生证，默默地走出了洗手间。

滴答答…滴答答……久违的清脆悦耳，我仰望天空，下雨了，不知道什么时候，外面淅淅沥沥下起了雨……

“哈哈，都湿了，这个世界都湿了!!”

#平昌洞家里。

发梢上的雨珠还在噗噗噗噗地往下滴，我顾不得这许多，一进门就火急火燎地冲大婶问道：

“……天空呢……尹湛呢……”

大婶穿着围裙正在做卫生，转过头来，看见我这副狼狈相不由皱起了眉头。

“他们俩都不在吗?”我有气无力地又问道。

“发生什么事了……?”

“……喜欢一个人……真的好累……”我耷拉着肩，缓缓向楼梯边走去。

“什么?”

“没，没什么。”穿过寂无声息的大厅，我回到自己的房间。

窗外的雨更大了，黑压压得可怕，粗壮的雨线肆虐，一滴滴激烈地拍打着我的窗户，我没有换衣服，也没有整理湿漉漉的头发，只是愣愣地坐在椅子上，强迫自己闭上眼睛。

“……我早就告诉你了……江天空不可以的……我早就告诉你了，他不可以的……”

“江天空那小子忌妒心奇强无比，如果他看见你老是和我在一起，一定拖也要把你拖回去的……”

“喂……大婶!! 雪儿不吃海鲜的，你在汤里放了虾仁她怎么吃啊!!!”

“我真的一点都没生气……所以，求你了，不要再哭了……韩雪……千万不要再哭成这副德性了……”

尹湛的声音一句一句在我耳边跳跃，他对我是有心的……这个家伙……他知道我讨厌海鲜……哈……在他老是辱骂虐待我的时候……在他千方百计地想把我赶出这个家的时候……傻瓜，傻瓜……为什么偏偏是我呢……为什么偏偏是韩雪……

就这样……也不知道过了几个小时……或者……过了几分钟，窗外，雨倾如柱，风卷残云，雨吓得越发猛烈了。我身上的衣服和头发差不多都干了，突然，一个突如其来的想法如电击般击中了我……他们两个的房间怎么还是没有动静……!! 我猛地跃起，顾不得椅子在背后跌倒，急急忙忙向天空的房间冲去……

“江天空!!”我啪的一下推开天空的房门，嘴里叫得急切……

依旧黑洞洞的房间，哪有一丝人气。

……到底怎么搞的……怎么还没有回来呢……

“江尹湛!!”

……果然还是……

天空没回，尹湛没回，这两个家伙到底去哪个秘密花园了，我不安地看向挂在墙壁上的钟，时针牢牢指向12点42分。

我的犹豫迟疑顿时被扫得干干净净，想不到恐怖，也想不到害怕，心里只惦记着一个让人不安的可能性……我飞速地跑下黑影遍布的恐怖台阶，又穿过鬼影幢幢的大屋，向四个小时前我曾经去过的公园跑去。

拜托……千万不要是……我咬紧下唇，在心里默默祈祷着。

雨，不住地下着，似乎要把那黑黑的天空下到地面，分不清是雨裹着黑，还是黑裹着雨。

“天空……!! 江天空!!!!”离公园越近，我的喊声也越发激烈。我歇斯底里地叫着他的名字……我要找的人……是天空……天空……虽然感到很对不起尹湛，可是……对天空……我感到心痛……

“江天空!! 天空……!!!”

没有……这儿没有……洗手间的后面……长椅上……正门前……哪儿都没有……这两个家伙，雨下得这么大，他们到底去哪里了……

担心，牵挂，烦躁，不安，心烦意乱，带着这些几乎让人崩溃的情绪，我低垂着头，步履蹒跚地向公园后门走去。

经过后门那座高高耸立的老虎铜像……突然，一个蜷曲成一团的黑影印入了我的眼帘，熟悉的校服，熟悉的身形……我使劲抹了抹脸上的雨水，缓缓向黑影走去。

“……”

我停在黑影前，看着这个把头完全埋在膝盖里的男人，他微微抖着，全身湿透得如同一只落汤鸡，那种在雨里的无助，让我整颗心揪了起来。

"你是……傻瓜吗……!!"

听到我的声音，那个男人静静地抬起头来，对上我的眼的那一刹那，他居然如花绽放般绚烂地笑了……这个像傻瓜一样的家伙。

"你这是干什么呀……我没来你回去就好了……干吗做出这种一点都不像你的举动。你以为你这样我就会夸你帅，被你感动吗……?!"

"你不是说有话对我说吗?!"

"回家后听我说也一样啊!! 我说的话有什么重要得要让你这样等到现在!!!"

"……是很重要嘛……"

"你怎么知道很重要……!!"

"……就是很重要嘛……"

"……你看看你……究竟是怎么搞的嘛……都湿成这样……你故意这么做的对不对?? 故意要让爷爷讨厌我!!" 我拼命伪装出气急败坏的吼声。天空注视着我，头一偏，任雨水在颈项间流淌，居然微微笑了。

……呼……面对这样的家伙，我还能说什么……我吃力地把天空的一只手架到肩膀上，扶他站起来，突然发现，那家伙的后脑勺，好笑地变成了黄色。原来是老虎身上的铜漆还没有完全干，托这场大雨的福，化作黄色颜料纷纷扬扬撒到了躲在下面的天空的头上，噗哧~! 我一个忍不住，很不符合状况，很没良心地爆笑出声。

"你后脑勺，全被染成黄色的了，你知道吗?!"

"我后脑勺全被染成了黄色!!! 你就是为了告诉我这个才把我叫出来的?!"

"……不是……的。"

"那么……"

"想说这个……"

"什么……"

"这个……" 缓缓地，我终于从口袋里掏出了沉睡许久的学生证，没有勇气看天空的眼睛，我低着头，把学生证推到他面前。

一阵静默……我应该想到的……

可爱的雨点拼命地叫嚣着，想打破这令人难堪的寂静……可微不足道的雨声怎敌得过心灵的距离，周围的冷雨更像是对我的嘲笑。

十秒钟过去了……二十秒钟过去了……我终于忍无可忍，顺着天空挂满雨水的手往上看，他的肩膀，然后是他的脸……那个家伙，呆呆地盯着我的学生证看了一会儿，突然……头一低，向我行了一个深深的问候礼。

“我不是在开玩笑……你不要这样……”我有些愤怒了，即使他不愿接受，也不能践踏我的尊严，爱一个人有什么错!!!

“谢谢你……”天空还是深深地低着头，我看不到他脸上的表情。

“……什么?”我呆了。

“重新回到我身边，谢谢你……”

“……那么说……你说这话的意思……”

“重新回到我的身边……”

“天空!!!”我哽咽着，把他苍白的脸蛋猛地搂到了怀里，除了这个名字，我再也说不出别的话。

五味杂陈的感情如潮水般向我涌来，悲伤，喜悦，愧疚，担心，我勇敢地背负起它们，背负起天空，一个人，吃力地走在这条需要一个人忍受一切的道路上。

#天空的房间。

……嚓嚓……嚓嚓……嚓嚓……

这样已经好一会了，只有时钟的声音萦绕在四周，我们两个人的空间。

大婶早已下班回家，爷爷也一直没有回来，尹湛……更是不知所踪……这大大的豪宅，宽宽的房间，冰冷的床边，只有我……和天空……两个人……

“呼……嗯……”天空躺在床上，紧闭着双眼，鼻息沉重地粗喘着，每呼吸一口似乎都是那么的困难，不过就这样他也没忘了紧紧抓住我放在他枕边的手。

他的头发湿漉漉的，分不出是雨水还是汗水的液体一滴滴从他额头间淌出，我小心翼翼地摸上了他的额头……

“妈呀……你，你怎么这么烫呀?!”

“……”

“怎么吃了药还是这样?! 你是男生耶，身体居然这么弱!! 我就好端端的没事!!”

“谁能……和你比……”床上的人闭嘴眼睛还能有气无力地反驳我。

“呼……我看明天一大早就得送你去医院……”

“……嗯……”

“爷爷……爷爷他经常这么晚上不回家吗?”

“……也许……”

“尹湛也是?”

“……也许……”

“对了，要不要我再给你添床被子……被子在哪儿呀?? 在哪儿? 在哪儿?”我四处转得像陀螺。

看我这么忙忙叨叨的替他张罗着，天空手轻轻扶上额头，噗的笑出声来。

“……笑什么笑??”我不满地狠狠瞪他。

“我高兴。”

“这该死……”

“不需要被子了。”

“可你还是在发抖啊!!”

“盖一百床被子……也好不起来的，你坐在我旁边……陪我说说话就好了……”

“说说话就能好起来吗……—_—只能越说越累。”

“生病的时候……我想，只要有谁能在身边……那么……应该就会觉得好多了……应该就不会那么难过了……”

我的心被这话刺得麻麻的，酸酸痛痛，终于耸耸着自己的小屁股，重新坐回到椅子上。我牵过天空放在额头上的那只手，很珍惜地，很珍惜地，把它捧在自己的双手间。

"……以前……没有谁曾经这样照顾过你吗？"

"嗯……"

"爷爷……你的爸爸，他对你不是很好吗？他对你……"

"小的时候……我常常得感冒……所以，身体总是弱弱的，很辛苦……每当生病的时候，我总是一个人……躺在黑沉沉的房间里，只有医生……来来往往，我总是躺在床上，睁大着眼，直到……再一次日出……"

天空的声音逐渐低沉，老天~！我好像还是第一次听他说两句以上的话。

"……不能把身上弄脏……不能撒娇要赖……尹湛是惟一一个惦记担心我的人，不允许他进我的房间……不允许他进我的房间。"

"为什么……？"他们是兄弟呀，这规矩也太不近人情了吧!!

"因为不能让我动。"

"还有这种道理……这都是哪门子的破规矩，MD!"

"所以……那时我就常常在想……如果有谁在我身边守候一晚上……哪怕就一晚上，在我什么……我也会好起来的……什么治疗也 不需要。"

"嗯。"我赞同地点点头。

"……你是第一个……"

"……"

"很温暖……"

第一次见到天空真正的脸孔，第一次听到天空真正的声音……第一次认识到天空下那个真正的天空……我一双手更握紧了和他沸腾的心思一样烫的手，我也何尝没尝过这锥心的寂寞呢……悄悄低下头，拭去脸上的泪水。

"我……以后每次你生病……"我艰难羞涩地吐露着……

哐!!……房门突然被疾风骤雨般地踹开，打断了我未尽的话。

我想我知道是谁……不用看……我也知道……是谁……

我短短吁了口气，不想被天空发现，之后缓缓回过头，看向门边。那个制造这一切噪音的主人公，气喘吁吁两步就踏入了门内，冰冷地看着我们。

“……回你……自己的房间去……睡……”他的嗓音就像被酒浸透了一般，含糊但决绝，听得我胆颤心惊。

“不要~!!”我捏着汗，壮着胆子答道。虽然隔着一断距离，但我也能看见他湿得丝毫不比天空逊色的衣服，心下微微有些歉意。

“雪儿……韩雪……”

“呃……”

“回你……自己的房间去……睡……雪儿……”

“天空说……有我在他身边……他就不会觉得那么难受了……所以……我要整晚上都陪着他。”

“回你自己的房间去，雪儿……回你自己的房间去睡……”

老天~！他到底喝了多少酒……尹湛醉得似乎连支撑身体的力气都没有了，他疲惫地用头靠着墙，闭上眼，嘴里反复念叨着这句话。

我咬住嘴唇，这次没有再回答他，而是愈发抓紧了天空的手……

“这就是你的回答吗……”尹湛睁开眼，看着我俩的手。

“是的……”

“是的……好，好……”

“嗯……是的……”

“回答得……真是简单啊……”

“是吗……”

“嗯……太简单了……”

“呃……”

天空仿佛觉察到了什么……他抬起眼，来回看着我和尹湛……尹湛又怨恨地看了我和天空紧紧握在一起的手一眼，转身踉踉跄跄走出了房门。

他的头……他的后脑勺……沾着些微的黄色油漆，如同他的眼泪般，那黄色的油漆裹着雨水，一滴，两滴……滴滴都溅到了地板上。天空靠在老虎铜像的前面……那么那时……尹湛就靠在它的后面了……雨水掩盖了他的呼吸，我当时的注意力更是全部放在天空身上，所以……

我从没有发现……从没有发现隐藏在身后的尹湛……而且似乎以后也不会……也不会发现隐藏在后面的尹湛。

对不起……尹湛……真的对不起……除了说对不起我不知道还能做什么……真的……真的……对不起……

33

深夜里，天空的热度升了又降，降了又升，他难受地辗转反侧，我也跟着提心吊胆。最后，他终于好些了，我枕着他的一只手臂，不知不觉进入了梦乡……

啪嗒啪嗒!! 啪嗒啪嗒……!! 嗯，嗯~! 好吵……一阵急促的脚步声由远及近，刺眼的阳光也不知何时破窗而入，我颤动着睁开眼。

"睡得好吗……"

真够吓人的，一睁开眼就看见一双大眼睛，天空似乎早就醒了，他舔舔苍白干涩的嘴唇，微笑着冲我说道，可惜嗓音难听得像拉锯。—_—

"啊……!! 啊!!"我紧张得一蹦老高。

"啊?"天空莫名其妙地看着我。

"医院!! 要去医院!! 我真是要疯了，要疯了……快，快起来，去医院……"我这个不称职的护士，居然睡得比病人还香。—_—(稍微有点愧疚感啦!!)

"不用了……"

"大事不好了，雪儿学生!! 快躲起来!! 快点快点!!"

就在我扶着天空要下床的时候，大婶团球般的身子嘣嘣撞开房门蹦了进来。真苦了她老人家。

大婶就是那吵得要死的脚步声的主人公啊……？我这样—_—看着大婶，可大婶接下来的话如一道闪电，把我的魂都劈飞了。

“夫人过来了……－0－夫人过来了!! ┬_┬”大婶一张脸都吓绿了，一边侧着脑袋听着房外的动静，一边急急地嚷嚷道，不知道的人还以为“夫人”是某条大蛇的代号呢。—_—

“什么?!”

“被发现就死定了!!! 哎哟哟，老天爷呀!! 这可怎么办……这可怎么办……怎么突然就……”

噢……圣母玛利亚－0－……她说夫人……一大早上的，还有比这更令人想骂吃屎的话吗!!!

楼道里传来优雅的脚步声，离这儿越来越近了。

“快躲起来……雪儿学生……快点!! ┬_┬”

听到大婶这近乎绝望的叫声，我也没时间犹豫了，发挥自己惊人爆发力，哧溜一下就近冲进了天空房间里的洗手间。

呼……呼……哇哇……－0－我刚冲进洗手间在马桶上坐下，门就咯吱被打开了……惊险啊～！我捂着自己狂跳不已的心脏，告诉它，没事了，没事了……

“怎么回事呀?”尖锐刺耳的声音，透明且苍白，显示出声音主人的高高在上。

“啊……这个……就如刚才告诉您的……天空少爷他……”

“够了，你出去吧。”

“是。”

接着，是天空房门被轻轻掩上的声音……天空他妈，这大婶，到底有多凶多可怕啊……

“你爸爸还没有回来?”

“嗯。”

“肯定又是跑出去和哪个臭女人鬼混了。”

“……”

“你这孩子怎么搞的，怎么老是病怏怏的。”声音主人有些不耐。

“有什么事吗?”天空没有回答，反而不带感任何情地沉声问道。

“有份终止合约要签，是你名下的产业，需要你签字……呼……麻烦死了真是的……在这儿签一下名就可以了……”

-0-……这……这……居然有这种黑心烂肝、让人想把她推到汤里游泳的母亲…… -0-心中一簇小火苗噌的一下就冒了出来，我把耳朵紧紧贴在门上。

“不要把汗弄上去了……先把手擦干净再签……看着恶心。”

-0-……这，这……天空真的是她生的，不是她捡来的??!!

“你爸爸是不是真的把所有财产都转到你名下了？真不知道那人怎么想的……喂!! 小心点，千万别把汗沾到合同上了!!!”

“可以了吗，这样……出去吧……”

“尹湛呢，尹湛去学校了？怎么没看见他人。”

“不知道。”

“自己的弟弟去没去学校你都不知道……？看来就是我死了，你也不会流一滴眼泪的，不只这样，就是尹湛发生了什么事，恐怕你连眼皮都不会抬一下……”

哇哇~！这老娘儿们说得也太绝了吧!!! -0-（我决定以后不叫她天空的妈妈啦。）我把手扣在门把上，艰难地压抑着自己要推门而出、狠狠臭骂那女人一顿的冲动，屏息等待着天空下一句话。

糟糕~！天空的牙刷不知道什么时候在我手里成了两截。—_—

“你那边我不知道……对尹湛不会……”

你那边……？他称他妈妈你那边……？

“我也没指望你对我怎么样，而且我也不打算比你先死。谁会希望我先死呢？你爸爸，他会很高兴吧，还有朱云，我想她也会很高兴。”

“出去……算我求你了……”

“小心点，别把感冒传给尹湛，还有，除非你完全好了，否则绝对不可以和他在一张桌子上吃饭，听明白了吗?”

“……出去……”

“我最讨厌你用你这双眼看我，知道吗……”

“……”

现在我知道了，现在我知道了，为什么天空会有那种可怕的表情，为什么他总是拒人于千里之外……为什么他会失去掉昨晚在我面前展现的真实面貌……

“玩偶的眼睛看起来都要比你有生气，不，是有人味。”

那女人冷酷无情地抛出她最后一句话，转身就要拉门出去，不过对不起了，我这边的门已经先拉开了，不是天空的房门，而是他洗手间的门……先被拉开了。

哐……可怜的小门摇摇晃晃在墙上撞了三下，成功地吸引了那女人的注意……她视线投到我身上，立刻像见了鬼似的满脸惨白，吓得连退几步……

“初次见面，这么鲁莽，对不起，你说我是不速之客也好，随便你怎么想，总之我对你的道歉是说在前面了。”

“……你……你……”

“可是哟!!! 我想天空是不会死在你前面的!! 天空的眼睛!! 虽然有点遗憾啦，是有点要死不活、阴阳怪气的，但是我想比阁下你几千、几百倍更有人味，更像人类的眼睛!!! 阁下你!! 阁下你的眼睛比天空的眼睛恶心、难看几百万倍、几千万倍!! 听明白我的话了吗?!!”我很争气的，一点都不带打岔的一溜说完这番话，说完我居然能脸不变，心不跳，气不喘，腰板挺得笔直，完全是一副泰山崩于顶而面不改色的架势，真是愈来愈佩服自己了，嘎嘎。

“……啊……啊……我的老天……我的老天……啊……”

“啊啊!! 我想从刚才到现在阁下嘴里只吐出过一根象牙!!!”

“给我滚出去!!! 立刻给我滚出去!!!”

“你要是死了，天空是不会施舍一滴眼泪给你的!!! 这个我可以向你保证!! 不只是天空，谁都不会为你流一滴眼泪的!!! 爷爷，还有尹湛!!! 谁都不会!!!”

啪……!!

几乎是一眨眼的功夫，那个女人噔噔几步跨到了我面前，狠狠朝着我的左脸就是一记耳光……我呆住了，瞪着她，只能感到那只手冰冷冰冷的温度，却忘记了还手……那女人也死死地盯着我的脸，终于，她胆怯了，满脸惊惧地撇开脸。

“还有我也……”

我冷然地接着自己刚才的话继续说道，做好了再接一耳光的准备……天空不知什么时候已经从床上跳了下来，一把把我抓到他身边。

“……你又对她动手……”

“……是你爸爸干的好事对不对……是你爸爸干的……是不是，你爸爸干的……这是你爸爸干的……”

“如果……你杀了她……就等于杀了我……”

“疯了……都疯了……完全疯了……”天空的妈妈，不……这个家的女主人，顿时两眼混沌失神，闪着迷茫的黯淡，她一时呢喃自语，一时惊恐地盖上脸，嘴里不住碎碎念叨着些什么，让人觉得可怜又可憎。

“……我送你去医院……你的脸……都红了……”天空似乎忘记了自己才是该去医院的那个人，他用力抓着我的手，咚咚咚咚……坚实地向楼下迈去。

“妈妈呀!! 天呀!! 这么说夫人都知道了……? 夫人都知道了?!”大婶本来就在客厅的沙发上坐立不安，如同热锅上的蚂蚁，见我俩手牵着手从楼梯上下来，整个人更是吓得一哆嗦，肝胆贡献到了爪哇国。

“给我站住!! 立马给我站住!!!”不用我们回答，已经有人替我们做出了最“完美”的诠释，这家的女主人，顶着一张惨白的脸，站在二楼楼梯上歇斯底里地冲我们喊道。天空根本不会听她废话，漠然地牵着我的手继续走着，穿过庭院，穿过大门……直到完全走到小区外的大街上。我们俩肩并肩地站着，他还穿着短袖，一阵寒风吹过……好冷……!!!

#平昌洞。

“等等……等等，天空，你先停下来……”

“……”

“江天空!! 你给我停下来!!!”

咯吱~!! 亏我的身体够顽强够坚硬，硬挺着没往前，这才成功地让天空停下一路暴走……身后留下一串串火星~暴寒!!——

我脱下身上的校服外套要给他披上，谁知这个坏小子却不领情地一把推开，一个不留神校服就掉到了地上。

“你生病了!!!”

“你也生病了。”

“就一记耳光！对我来说小菜一碟，这算什么病!! 不过是挠挠痒罢了!”我豪气云天地说道，“可是你就不同了，你生病了，而且病得很重！很重很重！烧得厉害!”我又换做苦口婆心，只希望这家伙能听进去。

“你更痛……”

“我说了不痛了嘛……!!!”真是要被这家伙弄疯了。

天空这头牛，而且还是头犀牛，他能听进去我的话才怪……这头牛不管三七二十一地重新把校服披回我身上，刚才还热乎乎的校服眨眼间就变凉了。

“那我也不要穿了，你也不穿，咱们俩一起冻成冰棍，这样行了吧?”我赌气地说道。

“……你说一起死……”

“……是啊……一起死……一起死光光……”

“好吧……一起死就一起死……一起死光光……”天空说得居然异常地平静。

“先去医院吧，到医院之后我们再继续讨论这个问题……”算了，和他赌气不知道谁先被气死，我赶快见机行事。

“……一起死……”天空的声音轻柔得可怕，好像在叙述一件再美好不过的事情。

都是因为那个女人……因为那个女人……天空才又变成这样……昨天那个瞬间闪现的天空，那个多情而又PP的天空，重新变回了现在这副样子……

我紧咬着下唇，默默无语地跟在天空身后，不知不觉唇间已经渗出斑斑血丝。就在我俩顺着小坡一路往下，一辆从我们身旁经过的高级进口轿车突然咯然而至，从后车窗里探出一个五十多岁的光头大叔来，他冲着天空喊道：

"呀!! 这不是江会长的儿子吗!!"

"……"

"这怎么回事呀!! 你这副样子是要去哪里啊!!"

"……"

"喂!! 喂!!"

天空完全无视那个男人的叫声，他更用力抓紧了我的手，抓得我的手麻麻的，一步一步向坡下走去。

不知道他知不知道我的担心，不过看他走走停停，咬紧牙关，然后又走走停停，咬紧牙关，我的担心已经到了忍耐的最极限……受不了了，再忍下去会死人的……于是我不顾天空的抗议，毅然决然地把他扶到墙边，自己一个人跑到街口张牙舞爪地抓计出租车去了。

"出租车!! 出租车!!" 我在车道前面跳着喊着。

"……"

可能时间太早的关系吧，平时那些恨不得踩掉你眼睛的出租车一辆也没有出现，一点点要出现的意思都没有……

"天空!! 你忍耐一会儿!! 一会儿就好!!" 我着急地看向不远处的天空，他的气喘得更急了，朦朦胧胧地看着我。

就在我火急火燎地大声安慰天空时，一辆白色的面包车向我面前驶来……

它是要进小区里面吗……我正这么想着，这辆车却出人意料地在我面前停了下来，我敏锐地觉得不安，条件反射地要把身子往回缩。

“你是韩雪理……对吗？”一个干干巴巴的小个子男人猛地从车里跳出来，黑黑的皮肤，破碎着一只眼，没等我完全缩回身子，他就已经抓住了我的手。

“你是谁??”

“你跟我来，我有话要对你说……一会会就好……”

“……放开你的手……”我担心的事终于还是发生了……背后传来天空低沉的嗓音，与其说我担心自己被坏人怎么样，不如说我更担心的是天空因此而受到伤害。

“我有话要对这个女孩说，和你那边没什么关系。”

“就在这儿说。”

“……这个，有点困难……”

“如果没有什么见不得人的，在这儿说就可以了。”

这时，只见那男人转过头，冲半开的车门点了点头。老天，真是戏剧性的一刻，只见两个块头有天空两倍大的男人嗖地从车里冲了下来，一人一边架住了我的胳膊。

“天空，记下车牌号，快去报警!!! 快跑啊！快跑!!”

可惜，我很完美的台词还没来得及一展拳脚，我担心的事情还是发生了，天空已经挑上了其中一个风采最劲的大块头，开始一展他的拳脚了……而且居然好死不死地被他把那个大块头撂到了地上。

“不要啊!!!”

想当然的……接下来的事情……不用看……也知道录像带里是怎么演的了……病得半死不活、有气无力的天空……怎是此等五大三粗，浑身蛮力的人形怪物的对手……他一定会受不了的，他一定会被他们折磨死的，不要啊，不要啊……我越想越怕，拼命摇头，眼泪都出来了……

却见状况大逆转，天空轻巧地避开另一个一心要压到他身上靠体重取胜的大块头，铁疙瘩似的拳头揍得他嘴角流血，流星爆发也不过如此吧，倒拧着我的手的小个子还没来得及把我胁持上车，天空就已经反手扣住了他的手腕。

“你们两个在那边吃屎呢，这么个病猫都解决不了!! 还不快过来，被人发现就不妙了。快点过来解决他!!”

两个人形怪物立刻又如饿虎扑食般地扑了上来，天空终究病体不支，被他们压在了下面。

“老大！我们要不要好好教训一个这个臭小子!!!”

“还是算了，要是被这小子的老爹知道了我们就玩完了!!!”

“TMD……”

“快点上车!!!”

……是那个女人……真是疯了……那个疯女人……这些家伙可不是闹着玩的……真的……真的……

“天空……你不要再冲上来了……快去打电话报警……看清楚车牌号了吗……天空……江天空!!”呼～！我完美的台词终于说出来了。

也不知道天空听清楚我的话没有，他缓缓地从地上支起身，用拳头狠狠一擦嘴角的血迹，拳头上满是细微的伤口。

小个子和一个大块头一左一右地把我夹坐在中间，另一个大块头又得意洋洋地连踩了天空几脚，这才收脚向驾驶席走去。

“狗屎不如的杂种……”我恶毒地向驾驶席上的那个大块头的骂了一句，那个大块头也几乎是在同时踩下了汽车的油门……

“天空!!!”

我惊了，瞬间发生的惊心动魄……天空……天空他居然张开双手，面无表情地挡在了紧急发动的汽车前面。无血无肉，无喜无悲，没有死亡，没有痛苦，没有伤痕，没有忧心，只有洞穿世事的寂寥……这种看破一切的表情，怎么能出现在他脸上呢……他决绝地挡在了汽车前方，我看到了，他终究还是有情绪的，一丝丝喜悦从他身上散发出，我看到了他嘴角那浅浅的笑容。

“好吧……一起死就一起死……一起死光光……”

耳边……轰鸣着不久前天空刚刚说过的话，我的身体完全僵硬了……眼里……是天空仿佛破娃娃般从车前滑落的身子，一直滚到路中央。

“天空啊!!!!”

34

“天空啊!!! 天空!!!”

太过分了……太过分了……天空是她的儿子啊……她的儿子啊……是她的第一个孩子啊!!!

我猛踢旁边一个大块头的膝盖，疯了似的要冲出车外，可就在我几乎得逞之前，另一头那个混球一把楸住我的衣领，把我又抓了回来。

“放手!! 放手!!!”

天空要是有什么三长两短，我绝对不放过你们……不，就算天空一长一短都没有，我也绝对不会放过你们的……哐哐哐!! 我对着车门又是拳打又是脚踢，就这会儿功夫，天空周围已经聚集了不少人，过往的车辆也一辆辆急刹车停下来打探情况。

“老大，惨了，这下我们该怎么办?!”大块头神经兮兮地问道。

小个子沉默无语地摸着手机，半晌才张开嘴，

“这个……不是我们的责任……是那小子自己突然蹦出来找死的……旁边也有目击者……”

“那这个死丫头怎么处理?”

“……呼……有点棘手啊……”

“旁边看见的人太多了。”大块头担心地说道。

小个子冲窗外探了探头，可能也觉得有这么多人看着，实在不像一起秘密绑架，于是打开车门。

“这次算你运气好，咱们下次见。”

说完，小个子砰的一下把我推到路中央，然后甩上车门，白色的小车绕过横七竖八停在前方的轿车，一阵烟似的消失在街角处。

我的突然登场，引得围观人群一阵尖叫。

“天空……天空!!!”我顾不得身上散了架似的疼痛，手脚并用爬到了天空身旁。

“……究竟发生什么事了？是刚才那辆车把这个学生撞了吗？”

“你睁开眼睛啊!!! 求你了!! 睁开眼睛啊!!! 求你了!! 求你了!!!”

“-0-……哎哟哟……看样子已经见阎王去了……年纪轻轻的……”旁边一对讨厌的男女嘀嘀咕咕。

我听得一激灵，跪坐在天空身旁，全身开始止不住颤抖，巨大的阴影笼罩住我的天空，让我连他的名字都忘记了呼唤。

“……我……”

……仿佛天籁之声……天空终于发出微弱的声音……

“你没事吧?! 振作一点!! 振作一点! 认识我是谁吗?!!”

“……不同的……”

“啊……”

不太明白天空说的意思，不过他能发出声音就已经让我谢天谢地，感谢上苍赐予的奇迹了。为了更加确定，我整个人趴倒在天空的身上，侧耳倾听他微弱的心跳……

“怦……怦怦……怦……怦怦……”

规律强劲的心跳在我耳边不住放大，如同我心中喜悦的声音。我这才放下乱得像跑马场的神经，安心地、慢慢地闭上了双眼。

#病房里。

“喂……喂……”

“这可怎么办？好像晕过去了……我们要给她办住院手续吗？”

“没事的，只是精神太疲惫了，所以才会晕过去，你打她几个耳刮子试试……”

“好的……”一个女人小心应承的声音。

啪啪……腮帮子上冰冰凉凉的触感……是医院……这味道，分明是医院的味道……

在熟悉的消毒水味道中睁开眼，扑面而来的是一阵和煦的风，美丽的护士小姐担心地看着我。不久前发生的事情立刻充塞进我的脑袋。

“天空!!!”

"天空……?"

"天空……天空……"我骨碌爬起身，惊惶失措地四处找天空。我刚才躺在病房门口的一张长椅上，果然一眼被我发现医生身后的那间病房里，最最里面的那张病床上，那熟悉的手指……

"……天、空……"我红着眼，磕磕巴巴地叫着，一瘸一拐小心地走近了那张病床。

不是天空是谁……他双眼紧闭，长长的眼睫毛微微下垂，除了脸色略显苍白之外，平静安祥得如同在熟睡……我坚信他是在睡觉。

我转头看向医生，开口想问，可半天也顾不起勇气……只能重新转回头，像昨晚那样，默默地紧紧抓住天空的手。医生看出了我的心思，他和善地拍拍我的肩，让我不要担心。

"安心！他什么事都没有，从里到外，一点伤都没有，真是奇迹。现在他只是因为暂时休克，所以陷入沉睡之中。"

"您真的确定他什么事都没有?!要知道他可是被车撞了啊!!整个人被车撞得飞了出去!!"

"是啊，万幸的是车刚发动他就和车撞上了，所以冲击力不是那么强，最多就是腰那儿有点扭伤，其余的地方一切正常，还有……我想问的是……真的是那个学生自己冲到车前面去的吗?"

"……是的……"

"噢，这还真是……不管怎么说……没受什么大不了的伤，你可以不用那么紧张了，他现在只是有点发烧，单纯因为感冒引起的。"

"啊……谢谢……谢谢，十二分的感谢……"我把头深深埋在天空的胸前，双手合十……耳边分明传来天空稳健有力的心跳声……感谢……真的很感谢一切……

"不过他还是要住两三天医院。"

"……什么?"

"需要再静卧几天观察有没有后遗症，所以这几天我们也马虎不得，必须得一点点记录他的情况。"

“啊，对了!! ……他的脚呢?!!”

“脚?”

“他的左脚原本就有点瘸……这次又被这么撞上了，会不会……”

因为我的话，医生又弯下身子检查天空的脚。

“你是说有点瘸么？是左脚吗?”

“是的。”

“可刚才拍片子的时候没有任何不对劲啊……”

“……怎么可能……他一直有点跛的……就在左脚上。”

“……你确定?! 会不会是你搞错了?!”医生又按了按，拍了拍天空的左腿，用确信无疑的口气说道。

护士小姐不住地偷偷瞅天空的脸。—_—

“什么?”我不敢相信，正要开口询问……

哐!!! 一个人撞开病房的门闯了进来，一阵更大的混乱却随即爆发。

“怎么会弄成这样!!”

那男人一把推开柔弱的护士小姐们，向屋里的病床挺进……是爷爷……非常非常火大的爷爷。

我挣扎着要从椅子上爬起来，仿佛是孩子突然见到了久寻不到的亲人，正要扑倒爷爷怀里尽情哭诉的时候。突然，随后而至的橘子头……还有……那个女人……天空和尹湛的妈妈，让我愣住了。

“起来!! 你给我起来死小子!!!”爷爷冲到床边，一把抓住紧闭着双眼的天空的衣领。

……?! 我吓得魂不附体，飞也似的抓住了爷爷的两只手。

“呼呼……”看见这副情景，那个恶毒的女人居然得意地喷了喷鼻息。

“你给我睁开眼睛!! 给我睁开眼睛!! 你这个臭小子!!!”

爷爷到底是吃错什么药了……居然对被车撞伤的儿子这么粗暴，这么摇这么晃的，活人都受不了啊!!!

“爷爷你不要这样啦!!! 天空是被车撞伤了啊!! 你这样摇下去

天空会受伤的！您不要这样啦!!!”

“你这个混蛋，到底要我操心到什么时候，到底要我守护到什么时候……到底要折磨我这个做父亲的到什么时候!!!”

“爷爷!! 你不要这样啦!! 求求你不要这样啦!!!”

护士和医生悄悄地低下头，闪到外面避风头去了，剩下爷爷一个人在病房里继续杀人般地嚎叫着。不能让爷爷这么抓狂下去折腾天空了，我暗自琢磨着怎样去挠挠他的胳肢窝，眼瞅着我已经选好角度正要下手的时候，那个恶魔……那个恐怖的噩梦女人……突然一脸冰冷地冲我说道：

“这么说可能有点失礼，不过能不能请你出去一下，因为这是我们的家务事……”

“……你……”

“请出去吧。^-^”

“……我都知道……我才不是你想象中的傻瓜……”

“你想说什么?”

“你!!!”

不行，我现在还不能揭发她……就这么说出来，谁都不会相信我的话的……而且明明是天空自己跳到车前的，也没有证据证明是这个女人指使那两个家伙的……最重要的是……惟一的证人，天空……他老人家现在睡着了。—_—^……还是等天空醒来之后，再来好好收拾这个女人吧……等着瞧，死女人，我一定会拧断你的脖子，让你死得很难看的……

“你倒是划出道道来啊，别在这儿支支吾吾的，到底要说什么??”那女人气势汹汹，嘴里噙着假模假式的笑容，再三催促我。

“……几天之后见分晓……几天之后……”

“真不知道你在说什么。^-^不过现在你可以出去了吧，我想我的话说得一头小猪都明白。”

“……”

“我们这些家属都来了……非家属的可以走人了……^-^”

“我也……我也是家属……”我抿着嘴唇，坚定地说道。

“呵呵呵呵……瞧瞧这学生说什么呢？呵呵呵呵……”

……我努力控制住自己那只恨不得立马飞上她老脸的“正义之手”，真的真的很想“抚摸”她一下，可是……我忍，我咬紧牙，用全身的气力克制那滔天怒火。这时，爷爷突然松开天空，颓然地倒在了旁边的一张椅子上。

“我说老公，我们家户口簿上，什么时候出现过这孩子的名字啊？”

“……”

“你倒是说句话啊！！我们家户口簿上有过这孩子的名字没啊？？！我可不记得自己的肚子里曾经躺过这么个野丫头。”

“不要再说了……你……”

“背着我偷偷摸摸干了这事……虽说我们不住在一个屋檐下吧……你这样做是不是也太过分了点？”

“……不要再说了……现在最重要的是天空的身体……”

“听见没！我们家户口簿里从来没有过你的名字，现在你可以从我儿子的病房里出去了吧？！”

……哈……热热的液体在我眼眶里打转……我看向爷爷，爷爷却……无力地避开我求助的眼神。

“那这个女人呢……”我站在床边，指着眼泪汪汪的橘子头。

“她也是我们家的成员。^-^”女人毫不犹豫地开口答道。

……成员……？这么说他们已经报定决心要让这个女人和天空订婚了？！我哀怨地看了橘子头一眼……同样的，那个女人也用满含怨恨的眼神看着我。

爷爷一定会帮我的……爷爷一定会不一样的……因为他是我的爷爷啊……一定会不一样的……就像我第一次见到爷爷那样，他会好慈祥好慈祥地抱住我……问我是不是很痛……紧紧地抱住我……

“爷爷……”

“……”

“我能待在这儿的对不对……对不对……”

“……”

“我……也是家里的一员……可以和你们住在一起，可以待在天空的身边，对不对……”

“……呼……”

“就算是户口簿上没有我的名字……就算是我血管里流的不是你们家族的血……”

“你……还是先回家的比较好，天空身体应该没什么大碍了……你不用担心。”

“没什么大碍我还是会担心的啊!!! 我真的不能待在这儿么?我真的真的非常担心，我只要待在这儿就好，待在这儿就好。”

“我们家……我们家里人有话要说……对不起……”

我们家……我们家里人……

“……知道了……”我轻轻摸摸爷爷的后脑勺，不想看那个女人笑得开怀的丑脸，默默注视了双眼紧闭的天空几秒钟之后，退出了这个不属于我的空间。

嘎……门合上……我无力地滑坐在病房前的走道上，呆呆地看着眼前的705号门牌。之后……门内传来爷爷和那个女人忽高忽低的声音，我靠着墙，面无表情地在门外静听着，轻轻哼着我和云影之间的歌……

我熟睡时，你告诉我说你会带我走，
我知道那是谎言，
虽然你高唱爱情口口声声说着爱我。
铭记在心永远不会忘记，
记住孤单单的眼泪，
记住孤单单的情歌，
昨天一个人的孤单单……
今天一个人的孤单单……
孤单单……孤单单……
昨天一个人的孤单单，
今天一个人的孤单单，

还有明天一个人的孤单单，
从不曾改变过的孤单单……

我早就很清楚了不是吗，只不过心里一直拒绝承认这个事实……来到这个家之后，残酷的真相从没有像现在这样赤裸裸地摆在我面前过……豁然，我醒悟了，没用的，无论我再怎么努力，再怎么挣扎，我永远都走不进爷爷的家门……

我就像一只可笑的青蛙，趴在光溜溜的井壁上，每天努力地往上爬，可命运的戏弄让我一次又一次回到原点，我永远不可能为自己找到一个同伴……我只希望有那么一天，有人可以告诉自己为什么我，为什么只有我，被孤零零地放入那一口井里。

“对不起……请让一下……”路过的护士小姐有些担心地看着我，估计她观察呆呆傻傻的我已经好一会儿了。

时间不知过去了多久，走道窗外的天空有些发黑。突然，好久没有消息的尹湛一下蹦进了我的脑袋，那家伙肯定是一早就去上学了，所以到现在还没知道消息!!! 肯定是这样!!! 想到这，我一下从地上站了起来。

嘎……护士小姐适时地推开了病房的房门，五个小时过去了，还有个人一动不动地守在里面，是橘子头，她看上去满脸疲惫，正起身往门外走来。我懒得理她，抖抖腿，找电梯去也。

“喂!!”身后传来橘子头的声音，我现在极其厌恶听到的声音。

“等等!!! 我有话要对你说!!!”橘子头有点着急地在后面喊道。

“她也是我们家的成员。^-^”那讨厌女人的话又在我耳边浮现，我厌烦地甩了甩头，放弃电梯，加快脚步直接向楼梯走去。

没错，得赶快去告诉尹湛，只有他才会相信我，只有他才会相信这件事是那个女人做的，尹湛知道天空受伤后，一定会变得和以前不一样的。

踏踏踏踏……!! 我穿着短袖，疯了似的从医院里跑出来，抓住路过的人就问这里是哪里。搞清楚了这里确实离家不远之后，我抓住一辆计程车，向不远处的家赶去……

“啊，你回来了，雪儿学生……?!”刚到家门口，就看见大婶穿着结结实实的长外套从大门里走出，“我听说天空已经醒过来了?”

我喘着粗气，从车里跳到她面前，“您怎么……”

“刚才已经给家里来过电话了。”大婶打断我的话，抢先回答。

“尹湛也知道这件事了吗?”

“尹湛刚刚也知道了。”

“他怎么说？他现在在干什么?”

“哎哟……我懒得说了，你自己进去看看吧。”

“怎么了?!”

“你自己进去看看吧！现在的我啊，可怜着呢，你瞅瞅，还没到下班的时间就被赶出来了。”大婶耷拉着脑袋，一脸心不甘情不愿地从我身边走过，整个人郁闷着呢。

这个臭小子……拜托……他该不会把家里都砸光了吧……一边哭着喊着，一边把家里的东西砸了个稀巴烂……我捂住眼睛，不敢想象这恐怖的一切。

对尹湛的担心占了上风，我颠颠地横穿过庭院，还没跑多远就听见屋里传来一阵阵喧腾的声音，一股诡异的感觉瞬时笼罩住我，我小心翼翼地走进了玄关。

十秒钟之后，我就可以知道大婶口中的“懒得说”是什么样的了……用我两只大眼睛，清清楚楚地搞明白……

35

“喂!! 那小子的老爸不会突然冒出来了吧?!?”

“不会~！说了今天晚上要待在医院守夜的！没事，没事，把心放到肚子里吧!!”

“对了，成具那小子去那儿了?!”

“那小子带着他女朋友到二楼去了。”

“嘎嘎嘎嘎，这个阴险狡诈的小子……”

……晕死……这都是哪码对哪码啊……哪来这么些王八羔子……我刚站在玄关门口，还没等我脱鞋进屋，那些乌怏乌怏、主人不明的声音就传进了我的耳朵。我心里一阵不安，轻轻地推开了门……

“空空空空!!!”

就像是对我的嘲笑，巨响无比的音乐声简直吓死人不偿命。

……呼……我深呼吸一下，脱鞋走进了客厅。虽然我已经做好了万全的心理准备，可抬眼望去，我脑袋还是忍不住“嗡”的一下，差点没当场炸掉，眼前这就是几百只疯狗刚打过架的废墟啊，我脑袋虽没有炸掉，可这脑浆迸裂，离死亦不远矣～!

“哟?你是哪根葱啊?!?!”

“……这个……-0-”我瞠目结舌，张皇无措，反倒像是自己进错了家门。

大大的起居室里原本摆满的胖胖嘟嘟的沙发，不见了，还有漂漂亮亮的装饰柜，也不见了，一切的一切，都不见了……只剩下满地凌乱的洋酒瓶，每瓶都是爷爷费尽心思从世界各地搜集的精华，珍藏级的，价值不菲……

那些和我差不多大的小子们坐在地上，一口一口灌着爷爷的宝贝酒，喝高兴了就在地上打一个滚……音响的声音被开到最大，我耳膜都要被震破了。

“你是谁?也是尹湛招呼你来玩的吗?”

“江尹湛在哪儿?”

“-0-……哇～!你是尹湛的小情人吧?过来捉奸的?”

“哎哟哟!捉奸你个头啦……闭上你的大嘴……”坐在他身边的一个女学生伸出脚丫子，一脚“掩映”在那个男生唧唧喳喳不停的嘴上。这个女生我知道的，在学校里见过几次。

“你这肮脏的臭丫头!!!! -0-!!!”男生惊了，抡起洋酒瓶就要往那个女生嘴里塞。

这真是……我惊了，这比起我那日在娜娜姐那儿见到的东西……要十倍、百倍的肮脏、龌龊。

啪嚓~啪嚓~……我踩过一个个空的零食塑料袋，打算越过起居室上楼。突然，一个醉卧在地上、穿着德风高校服的家伙一把抓住我的脚腕。

“哟嚯 -0- ~！我还没有对子呢，要不要和我一起玩啊?!”那家伙一脸酒沫，舔着脸说道。

“……放手……”

“尹湛这家伙现在不知道猫在哪里和哪个女生唧唧哝哝的呢，你就和我一起玩吧!! -0-”

“那家伙和谁唧唧哝哝……都……不关我的事……”

“那就和我一起玩吧……噢、噢、噢!!!”

我玉腿飞扬，用我非常非常惊人的脚力，一脚把他踹到池塘里喂虾米去了。

有几个家伙见状，连忙捂着脸滚到一边去了，剩下几个人，漠然地注视着我，一边喝着酒瓶里的酒，一边随着音乐不时扭摆着身子，他们总共大概有七个人吧。

“哎哟……这丫头挺厉害的。”

“江尹湛在二楼吧?”

“喂！死丫头！你干吗用脚踹我的脸啊!! ┬0┬”那个被我踹到脸的色色家伙一下从地上跳了起来，满脸的不服气。我寒心地看了他一眼，收回视线，头也不回地抬脚向二楼走去，神情尊贵得就像一位贵妇人。

每一寸地板都臭醺醺的酒气冲天……

这混小子……存心要毁掉整个家啊！地板上连个踏脚的好地都找不出来，四处都是酒的痕迹，要不就是散落满地的校服外套，更过分的是其中还有好几件女生的内衣。

……哈……火气真是冲到嗓子眼了，我恨恨地一把推开自己紧闭的房门……

“妈呀~！吓死人了!!!“

“哇哇哇哇!! -0-”里面的人也被吓了个够呛。

……只见，我蓬松柔软的羊毛被子上，居然有一对抱得七晕八素的男女。

这两个人我是熟悉得很哪，每次我去学校后面的垃圾场上做卫生都会看见他们叼着烟屁股在那儿，穿着德风高的校服，是江尹湛的朋友没错。在老师面前装作是模范生，一副乖宝宝的模样，背后却偷鸡摸狗的，我呸~！

“喂……想干什么呀你……给我们滚出去！”两个没眼力见儿的家伙，根本没看见我的脸已经气成了猪肝紫，还得意地在我被子上翻来滚去，挥着手要赶我出去。

“……这儿……是我的房间……”我简直……不，是已经发毛了。

“什么？这儿是你的房间？”一个人从床上撑起点身子，对我的话嗤之以鼻。

“是的!! 你们两个人，当场给我从我床上滚下来!!!”

“哈哈，别逗了你，这儿要是你的房间，那天空就是我男朋友了!!! -0-”

“你说什么?! 臭丫头！天空是你的男朋友?! 你再乱说小心我撕烂你的嘴。”

“嗯？哟哟~！你这丫头还挺凶的，早知道我就收藏几件天空的内衣了，扔得到处都是多可惜啊!!”

“你说什么?! 你跑到天空的房间去了？还把他抽屉里的内衣撒得到处都是!?! 你你你!!!”

“怎么能把这事赖到我一个人头上呢?! 大家都有份参入布置的!!!”

“贱丫头!! 你把事情老老实实给我说清楚!!!”

呼……江尹湛……你究竟是在向我挑战呢……还是在向天空挑战……

那两个小人拿着我的枕头扔我，拿我挂在电脑上的耳机麦克敲我的脑袋，总之使用的一切一切武器都是我的，我的……等我意识到我和他们在这儿是浪费时间的时候，立刻头也不回地转换战场，目标直指江尹湛所在地，我在这儿多待一会儿，那小子就少挨我一拳头。

“……疯子，疯子……连二楼的走道也……弄成这样……至于吗?!”看着长长的走道里堆满了大大小小的饮料瓶和各式各样的背包，我出离愤怒的怒气顷刻间升级成为杀气，我要活剥了那小子。

“是这样的，我以为你还没有忘记宜兰，所以一直很犹豫……”门缝里传出一个女人的声音。

宜兰……没错……我就知道你在这里……江尹湛，这臭小子，不在自己的房间，而是在天空的房间!!! 他这次是动真格地想向我们两个报仇了!!!

我怀里仿佛揣了只兔子，轻轻地推开房门……

“谁啊?”

我恐怖的大脸瞬时显现在门口，因为背光的原因，整张脸阴影密布，更显得阴森可怕，江尹湛身边的女人吓得一声尖叫。

是别的学校的丫头……反正是第一次见到……接着，我看向这一切祸乱之源，那个混世魔王，只见他悠悠然地叼着一只烟，坐在转椅上转来转去的好不自在。

“你……”

“从我哥医院里过来的?”

“你知道天空受伤了吗?”

到现在……我还能忍住……自己都开始有点尊敬自己了……

“嗯，听说没什么大问题了。”

“所以呢……你就提前开 party 给他庆祝了……?”

“这里是我的家嘛。”

“你还会抽烟啊～! ^-^……”

“才知道啊你! 也是，你这么个大忙人哪有时间注意我这种微不足道的小人物呢。”说完，尹湛混球又大大抽了一口，在天空的书桌上揉巴揉巴灭掉了烟头。那个初次见到的丫头顺势挽住了尹湛的胳膊，小心警惕地注视着我。

“江尹湛……你……你真的要做得这么绝，原来你就是这样的人?”

“嗯。”

……呼……

“你要向我报复没关系，可这房子……这房子是爷爷的，而这儿，这房间也是天空的，你知道吗？”

“知道啊，这家是我爸爸的，这房间是我哥哥的。”

呼……，哈……，呼……，哈……

尹湛这家伙不知道什么时候甩开了那女人的手，从怀里又掏出一只烟，叼在口里，只是他肩膀有些僵硬，动作不怎么流畅。

“还痛吗尹湛？我给你按摩一下吧？”

哎哟哟，真受不了这女的，只见她仿佛忠实的婢女一般，温柔地拍打着那兔崽子的肩……我打住狂涌而上的呕吐，努力让自己不丧失理性，进行很人类的对话。

“你哥哥出车祸了，你知道吗？”

“那你回来干什么？你现在不是应该屁颠屁颠地粘在他身边吗？”

“你不要这样江尹湛……你原来不是这样子的……”

“你知道我原来是什么样子的吗？”尹湛邪邪地一笑，无所谓地把口里点着的烟递到那个女生嘴里。这下轮到那女生嘴里烟雾缭绕了，我的眼睛也开始跟着冒烟。

“我为昨天的事……向你道歉……”

“道歉什么……”那家伙的眼睛第一次对上了我的。

“……昨天……没有，看到你……让你一个人……待在铜像那儿……淋雨……”

“我什么时候干过这事儿……”

“江尹湛……”

“嗯。”

“好，就算是你没做过，那……那天空受了伤住进医院，你不原意去医院看他也就算了，怎么能……怎么能叫来一帮朋友，男的，女的，把家里弄成这副德性？!!”

“我又没说叫你收拾。”

“现在……家里是什么时候……这么严重的情形……难道你不是这家里的儿子吗？难道这里住着的人不是你的亲人吗？”

“哟哟～！你是谁呀你!! 快给我们出去，我们有事忙着呢!!”那叼着烟的女人，狠狠抽了一口，重新扶住了尹湛的手，她耀武扬威且满是不耐地冲我喊道。

又是赶我出去!! 刚才天空被车撞的恐怖情景……独独我一个人被赶出病房的情形……所有不受欢迎的场面不期然都浮现在我的脑海里……我鼻头一酸，眼睛发红，差点就控制不住……

“听到没，我们说要你出去呢!!”

“……”

“你自己的房间要是有问题，你可以到一楼去，要是一楼有问题，你还可以到爸爸的房间去。啊……对了，这里是天空的房间……我们在这里不三不四的话，你是不是觉得脏，心里不舒服啊……”

“……”

“对不起，我们怎么没考虑到这一层呢。”

……你到底要……做到什么程度……江尹湛……

那小子从椅子上站起来，挠挠头，四周看看，最后抓起了床上的校服外套。他身边的女人……呆呆看了会儿书桌上四散的烟灰，也赶紧跟着尹湛从床上站起了身。

“你要是觉得不舒服的话，我就带着孩儿们从你眼前消失好了。站在我面前的可是我未来的大嫂啊，我哪敢得罪啊，拍马屁还不及呢是不是??”

“真的……很……伤人……真的……很……可怕……你……”

“……”

“我知道我没有资格对你说这话……没错，我是没有资格……可是除了你，我不知道我还能对谁说……除了你，我不知道还能告诉谁……所以，我才回来找你……我讨厌孤零零的一个人，我害怕孤零零的一个人……可你，你却这样对我……这样把韩雪一脚踹开……”

“……啊呃……”尹湛那家伙有些慌了，他伸出手指，一个劲地戳我的肩膀。

我一忍再忍，终究还是忍耐不住，委屈的火山瞬间爆发。

“你们都是家人啊!! 家人啊!! 是我怎么挤也挤不进去，怎么做也做不到，直到死都不可能拥有的家人啊!!! 可是你却拥有着他们，那些你可以随心所欲地安慰他们，也可以从他们身上寻求到安慰的家人，江尹湛!!!”

“……”

“对不起，打搅了你的玩兴!!! 开完了 party 叫我，那时候我再回来!!!”

“喂!!! 韩雪!!!”

该死，我居然希望在这鬼宅般的房子里能寻求到安慰，看看吧，我究竟都寻求到了些什么……

楼梯很滑，我心浮气躁的，差点没从楼梯上摔下来，一楼起居室里的家伙们停止了疯疯闹闹，大眼瞪小眼地看着我，我微微有丝难堪，不过没有放慢脚步，昂头直直向玄关冲去。

“呜哇哇!! 这就是亲眼目击奸夫淫妇，捉奸在床之后的女人的样子啊!! 酷毙了!! 你们看，还在跑呢!!”

“噢噢，看呀！这女人好快呀，快得让人难以相信!!! –0–快得就像是脚底装了一对轮子一样!! 你就如那冰上跃动的飞燕，噢~！每一跃都让我如此心动!! –0–”

“我看这速度刷新奥运会纪录也没问题啊!! –0–”

我疯了似的跑，在那群躺在地上的家伙阴阳怪气的吆喝声中，逃出了这幢鬼宅。

……为什么会这样……为什么遇到那个家伙之后，我总是这样不停地奔跑……自从云影的男朋友之后，我还没有如此落荒而逃过……这究竟是为什么啊……为什么他要弄得我悲惨至此……除了云影的男朋友之外……真的没有谁让我如此悲惨过……

淘迷四、六级练级试题

淘迷四、六级练级试题共设30题，每道题均为单选。分2分题（15道）、4分题（10道）、6分题（5道）三个分值，总计100分，请将答案选项填入书后答题卡。另有附加题一道，不计入总分之内。(具体邮寄方式及奖项设置详见彩插相关活动内容。)

1. 可爱淘的血型是什么？(2分)

A. A型　B. B型　C. O型　D. AB型

2. 李宝晴曾在自己与君野的领口上绣了什么小动物的图案？(4分)

A. 米老鼠　B. 小白兔　C. Kitty猫　D. 毛毛熊

3. 韩千穗最喜欢唱哪一首卡拉OK歌曲？(4分)

A.《拌面》　B.《凉面》　C.《冷面》　D.《炒面》

4. 君野和彩麻分别是哪个班级的？(6分)

A. 二年三班、三年三班　B. 二年二班、三年二班

C. 三年三班、二年三班　D. 三年二班、二年二班

5. 希灿、哲凝分手的咖啡厅的名字叫什么？(2分)

A. “水道”　B. “管道”　C. “通道”　D. “楼道”

6. 尚高四大天王中哪一位一直暗恋着金晓光？(2分)

A. 智银圣　B. 金哲凝　C. 金贤城　D. 冷泰焕

7. 李正民中学时因吸食大麻而患上了什么病？(4分)

A. 狂躁症　B. 忧郁症　C. 厌食症　D. 癫痫症

8. 淘酷网中专门提供给淘迷发表文章的板块是什么？(2分)

A. 书友会论坛　B. CU商城　C. 原创梦工厂D. 聊天室

9. 银圣的生日是哪天？(4分)

A. 7月30日　B. 7月31日　C. 8月30日　D. 8月31日

10. 为了让彩麻去爱宝乐园与君野约会，忆美对她分别按顺序进行了哪四个步骤的包装？(4分)

A. 性感、突破、癫狂、野性　B. 突破、性感、野性、癫狂

C. 突破、野性、性感、癫狂　D. 野性、突破、癫狂、性感

11. 在《狼的诱惑》漫画版中，英奇和君野的头发分别是什么颜色的？(2 分)

A. 紫色、银灰色　　B. 红色、紫色

C. 银灰色、红色　　D. 红色、银灰色

12. 因向彩麻表白爱意而遭遇君野仙人掌攻击的是谁？(4 分)

A. 明顺　B. 铭关　C. 闵成　D. 竹仁

13. 以下哪个家庭血缘关系组合是错误的？(4 分)

A. 郑泰勋、金欣净、郑彩麻　B. 郑泰勋、明佳涟、韩竹浩

C. 明佳涟、郑泰勋、郑英奇　D. 金欣净、郑泰勋、韩忆美

14. 彩麻去安阳后与英奇第一次见面时是在什么场所？(2 分)

A. 酒吧　B. 游戏厅　C. 网吧　D. 卡拉 OK 厅

15. 银圣、千穗认识五年后同居的某天，他们却因为什么原因住在金瀚成家里？(4 分)

A. 金瀚成的挽留　　B. 他们把钥匙丢了

C. 周末特地前往度假　　D. 玩得太晚只好留宿

16.《狼的诱惑》以及终结版的书签分别是什么形状的？(2 分)

A. 树叶形、月亮形　　B. 月亮形、树叶形

C. 月亮形、星星形　　D. 星星形、树叶形

17. 银圣居住的地区叫什么？(6 分)

A. 平昌洞　B. 中央洞　C. 川阳洞　D. 星扬洞

18. 千穗在美容院做头发拉直用的产品名称叫什么？(2 分)

A. 芭比芭比 B. 薇姿　C. 雅漾　D. 施华蔻

19. 英奇给彩麻布置的房间以什么颜色为主色调？(2 分)

A. 红色　B. 蓝色　C. 黄色　D. 粉色

20. 银圣住院期间，千穗给他送了什么口味的蛋糕却吃了银圣的闭门羹？(2 分)

A. 草莓　B. 巧克力　C. 椰子　D. 鲜奶油

21.《那小子真帅》电影的主题曲是用一个星座来命名的，你知道是什么星座吗？(6 分)

A. 水瓶座　B. 双鱼座　C. 双子座　D. 天蝎座

22. 千穗送给银圣的“定情物”是什么？(2 分)

A. 兔子　B. 手机　C. 围巾　D. 手链

23. 写有“哲凝和希灿到此一唱，愿我们的爱情长长久久”的卡拉OK 厅叫什么？(6 分)

A. 幻奇特　B. 奇特幻　C. 幻特奇　D. 特奇幻

24. 银圣住院期间某凌晨与千穗约会却相互错过的那所小学叫什么？(2 分)

A. 新竹小学 B. 新星小学 C. 新月小学 D. 新玉小学

25. “如果你们爱我，就帮我把它们拾起来。”是哲凝曾将一盘什么东西撒到地上后说的经典的话？(2 分)

A. 花生　B. 瓜子　C. 开心果　D. 蚕豆

26. 千穗替母亲买什么东西时碰见银圣被包工头打？(4 分)

A. 水豆腐　B. 泡菜　C. 紫菜　D. 豆芽菜

27.《9015 那小子真帅（征文阁）》和《9015 狼的诱惑（征文阁）》的冠军分别来自哪个地区？(2 分)

A. 上海、湖南　B. 湖南、福建

C. 福建、江苏　D. 福建、湖南

28. 以下哪位曾经陪一个叫海媛的女孩做过头发？(6 分)

A. 智银圣　B. 金贤城　C. 金哲凝　D. 金瀚成

29. 英奇住院期间最有可能没有看过哪本漫画书？(4 分)

A.《呀！李无赖》　B.《葫芦兄弟》

C.《宠物店恐怖故事》　D.《反抗到底》

30. 哲凝和希灿分手时咖啡厅里播放的歌曲叫什么？(2 分)

A.《Game over》　B.《Say good - bye》

C.《You are my love》　D.《Don't break my heart》

附加题：请给可爱淘、智银圣、金哲凝、郑英奇、般君野等其中某人写封信，将你心中最想说的话用文字表达出来，希望融入自己的真情实感。此道题作为分数相同情况下的参考评判方式。

答题卡：

1. ____	11. ____	21. ____
2. ____	12. ____	22. ____
3. ____	13. ____	23. ____
4. ____	14. ____	24. ____
5. ____	15. ____	25. ____
6. ____	16. ____	26. ____
7. ____	17. ____	27. ____
8. ____	18. ____	28. ____
9. ____	19. ____	29. ____
10. ____	20. ____	30. ____

注：附加题可随答题卡另附纸张一并寄来。

答题读者资料

姓　名__________　　网　名（笔名）__________

性　别__________　　出生年月__________

OICQ __________　　联系电话__________

E - mail ____________________

联系地址____________________________

邮政编码______________

★邮寄投票：只要将本页淘迷练级试题答题卡以及读者资料填好邮寄到淘迷总部，就有机会获得淘迷总部的惊喜大奖。

邮寄地址：北京市丰台区太平桥西里38号中国城市出版社618室（注明：参赛）　邮政编码：100073　淘迷热线：010 - 63370062　淘迷专用邮箱：world66@263. net

主办单位：淘迷总部、新浪读书频道

淘迷总部编年史：Taocu.com

2004年1月	《那小子真帅》空降中国，淘迷总部正式成立； 话剧版选秀全国启动。
2004年4月	“水色精灵可爱淘”中国签售行从南到北热火朝天。
2004年5-6月	《那小子真帅2》将帅小子进行到底；征文大赛如约进行。
2004年7月	《狼的诱惑》出版继续谱写可爱淘神话。
2004年8月	第二次“水色精灵可爱淘”中国签售行旋风横扫8个城市。
2004年9月	《狼的诱惑终结版》再创销售奇迹；征文大赛正在进行； 淘迷论坛新鲜开张； 话剧版选秀总决赛北京落幕。
2005年1月	《狼的诱惑漫画》抢滩寒假档期； 原创漫画大赛掀起漫画新主张； 淘迷大集合炫酷变身新酷流行资讯网 www.taocu.com
2005年4月	《狼的诱惑漫画终结版》终结新狼潮，画说时代正式启动。
2005年5月下旬	《9015那小子真帅终结版（征文阁）》抢先上市，中国版帅小子卷土重来； 淘迷总部升级版网络大本营 www.taocu.com 惊艳现身，新增频道 “原创梦工厂”全方位激活淘迷快乐心情。
2005年8月下旬	《9015狼的诱惑（征文阁）》隆重推出，《狼的诱惑》系列小说、 漫画、征文三部曲完美谢幕。
2005年11月	淘迷总部转会中国城市出版社，可爱淘成年新作《outsider》惊喜上市。

《那小子真帅》
选秀结果最后揭秘

亚军

最具人气奖
李诗雨（北京）

18 岁；身高：168 厘米；
爱好及特长：舞蹈、游泳；
自我评价：
活泼开朗、善于交际。
座右铭：我喜欢自由！

冠军

最具演艺潜质奖
王远健（辽宁）

20 岁；身高：180 厘米；
现就读于北京电影学院
爱好及特长：表演、舞蹈；
自我评价：
是一个性格两极化的
“怪人”；事事需求完美。

季军

最上镜奖
马丽丹（北京）

18 岁；身高：164 厘米；
爱好及特长：舞蹈、音乐；
自我评价：向往自由的生活，
对世上所有的事都充满好奇。
座右铭：
机会是给有准备的人的！

优秀奖

毛少卿
（上海）
21 岁；
身高：178 厘米；
爱好及特长：
表演、长笛、
朗诵、舞蹈；
自我评价：
善良，没脾气

孙楠楠
（辽宁）
21 岁；
身高：156 厘米；
爱好及特长：
主持、美术、
跳舞、唱歌；
座右铭：
微笑的人
永远充满魅力

王博
（广东）
19 岁；
身高：185 厘米；
爱好及特长：
钢琴、街舞、
运动；
活泼的王博
如他所愿，
获得最具活力奖

姚瑶
（江苏）
20 岁；
身高：160 厘米；
爱好及特长：
跳舞、画画；
自我评价：
活泼、可爱；
座右铭：
自信女孩最美丽

邬维佳
（江苏）
22 岁；
身高：182 厘米；
爱好及特长：
表演、主持；
座右铭：
吃得苦中苦，
方为人上人

周黎
（江苏）
18 岁；
身高：166 厘米；
爱好及特长：
看书、游泳、
唱歌、主持；
自我评价：
可爱天真、
聪明自信

陈雷
（陕西）
19 岁；
身高：176 厘米；
爱好及特长：
街舞、电脑；
自我评价：
极具幽默细胞、
喜欢和人聊天、
是很好的聆听者

也是夏日，也是黄昏，时光不分昼夜地流转。
爱丽斯独步行走，怀惦女孩心中美丽的梦……

淘酷网
TAOCU.com